搜神記

探索古人奇幻世界的起源

（東晉）干寶◎著

前言

成書背景

《搜神記》是一部記述古代民間傳說和神鬼靈異故事的小說集，是中國最富盛名的古典文學名著之一。「鬼神信仰」在中國有悠久的傳統，它與山川祭祀、祖先祭祀並列。自商周以來，歷代帝王無不親登祭壇祭祀。古代亦不乏記載神鬼傳說的典籍，如《楚辭》、《淮南子》、《山海經》等，而《搜神記》可謂其中的集大成者。

《搜神記》並非單人原創，而是由東晉史學家干寶蒐集整理潤色而成，其中也不排除有干寶自己的創作。干寶輯錄此書的目的，就是想通過蒐集前人的著述和傳說，來證明鬼神確實存在。作者所生活的魏晉南北朝是思想較為解放的時期，人們打破「子不語怪力亂神」的傳統，開始談論並在一定程度上相信鬼神和因果報應，在這樣獨特的背景之下，《搜神記》應運而生，其中所錄之事被許多時人當作真實事件，甚至在一段歷史時期被視為史料。

《搜神記》內容及特色

《搜神記》原有三十卷，晉後多有遺失，今日存本為明人胡應麟從《法苑珠林》、《太平御覽》等書中輯錄增益而成，全書共二十卷，故事四百六十四篇。書中內容多為神靈怪異之事，也有不少民間傳說和神話故事，有些篇章兼有佛教色彩。多數故事篇幅不長，但設想奇幻，極富浪漫主義色彩。書中還有許多貼近社會現實生活的內容，諸如歌頌勞動人民的思想感情，揭露封建統治階級的殘酷本質，諷刺貪官昏官，頌揚清官良吏，揭示古代男女戀愛觀及婚姻問題，以及反映古人家庭孝道等傳統道德觀念等。

《搜神記》對後世的影響及藝術價值

《搜神記》首先是珍貴的史料，書中保留了大量古代社會的生活材料，是後人研究中國古代民間傳說及神話不可多得的珍本。另外，作為魏晉南北朝志怪小說的代表，《搜神記》遠承上古時代的神話傳說，近繼先秦兩漢史書中的鬼怪妖異故事，下開唐傳奇和宋代平話故事的先河，對元、明、清三代的小說和戲劇文學有著深遠的影響。諸如唐代的傳奇和蒲松齡的《聊齋志異》之中，就有直接取材自《搜神記》的內容，而魯迅也曾以《搜神記》中的《三王墓》為底本，創作了《故事新編》中的名篇《鑄劍》。

《搜神記》不僅內容豐富，語言也清新雅致，別具一格，其文學價值亦不容忽視，書中的許多篇章和故事被後人一再引用和改編，歷代長傳而不衰。當然，《搜神記》限於時代局限，也有宣傳神鬼迷信和陳舊思想的糟粕，但這並不妨礙《搜神記》在中國古代文學傳承中的寶貴價值和顯耀地位。

新版《搜神記》特點

新版以中華書局汪紹楹先生注本《搜神記》為底本，參照了多個版本進行重新校勘和編輯。此版在保留全部原文的基礎上，加以注解和白話譯文，注解力求詳盡，譯文力求信達，旨在讓今日的讀者最大限度地瞭解這部古典名著的全貌。限於時間和水準有限，書中紕漏在所難免，敬請廣大讀者批評指正。

原序

雖考先志於載籍，收遺逸於當時，蓋非一耳一目之所親聞睹也，又安敢謂無失實者哉。衛朔失國，二傳互其所聞，呂望事周，子長存其兩說。若此比類，往往有焉。從此觀之，聞見之難，由來尚矣。夫書赴告之定辭，據國史之方冊，猶尚若此；況仰述千載之前，記殊俗之表，綴片言於殘闕，訪行事於故老，將使事不二跡，言無異途，然後為信者，固亦前史之所病；然而國家不廢注記之官，學士不絕誦覽之業，豈不以其所失者小，所存者大乎。今之所集，設有承於前載者，則非餘之罪也。若使採訪近世之事，苟有虛錯，願與先賢前儒，分其譏謗。及其著述，亦足以發明神道之不誣也。群言百家，不可勝覽；耳目所受，不可勝載。亦粗取足以演八略之旨，成其微說而已。幸將來好事之士，錄其根體，有以遊心，寓目，而無尤焉。

晉散騎常侍新蔡干寶令升撰

目次

【卷三】

【卷四】

【卷五】

【卷六】

【卷七】

【卷十一】

【卷十二】

【卷十三】

【卷十四】

【卷十五】

【卷十六】

【卷十七】

【卷十八】

【卷十九】

【卷二十】

卷一

神農鞭百草

神農以赭鞭鞭百草❶，盡知其平毒寒溫之性❷，臭味所主❸，以播百穀，故天下號神農也。

❶神農：傳說中的太古帝王，又稱炎帝神農氏，傳說他「人身牛首」，是農業和醫藥的發明者。赭（ㄓㄜˇ）鞭：赤鞭。赭，赤色。神農是火德之帝，故用赤色神鞭。「鞭百草」的「鞭」字用作動詞。

❷平毒寒溫之性：指草木無毒、有毒以及寒、溫的藥性。「平」：即無毒。

❸臭（ㄒㄧㄡˋ）味：氣味，此處指草的藥味。《本草經．序錄》：「藥有酸、鹹、苦、甘、辛五味，又有寒、熱、溫、涼四氣及有毒、無毒。」五味治病備有所主，如酸主肝，鹹主腎，甘主脾，苦主心，辛主肺。

【譯文】

神農用赤色鞭子鞭打各種草木，從而全面瞭解它們的無毒、有毒、寒熱、溫涼的性質，以及酸、鹹、甘、苦、辛五味所主治的疾病，然後根據這些經驗再播種各種穀物，所以天下的百姓稱他為「神農」。

雨師赤松子

赤松子者❶，神農時雨師也❷，服冰玉散❸，以教神農。能入火不燒。至昆侖山，常入

❶赤松子：又名赤誦子，號左聖南極南嶽真人、左仙太虛真人，秦漢傳說中的上古仙人。

❷雨師：傳說中司雨的神。

❸冰玉散：傳說中一種長生之藥。

西王母石室中❹，隨風雨上下。炎帝少女追之，亦得仙，俱去。至高辛時❺，復為雨師，遊人間。今之雨師本是焉。

❹ 西王母：古代神話中的女仙，又稱西華金母，是長生不老的象徵。
❺ 高辛：帝嚳（ㄎㄨˋ），姓姬，傳說中為上古五帝之一，系黃帝的曾孫，初受封於辛，後即帝位，號高辛氏。

【譯文】

赤松子是神農氏時的司雨之神，他服用冰玉散，並教神農服用。他跳進火裡不會被燒死。他常去昆侖山西王母住的石屋裡，能隨風雨上天下地。炎帝神農的小女兒追隨他學道，也成為神仙，一齊升天。到高辛氏時，他又擔任雨師，漫遊人間。是如今雨師們的祖師。

赤將子輿

赤將子輿者，黃帝時人也。不食五穀，而啖百草華❶。至堯時，為木工。能隨風雨上下。時於市門中賣繳❷，故亦謂之繳父。

❶ 啖：吃。
❷ 繳（ㄓㄨㄛˊ）：繫在箭上的絲繩。

【譯文】

赤將子輿，是黃帝時候的人。他不吃五穀，而吃各種草木的花。到唐堯時代，他做了木工。能隨著風雨來來去去。他又經常在集市中的商店門口賣繳，所以人們也叫他「繳父」。

寧封子自焚

寧封子❶，黃帝時人也。世傳為黃帝陶正❷。有異人過之❸，為其掌火❹，能出五色煙❺，久則以教封子。封子積火自燒，而隨煙氣上下。視其灰燼，猶有其骨。時人共葬之寧北山中❻，故謂之寧封子。

❶寧封子：古傳說中的仙人，又稱龍蹻真人。
❷陶正：古代管理陶器製作的官。
❸異人：神異之人，即指神仙。過：拜訪。
❹掌火：此處指掌握燒冶陶器的火候。
❺五色煙：五彩煙火，此處指燒冶陶器的火焰。
❻寧北：寧邑之北。寧：古邑名，位於今河南獲嘉一帶。

【譯文】

寧封子，是黃帝時候的人。世代傳說他是黃帝的陶正。曾有神仙去拜訪他，為他掌控燒冶陶器的火候，能夠在五彩煙火中進進出出，時間長了他就把這種法術教給封子。封子堆積柴火焚燒自己，隨著火焰上上下下。人們察看那剩下的灰燼，裡面還有封子的骸骨。當時的人們把灰燼與骸骨一起葬在寧北的山中，所以稱他為「寧封子」。

彭祖仙室

彭祖者，殷時大夫也。姓錢，名鏗。帝顓頊之孫❶，陸終氏之中子❷。曆夏而至商末，

❶顓頊（ㄓㄨㄢ ㄒㄩˋ）：上古五帝之一。相傳是黃帝之孫，昌意之子，號高陽氏。
❷陸終氏：顓頊之子。中子：排行居中的兒子。

號七百歲。常食桂芝。曆陽有彭祖仙室❸。前世云：「禱請風雨，莫不輒應❹。常有兩虎在祠左右。今日祠之訖，地則有兩虎跡。」

❸ 曆陽：地名。秦時置縣，位於今安徽和縣。
❹ 輒（ㄓㄜˊ）：總是。

【譯文】

彭祖，是商代的大夫。姓錢，名鏗，是顓頊帝的孫子，陸終氏的第二個兒子。他經歷過夏朝，一直活到商朝末年，號稱活了七百歲。他常常吃桂花和靈芝草。安徽曆陽山有彭祖的仙室。前代的人都說：「在那仙室中祈求風雨，沒有不馬上應驗的。而且在這祠堂的旁邊經常有兩隻老虎。今天祠堂已經沒有了，但地上倒還有兩隻老虎留下的足跡。」

崔文子學仙

崔文子者❶，泰山人也。學仙於王子喬❷。子喬化為白蜺❸，而持藥與文子。文子驚怪，引戈擊蜺，中之，因墮其藥。俯而視之，王子喬之履也❹。置之室中，覆以敝筐。須臾❺，化為大鳥。開而視之，翻然飛去。

❶ 崔文子：《列仙傳》中有載，崔文子喜好黃老之術，居於潛山之下，賣藥於市集，自稱三百歲。
❷ 王子喬：相傳為周靈王太子，名晉。
❸ 白蜺：蜺，寒蜩也。白蜺即白色的寒蜩（蟬）。
❹ 履：兩種說法，一說為鞋子；另一說「履」應為「屍」，指屍體。
❺ 須臾：一會兒。

【譯文】

崔文子是泰山人。他跟王子喬學仙道。王子喬變為白色的寒蟬，帶著仙藥來給崔文子。崔文子覺得奇怪，舉起戈投向白蟬，擊中了它，帶的藥掉了下來。崔文子俯身去看，原來是王子喬的屍體。他把屍體放進屋中，用破筐子蓋住。沒一會兒，屍體就化為大鳥。他打開筐子一看，大鳥繞幾個圈子就飛走了。

焦山老君

有人入焦山七年❶，老君與之木鑽❷，使穿一磐石，石厚五尺。曰：「此石穿，當得道。」積四十年，石穿，遂得神仙丹訣。

❶焦山：山名。位於今江蘇鎮江東北長江之中，與金山相對。相傳因東漢處士焦先隱居於此而得名。
❷老君：指太上老君，道教之祖老子。

【譯文】

有一個人進焦山學道七年，太上老君給了他一把木鑽子，叫他鑽穿一塊五尺厚的磐石。太上老君說：「等你把這塊石頭鑽穿，就可以得道成仙了。」此人一鑽就是四十年，磐石被鑽穿後，他就得到了煉丹成仙的秘訣。

魯少千應門

魯少千者，山陽人也❶。漢文帝微服懷金過之❷，欲問其道。少千拄金杖，執象牙扇，出應門。

❶山陽：漢代置縣名，屬河南郡。位於今河南修武縣。
❷漢文帝：劉恒（西元前二〇三—一五七年），漢高祖劉邦之子。微服：古代帝王王公為隱藏身份而改換行裝。懷金：帶著黃金。

【譯文】

魯少千，山陽縣人。漢文帝曾經穿著平民的衣服，帶著黃金去拜訪他，想向他學習道術。魯少千拄著金杖，手執象牙扇，出門迎接他。

淮南八老公

淮南王安❶，好道術。設廚宰以候賓客。正月上辛❷，有八老公詣門求見。門吏白王，王使吏自以意難之，曰：「吾王好長生，先生無駐衰之術❸，未敢以聞。」公知不見，乃更形為八童子，色如桃花。王便見之，盛禮設樂，以享八公。援琴而弦，歌曰：「明明上天，照四海兮。知我好道，公來下兮。公將與餘，生羽毛兮。升騰青雲，蹈梁甫兮。觀見三光❹，遇北斗兮。驅乘風雲，使玉女兮。」今所謂《淮南操》是也❺。

❶淮南王安：劉安。漢高祖劉邦之孫，淮南厲王之子，後謀反失敗而自殺。
❷上辛：農曆每月上旬的辛日。
❸駐衰之術：指長生不老之術。
❹三光：指日、月、星辰。
❺《淮南操》：古琴曲名，又叫《八公操》。

【譯文】

淮南王劉安，喜好道術。專設廚師盛宴迎候賓客。正月上辛那一天，有八位老人上門求見。門吏稟報淮南王，淮南王叫門吏刻意刁難他們，門吏說：「我們大王喜歡長生不老，先生們並無長生不老之術，因此我不敢替你們通報。」八位老人知道淮南王不願意接見，於是搖身變為八個童子，面色如桃花一般紅潤。淮南王便接見了他們，並用隆重的禮節和歌舞來款待他們。淮南王操起琴，和著旋律歌唱道：「上天無限光明，陽光普照大地。知我喜歡道術，八公從天降臨。八公賜我福壽，生翅成為仙人。騰雲升上青天，漫遊梁父山林。看見日月星光，遇上北斗七星。駕著清風彩雲，玉女伴我同行。」這支歌就是今天所說的《淮南操》。

劉根召鬼

劉根，字君安。京兆長安人也。漢成帝時❶，入嵩山學道❷。遇異人，授以秘訣，遂得仙。能召鬼。潁川太守史祈以為妖❸，遣人召根，欲戮之。至府，語曰：「君能使人見鬼，可使形見。不者，加戮。」根曰：「甚易。借府君前筆硯書符。」因以叩幾。須臾，忽見五六鬼，縛二囚於祈前。祈熟視❹，乃父母也。向根叩頭曰：「小兒無狀，分當

❶ 漢成帝：西漢宣帝之子劉驁。
❷ 嵩山：中嶽嵩山，位於河南西部。
❸ 潁川：郡名。秦時所置，行政中心位於陽翟，即今河南禹州。
❹ 熟視：注目細看。

萬死❺。」叱祈曰：「汝子孫不能光榮先祖，何得罪神仙，乃累親如此。」祈哀驚悲泣，頓首請罪。根默然忽去，不知所之。

❺分當：理當，應當。

【譯文】

劉根，字君安，他是國都長安人。漢成帝的時候，他曾到嵩山學習道術。遇見一位神人，把成仙的秘訣教給了他，於是他就得道成仙，能召喚鬼魂。潁川太守史祈認為他是妖怪，便派人召見劉根，想殺死他。劉根到了太守府上後，史祈便對他說：「聽說你能讓人見到鬼，你就召來鬼讓我看看，若召不來就殺了你！」劉根說：「這很容易。請借一下你面前的筆墨讓我寫一道符。」他寫好後將這符敲了一下桌子。一會兒，忽然看見五、六個鬼綁著兩個囚犯來到史祈眼前。史祈仔細一看，竟是自己的父母。他的父母向劉根磕著頭說：「我兒子無禮，罪該萬死。」又訓斥史祈說：「你們這些子孫不能光宗耀祖，為什麼還要得罪神仙，讓你父母親也受到這樣的拖累！」史祈驚恐萬狀，悲痛地哭著向劉根磕頭請罪。劉根不發一言就忽然離去了，不知所蹤。

王喬飛舄

漢明帝時❶，尚書郎河東王喬為鄴令❷。喬有神術，每月朔❸，嘗自縣詣台❹。帝怪其來數，而不見車騎；密令太史候望之。言其臨至時，輒有雙鳧❺，從東南飛來。因

❶漢明帝：東漢光武帝劉秀之子劉莊。
❷尚書郎：官名。東漢之制，取孝廉中有才能者，入尚書台，在皇帝左右處理政務，滿一年稱尚書郎，三年稱侍郎。鄴：古地名，位於今河北臨漳西。
❸朔：農曆每月初一。
❹自縣詣台：從縣裡來到朝廷。詣：到。台：朝廷。
❺鳧（ㄈㄨˊ）：水鳥，俗稱「野鴨」。

伏伺，見鳧，舉羅張之❻，但得一雙舄❼。使尚方識視❽，四年中所賜尚書官署履也。

❻羅：捕鳥的網。
❼舄（ㄒㄧˋ）：鞋子。
❽尚方：古時專門製造帝王所用器物的官署。

【譯文】

漢明帝的時候，尚書郎河東人王喬任鄴縣令。王喬通神仙之術，每月初一，就能夠從縣裡來到朝廷。漢明帝覺得奇怪，他來了許多次，卻不乘車騎馬；便密令太史暗中監視他。太史報告說，王喬快到的時候，就會有一對野鴨子從東南方飛來。於是明帝派人埋伏守候，見那對野鴨子飛來，就用網捕捉，結果只捕到一雙鞋子。讓尚方的官吏來辨認，卻是明帝永平四年時賜予尚書官署的鞋子。

薊子訓遁去

薊子訓，不知所從來。東漢時，到洛陽見公卿❶，數十處，皆持斗酒片脯候之❷。曰：「遠來無所有，示致微意。」坐上數百人，飲啖終日不盡。去後，皆見白雲起，從旦至暮。時有百歲公說：「小兒時見訓賣藥會稽市❸，顏色如此。」訓不樂住洛，遂遁去❹。正始中，有人於長安東霸城，見與一老公共摩挲銅人❺，相謂曰：「適

❶公卿：本指三公九卿，後來泛指朝中高級官員。
❷脯：肉乾。
❸會（ㄎㄨㄞˋ）稽：古郡名，秦時所置，行政中心位於吳縣，即今江蘇蘇州。
❹遁：此處為躲避，離開之意。
❺摩挲（ㄙㄨㄛ）：撫摸。

見鑄此，已近五百歲矣。」見者呼之曰：「薊先生小住。」並行應之。視若遲徐，而走馬不及。

【譯文】

薊子訓，不知是從什麼地方來的。東漢時，他到洛陽，拜見了幾十個大官，每次拜見時都拿一杯酒和一片肉乾款待他們，並說：「我遠道而來，沒有什麼東西，只能用它來表示一點小小的心意。」宴席上數百人，吃吃喝喝一整天都吃不完。離開後，人們都能看見有白雲升起，從早晨一直到傍晚。當時有個百歲老人說：「我小時候，看見薊子訓在會稽集市上賣藥，面色也像現在這樣。」薊子訓不喜歡住在洛陽，就悄悄離開了。正始年間，有人在長安東面的霸城，看見他與一位老人一起在撫摸銅像，並對老人說：「當時看見鑄造這銅像，到現在已快五百年了。」這看見的人向他喊道：「薊先生等一等。」他一邊走一邊答應著，看上去好像走得很慢，可連奔馳的馬也追不上。

漢陰生乞市

漢陰生者，長安渭橋下乞小兒也。常於市中丐❶，市中厭苦，以糞灑之。旋復在市中乞，衣不見汙如故。長吏知之，械收系，著桎梏❷，而續在市乞。又械欲殺之，乃

❶ 丐：作動詞，乞討。

❷ 桎梏（ㄓˋ ㄍㄨˋ）：鐐和手銬。

去。灑之者家，屋室自壞，殺十數人。長安中謠言曰：「見乞兒與美酒，以免破屋之咎❸。」

❸ 咎：災禍。

【譯文】

漢代陰生是長安渭橋下要飯的小孩。他常到集市上去行乞，集市上的人都討厭他，把糞水灑在他的身上。沒過多久，他又在集市上乞討，而衣服上並不見糞水的汙跡，就像先前一樣。縣吏知道後，把他抓起來關進牢房，戴上手銬腳鐐，但他很快又回到集市上行乞。縣吏又把他抓起來，想打死他，他才逃走了。那用糞水潑他的人，家裡的房屋自行倒塌，壓死了十多人。後來長安城裡流傳著一首歌謠：「見到乞丐，就給美酒，免得房倒之災臨頭。」

常生復生

谷城鄉卒常生❶，不知何所人也。數死而復生，時人為不然。後大水出，所害非一。而卒輒在缺門山上大呼❷，言：「卒常生在此。」云：「復雨❸，水五日必止。」止，則上山求祠之，但見卒衣杖革帶。後數十年，復為華陰市門卒❹。

❶ 谷城：春秋時周邑，漢置谷城縣。位於今河南洛陽西北。
❷ 缺門山：俗稱鐵門山，位於今河南新安縣西十五公里。
❸ 復雨：停止下雨。復，消除。一解為再，繼續。
❹ 華陰：縣名，漢置。以在華山之陰（山的北面）得名，位於今陝西華陰縣東南。

【譯文】

有個谷城鄉卒叫常生，不知道他是什麼地方人。他幾次死而復生，當時的人認為不會有這種事。後來洪水暴發，遭災的地方不止一處。於是他在缺門山上大喊，說：「雨水停止，洪水五天後必定退去。」洪水退後，人們就上山找他，要立祠祭祀他，只見他穿著整齊，手持拐杖，束著皮帶。過了幾十年，他又開始做華陰縣的守門人。

左慈顯神通

左慈，字元放，廬江人也❶。少有神通。嘗在曹公座，公笑顧眾賓曰：「今日高會，珍羞略備❷。所少者，吳松江鱸魚為膾❸。」放曰：「此易得耳。」因求銅盤貯水，以竹竿餌釣於盤中，須臾，引一鱸魚出。公大拊掌❹，會者皆驚。公曰：「一魚不周坐客，得兩為佳。」放乃復餌釣之。須臾，引出，皆三尺餘，生鮮可愛。公便自前膾之，周賜座席。公曰：「今既

❶廬江：漢置郡名，行政中心位於舒縣，即今安徽廬江以西。

❷珍羞：亦作「珍饈」。珍美的肴饌。

❸吳松江：吳淞江，又叫蘇州河，為黃浦江支流。膾（ㄎㄨㄞˋ）：細切的肉。

❹拊（ㄈㄨˇ）掌：拍手，鼓掌，表示歡樂或激憤。

得鱸，恨無蜀中生薑耳。」放曰：「亦可得也。」公恐其近道買，因曰：「吾昔使人至蜀買錦，可敕人告吾使，使增市二端❺。」人去，須臾還，得生薑。又云：「於錦肆下見公使，已敕增市二端。」後經歲餘，公使還，果增二端。問之，云：「昔某月某日，見人於肆下，以公敕敕之。」後公出近郊，士人從者百數，放乃賚酒一罌❻，脯一片，手自傾罌，行酒百官，百官莫不醉飽。公怪，使尋其故。行視沽酒家，昨悉亡其酒脯矣。公怒，陰欲殺放。放在公座，將收之，卻入壁中，霍然不見❼。乃募取之。或見於市，欲捕之，而市人皆放同形，莫知誰是。後人遇放於陽城山頭，因復逐之。遂走入羊群。公知不可得，乃令就羊中告之，曰：「曹公不復相殺，本試君術耳。今既驗，但欲與相見。」忽有一老羝❽，屈前兩膝，

❺端：古代計量布帛的長度單位。一端約為二丈。

❻賚（ㄌㄞˋ）：帶，持。罌（一ㄥ）：盛酒的容器，口小腹大。

❼霍然：突然。

❽羝（ㄉ一）：公羊。

人立而言曰：「𧮪如許。」人即云：「此羊是。」競往赴之。而群羊數百，皆變為羝，並屈前膝，人立，云：「𧮪如許。」於是遂莫知所取焉。老子曰：「吾之所以為大患者，以吾有身也；及吾無身，吾有何患哉。」若老子之儔❾，可謂能無身矣，豈不遠哉也？

❾儔（ㄔㄡˊ）：輩，同類。

【譯文】

左慈，字元放，廬江人。少年時就有神奇的本事。他曾是曹操的座上客，有次曹操笑著對眾賓客說：「今天高朋滿座，山珍海味都已備齊，只差吳淞江的鱸魚了。」元放說：「這事好辦。」於是他要了一個銅盤，盛滿水，用竹竿掛上魚餌，一會兒，就從盤中釣出一條鱸魚來。曹操拍手叫好，眾賓客感到十分驚奇。曹操又說：「一條魚不夠招待大家，要是有兩條就好了。」於是元放再用竹竿魚餌在盤中垂釣，一會兒，又釣出一條魚來。兩條魚都有三尺多長，新鮮可愛。

曹操準備親自下廚烹調，一一賞賜在座賓客。曹操說：「現在鱸魚有了，可惜沒有蜀地的生薑作調料。」元放說：「這也好辦。」曹操怕他到附近去買，因此說：「我先前派人到蜀地去買彩錦，你告訴我的使臣，叫他多買四丈。」元放去了，一會兒就帶回生薑。還對曹操說：「在蜀錦市場見到了你的使臣，已告訴他讓他多買四丈彩錦了。」

一年後，使臣回來，果然多買了四丈彩錦。曹操問他，他說：「去年某月某日，我在市場見到一個人，把你的命令傳達給了我。」後來曹操到近郊遊玩，隨從官員有一百多人，元放拿著一罈酒，一片肉乾，親自為官員們倒酒，一百多個官員都吃喝得酒醉肉飽。曹操覺得很奇怪，派人調查原因。巡查到一家酒店，得知昨晚這家酒店的酒肉全都不見了。曹操生氣了，暗中想要殺元放。元放在宴會上，曹操想捉拿他，他卻隱入牆壁之中，忽然不見了。於是曹操對眾人宣告懸賞元放，見到元放就捉拿他。而街市上的人都變成同元放一個模樣，誰也認不出哪一個是他。後來有人在陽城山頭見到元放，曹操便派人去捉他。元放混入羊群。曹操知道元放不容易捉住，就叫人對羊群說：「曹操不再殺你，只想試一試你的神術，現在已經應驗了，只想與你見面。」忽然有一隻老公羊，彎著兩隻前腳，像人一樣站起來說：「驚慌成這個樣子。」那個人立刻說：「這隻羊就是元放。」那些人紛紛撲向這隻羊。而那幾百隻羊都變成了老公羊，並彎著兩隻前腳，像人一樣站起來說：「看我們驚慌成這個樣子。」最終還是無法將元放捉住。老子說：「我之所以有憂患，是因為我有形體。如果我沒有形體，那我還有什麼可憂患的呢？」像老子之類的人，可以說能夠做到不具形體了。難道他們的精神還不夠高遠的嗎？

于吉請雨

孫策欲渡江襲許❶，與于吉俱行，時大旱。所在熇厲❷，策催諸將士，使速引船。或身自早出督切，見將吏多在吉許。策因此激怒，言：「我為不如吉耶？而先趨附

❶孫策：三國時東吳政權創立者，孫權之兄。許：許昌。

❷熇（ㄏㄜˋ）厲：炎熱。

之。」便使收吉至，呵問之曰：「天旱不雨，道路艱澀，不時得過。故自早出，而卿不同憂戚❸，安坐船中，作鬼物態，敗吾部伍。今當相除。」令人縛置地上，暴之❹，使請雨，若能感天，日中雨者，當原赦；不爾，行誅。俄而雲氣上蒸，膚寸而合❺，比至日中，大雨總至，溪澗盈溢。將士喜悅，以為吉必見原，並往慶慰。策遂殺之。將士哀惜，藏其屍。天夜，忽更興雲覆之。明旦往視，不知所在。策既殺吉，每獨坐，彷彿見吉在左右。意深惡之，頗有失常。後治瘡方差❻，而引鏡自照，見吉在鏡中，顧而弗見。如是再三。撲鏡大叫，瘡皆崩裂，須臾而死。吉，琅琊人，道士❼。

❸憂戚：憂愁煩惱。
❹暴（ㄆㄨˋ）：曬。
❺膚寸而合：指雲霧逐漸集合。
❻差（ㄔㄞˋ）：痊癒。
❼此句疑為注誤入正文。

【譯文】

吳國孫策想要渡江襲擊許昌，於是帶著道士于吉一起行軍，當時正直大旱。他們所到之處異常炎熱，孫策就催促全體官兵，讓他們快一點把船拉來準備渡江進軍。一早他又親自出去督促，卻看見將官們多聚集在于吉那裡。孫策因此很生氣，說：「我做得不及于吉嗎？你們倒先去依附他！」就派人去抓于吉，于吉被抓來了，孫策就責備他說：「天氣乾旱得一直不下雨，道路行駛艱難，不知何時才能渡過江去。所以我一早出來動員大家，但你不和我共患難，卻安心坐在船中，裝神弄鬼，渙散軍心。今天我要殺了你。」於是就命令部下把他綁了扔在地上暴曬，並令他求雨。如果他能感動上天，中午就下雨的話，就赦免他；否則，就執行死刑。一會兒，雲氣向上蒸騰，一塊一塊地合攏來。等到中午，傾盆大雨一下子倒了下來，河流山川都滿得溢出來了。官兵們十分高興，認為于吉一定可以被赦免了，就一起前往慶賀慰問。孫策卻在這時把于吉殺了。官兵們都很悲痛惋惜，就把他的屍體藏了起來。那天夜裡，忽然又有烏雲升起，把他的屍體蓋住了。第二天一早跑去一看，不知道于吉的屍體到什麼地方去了。孫策殺了于吉以後，每當一個人坐著，就彷彿看見于吉在他的旁邊。他心裡非常厭惡于吉，精神也有點失常了。後來他被治療的傷口剛剛痊癒，便拿起鏡子來照自己，卻看見于吉在鏡中，他便轉過頭不看。像這樣照了好幾次。突然他就撲倒在鏡子上大喊大叫，傷口便又都潰裂開來，不一會兒他就死了。于吉，琅琊人，是個道士。

介琰變化隱形

介琰者❶，不知何許人也。住建安方山❷，從其師白羊公杜受玄一無為之道❸。能變

❶介琰（ㄧㄢˇ）：三國時人。

❷建安：古郡名，行政中心位於今福建建甌。方山：山名。

❸白羊公杜：傳說中的道士，因其常騎白羊，故稱白羊公。玄一無為之道：道家法術。

化隱形。嘗往來東海❹，暫過秣陵❺，與吳主相聞。吳主留琰，乃為琰架宮廟，一日之中，數遣人往問起居。琰或為童子，或為老翁，無所食啖，不受餉遺❻。吳主欲學其術，琰以吳主多內禦，積月不教。吳主怒，敕縛琰，著甲士引弩射之。弩發，而繩縛猶存，不知琰之所之。

❹東海：秦時置郡名，行政中心位於郯（ㄊㄢˊ），即今山東郯城北。
❺秣陵：古縣名，位於今江蘇南京。
❻餉遺：饋贈。

【譯文】

介琰，不知是哪裡人。住在建安方山之中，向他的老師白羊公杜學習玄一無為之道術。能變化形體和隱身。曾往來於東海郡，回來時暫住在秣陵，和吳王君主孫權有來往。孫權留介琰住下來，為他修建了宮廟，一天之內，多次派人去問候他的飲食起居。介琰有時變為兒童，有時變為老人，不吃不喝，也不接受贈賜的財物。孫權想學習介琰的法術，介琰認為孫權的妃嬪太多，幾個月都不教他。孫權生氣了，下令把介琰綁起來，讓士兵拿弓箭射他。弓箭齊發，介琰身上綁的繩子還在，介琰卻不知到哪兒去了。

葛玄使法術

葛玄❶，字孝先，從左元放受九丹液仙經❷。與客對食，言及變化之事，客曰：「事畢，先生作一事特戲者。」玄曰：「君得無即欲有所見乎？」乃嗽口中飯，盡變大蜂數百，皆集客身，亦不螫人。久之，玄乃張口，蜂皆飛入，玄嚼食之，是故飯也。又指蝦蟆及諸行蟲燕雀之屬，使舞，應節如人。冬為客設生瓜棗，夏致冰雪。又以數十錢使人散投井中，玄以一器於井上呼之，錢一一飛從井出。為客設酒，無人傳杯，杯自至前，如或不盡，杯不去也。

嘗與吳主坐樓上，見作請雨土人，帝曰：「百姓思雨，寧可得乎？」玄曰：「雨易得耳！」乃書符著社中，頃刻間，天地晦

❶葛玄：《三洞群仙錄》中記載：「葛玄，字孝先，三國吳丹陽人。慕神仙術，學煉氣保形之道，人稱葛仙翁。後於閣皂山靈寶法壇上，白日飛升，證往太極左宮，天機內相。宋封常道沖應孚佑真君，流傳天臺派。」

❷左元放：左慈。《九丹液仙經》：相傳為道家修煉金丹的秘笈。

冥❸，大雨流淹。帝曰：「水中有魚乎？」玄復書符擲水中，須臾，有大魚數百頭。使人治之。

❸晦冥：昏暗。

【譯文】

葛玄，字孝先，曾跟隨左慈學習《九丹液仙經》。他與客人吃飯時，談到法術變化的事情，客人說：「吃完飯，先生表演一個法術看看。」葛玄說：「你是不是想馬上就看見無中生有的東西呢？」於是，他從口中吐出飯粒，飯粒就全變成了幾百隻大蜜蜂，飛到客人身上，也不螫人。過了一會兒，葛玄張開嘴，蜜蜂又紛紛飛進他的口中，葛玄嚼著吃著，還是飯粒。他又指揮蛤蟆及各種爬蟲、燕雀之類跳舞，它們都像人一樣和著節拍跳起舞來。葛玄冬天為客人準備鮮瓜鮮棗，夏天又為客人送去冰塊雪花。又叫人把十幾個銅錢投入井中，葛玄拿著一個盤子在井上，口中唸唸有詞，銅錢就一一從井裡飛了出來，落在盤子裡。他為客人擺酒，沒有人端杯子，杯子會自動來到客人面前。如果客人沒有喝乾酒杯裡的酒，酒杯就不會離開。

葛玄曾和吳王坐在樓上，看見百姓在做祈雨的泥人，吳王說：「老百姓盼望下雨，可以求得嗎？」葛玄說：「求雨很容易！」於是葛玄畫一道符放在神廟裡，不一會兒就天昏地暗，大雨傾盆，雨水四處流淌。吳王說：「水裡有魚嗎？」葛玄又畫了一道符，投入水中，不一會兒，水裡就出現幾百條大魚。吳王便派人去捉魚。

園客養蠶

園客者，濟陰人也❶。貌美，邑人多欲妻之❷，客終不娶。嘗種五色香草，積數十年，服食其實。忽有五色神蛾，止香草之上，客收而薦之以布❸，生桑蠶焉。至蠶時，有神女夜至，助客養蠶，亦以香草食蠶。得繭百二十頭，大如甕。每一繭繅六七日乃盡❹。繅訖，女與客俱仙去，莫知所如。

❶濟陰：郡名，行政中心位於今山東定陶。
❷妻之：將女兒嫁給他。妻：此處作動詞。
❸薦：鋪陳。
❹繅（ㄙㄠ）：抽繭出絲。

【譯文】

園客，濟陰郡人。他容貌長得很俊美，同鄉的人都想把女兒嫁給他，但園客始終不娶妻。他曾經種了五彩繽紛的香草，一連種了幾十年，然後吃它的果實。忽然有一隻五彩繽紛的仙蛾停在香草上。園客把它捉起來放在布上，這仙蛾就在布上產下了蠶卵。到了養蠶的季節，有個仙女夜裡來到園客家，幫助園客養蠶，她也用香草餵蠶。他們後來獲得蠶繭一百二十個，個個都大得像酒甕一般。每一顆蠶繭要繅六、七天才能把絲抽完。所有的蠶絲都繅完了，仙女就和園客一起升仙而去，沒有人知道他們去了哪裡。

董永與織女

漢董永，千乘人❶。少偏孤❷，與父居。肆力田畝，鹿車載自隨❸。父亡，無以葬，乃自賣為奴，以供喪事。主人知其賢，與錢一萬，遣之。

永行，三年喪畢，欲還主人，供其奴職。道逢一婦人曰：「願為子妻。」遂與之俱。主人謂永曰：「以錢與君矣。」永曰：「蒙君之惠，父喪收藏，永雖小人，必欲服勤致力，以報厚德。」主曰：「婦人何能？」永曰：「能織。」主曰：「必爾者，但令君婦為我織縑百匹❹。」於是永妻為主人家織，十日而畢。

女出門，謂永曰：「我，天之織女也。緣君至孝，天帝令我助君償債耳。」語畢，淩空而去，不知所在。

❶千乘（ㄕㄥˋ）：古地名，位於今山東博興、高青附近。
❷偏孤：指早年喪父或喪母。
❸鹿車：古代一種小車，因其車身狹小，僅能容一鹿，故稱鹿車。
❹織縑（ㄐㄧㄢ）：織絹。

【譯文】

漢時的董永，是千乘縣人。小時候就死了母親，和父親一起生活。他賣力種田，用小車拉著父親跟在自己身邊。父親死了，沒有錢安葬，他就把自己賣給人家當奴僕，用得到的錢來辦喪事。買主知道他賢能孝順，就給了他一萬錢，叫他回家。

董永守完了三年孝，想要回到買主那裡去盡奴僕的職責。他在路上碰到一個女子，女子對他說：「我願意做你的妻子。」於是女子就和董永一起到買主家去了。主人對董永說：「我已經把錢給你啦。」董永說：「承蒙你的恩德，我父親死了才得到安葬，我雖然是個卑微的人，也一定要盡心竭力來報答你的恩德。」主人說：「你的妻子會做什麼呢？」董永說：「會織布。」主人說：「你一定要報答我的話，就讓你妻子給我織一百匹細絹好了。」於是董永的妻子為主人家織絹，十天就織完了。

這女子出門後對董永說：「我是天上的織女。只因為你極其孝順，天帝才命令我來幫你償還欠債的。」說完，就騰空而去，不知去了哪裡。

鉤弋夫人之死

初，鉤弋夫人有罪❶，以譴死。既殯❷，屍不臭，而香聞十餘里。因葬雲陵❸，上哀悼之。又疑其非常人，乃發塚開視，棺空無屍，惟雙履存。一云，昭帝即位，改葬之，棺空無屍，獨絲履存焉。

❶鉤弋夫人：漢武帝時的婕妤（ㄐㄧㄝ／ㄩ／，古代宮中女官名），姓趙，漢昭帝劉弗陵之母。因住在鉤弋宮，故稱鉤弋夫人。

❷殯：把靈柩送到墓地去。

❸雲陵：雲陽鉤弋夫人陵墓。位於今陝西淳化縣北。

【譯文】

當初，鉤弋夫人犯下罪，被賜死。出殯以後，屍體不發臭，卻有香氣飄到十里之外。於是她被安葬在雲陵，漢武帝哀悼她。又懷疑她不是普通之人，就掘墓開棺來看，棺裡是空的，沒有屍體，只留下一雙鞋子。還有另一種說法：漢昭帝即位後，重新安葬鉤弋夫人，棺材是空的，沒有屍體，僅留下一雙絲織的鞋子。

杜蘭香與張傳

漢時有杜蘭香者，自稱南康人氏❶。以建興四年春❷，數詣張傳❸。傳年十七，望見其車在門外，婢女通言：「阿母所生，遺授配君，可不敬從？」傳，先名改碩，碩呼女前，視，可十六七，說事邈然久遠。有婢子二人：大者萱支，小者松支。鈿車青牛上❹，飲食皆備。作詩曰：「阿母處靈岳，時游雲霄際。眾女侍羽儀，不出墉宮外❺。飄輪送我來，豈復恥塵穢。從我與福俱，嫌我與禍會。」至其年八月旦，

❶南康：郡名，行政中心位於今江西於都。
❷建興：晉湣帝年號。
❸張傳：晉朝人張碩，傳說從杜蘭香學道術而升仙。
❹鈿車：用金玉裝飾的車子。泛指華麗的車子。
❺墉宮：又稱墉城，傳說為西王母的居所。

復來，作詩曰：「逍遙雲漢間❻，呼吸發九嶷❼。流汝不稽路，弱水何不之。」出薯蕷子三枚❽，大如雞子，云：「食此，令君不畏風波，辟寒溫。」碩食二枚，欲留一，不肯，令碩食盡。言：「本為君作妻，情無曠遠，以年命未合，且小乖，大歲東方卯❾，當還求君。」蘭香降時，碩問禱祀何如。香曰：「消魔自可癒疾，淫祀無益。」香以藥為消魔。

❻ 雲漢：銀河。

❼ 九嶷（一ˊ）：山名，位於今湖南寧遠南部。傳說舜帝葬於此。

❽ 薯蕷（ㄩˋ）：俗稱山藥。

❾ 大歲：太歲，星名，即木星。古代曾以木星為歲星，配上天干地支方位紀年。

【譯文】

漢朝時有個叫杜蘭香的人，自稱是南康人氏。在建興四年的春天，她屢次來找張傳。張傳當時十七歲，望見她的車子停在門外，而她的丫鬟來傳達她的話說：「我娘生下我，讓我嫁給你，我怎能不從命呢？」張傳先前已把名字改成了張碩，張碩便呼喚這女子走上前來，打量了一番，見她只有十六、七歲，而她談到的卻都是很久很久以前的事。她有丫鬟二人：大的叫萱支，小的叫松支。她們乘坐的是青牛拉著的華麗車駕，車上飲食一應俱全。她作詩說：「我母親居住在神山，經常遊覽九重天。羽毛儀仗婢女持，不到仙境墉宮外。飄飄車輪送我來，難道嫌惡人世間？與我共處幸福多，如若嫌我禍在前。」到那一年八月初一，她又來了，作詩說：「自由往來天河間，呼吸散發九嶷山。飄忽流連在人間，窮鄉僻壤不跑遍？」她拿出山藥果三個，都像雞蛋一樣大，對張碩說：「把這吃了，可以讓你不怕風浪，不懼冷暖。」張碩吃了兩個，想留一個，她不肯，讓張碩吃完。

她又對張碩說：「我本來要當你的妻子，感情可別疏遠了。只因為現在年命不相合，其中稍微有點不和諧。等到太歲位於東方卯次的時候，我定會回來找你的。」杜蘭香降臨時，張碩問：「祈禱祭祀的事怎麼樣？」杜蘭香說：「消魔就能治好疾病，祭祀太多並沒有好處。」杜蘭香把藥物稱為「消魔」。

弦超與神女

魏濟北郡從事掾弦超❶，字義起，以嘉平中夜獨宿❷，夢有神女來從之。自稱：「天上玉女❸，東郡人❹，姓成公❺，字知瓊，早失父母，天帝哀其孤苦，遣令下嫁從夫。」超當其夢也，精爽感悟，嘉其美異，非常人之容，覺寤欽想❻，若存若亡，如此三四夕。一旦，顯然來遊，駕輜軿車❼，從八婢，服綾羅綺繡之衣，姿顏容體，狀若飛仙，自言年七十，視之如十五六女。車上有壺榼❽，青白琉璃五具。食啖奇異，饌具醴酒，與超共飲食。謂超曰：「我，天上玉女，見遣下嫁，故來從君，

❶魏濟北郡：指三國時期曹魏的濟北郡，行政中心位於今山東長清縣。從事掾：官職名，為州郡主官的僚屬。
❷嘉平：三國魏齊王曹芳年號（西元二四九年—二五四年）。
❸玉女：指仙女。
❹東郡：郡名，行政中心位於今河南濮陽。
❺成公：複姓。
❻覺寤（ㄨˋ）：睡醒。
❼輜軿（ㄆㄧㄥˊ）車：衣車，指有帷幕、華蓋的車子。
❽壺榼（ㄎㄜˋ）：古代用來盛水或酒的器物。

不謂君德。宿時感運，宜為夫婦。不能有益，亦不能為損。然往來常可得駕輕車，乘肥馬，飲食常可得遠味，異膳，繒素常可得充用不乏。然我神人，不為君生子，亦無妒忌之性，不害君婚姻之義。」遂為夫婦。贈詩一篇，其文曰：「飄颻浮勃逢❾，敖曹雲石滋❿。芝英不須潤，至德與時期。神仙豈虛感，應運來相之。納我榮五族，逆我致禍菑⓫。」此其詩之大較，其文二百餘言，不能盡錄。兼注易七卷，有卦，有象，以象為屬。故其文言既有義理，又可以占吉凶，猶揚子之太玄⓬，薛氏之中經也⓭。超皆能通其旨意，用之占候。

作夫婦經七八年，父母為超娶婦之後，分日而燕，分夕而寢，夜來晨去，倏忽若飛，唯超見之，他人不見。雖居暗室⓮，輒聞

❾ 飄颻：隨風飄動。勃逢：通「渤蓬」，即渤海蓬萊仙山。

❿ 敖曹：嗷嘈，描摹樂聲的喧鬧。雲石：指雲板、石磬等樂器。滋：指發出聲音。

⓫ 禍菑（ㄗㄞ）：災禍。

⓬ 揚子：揚雄。漢時著名辭賦家，有《甘泉賦》、《羽獵賦》等。

⓭ 薛氏之中經：不可考，或為亡佚之作。

⓮ 暗室：指陰暗或隱蔽之居所。

聲，常見蹤跡，然不睹其形。後人怪問，漏泄其事；玉女遂求去。云：「我，神人也。雖與君交，不願人知，而君性疏漏，我今本末已露，不復與君通接。積年交結，恩義不輕；一旦分別，豈不愴恨？勢不得不爾。各自努力！」又呼侍禦下酒，飲啖，發簏[15]，取織成裙衫兩副遺超。又贈詩一首，把臂告辭，涕泣流離，肅然升車，去若飛迅。超憂慼積日，殆至委頓。去後五年。超奉郡使至洛，到濟北魚山下，陌上西行，遙望曲道頭有一馬車，似知瓊。驅馳至前，果是也。遂披帷相見，悲喜交切。控左援綏，同乘至洛。遂為室家，克復舊好。至太康中[16]，猶在。但不日日往來，每於三月三日，五月五日，七月七日，九月九日旦，十五日輒下，往來經宿而去。張茂先為之作《神女賦》[17]。

[15] 簏（ㄌㄨˋ）：竹編的容器。
[16] 太康：晉武帝司馬炎年號（西元二八〇年—二八九年）。
[17] 張茂先：張華，字茂先，晉代文學家，著有《博物志》等。

【譯文】

三國曹魏時，濟北郡有個從事掾弦超，字義起，在魏齊王嘉平年間，一天半夜他夢見神女下凡。神女自稱是天上仙女，原是東郡人氏，姓成公，字知瓊，早年喪失父母，天帝可憐她孤苦，便派她下凡出嫁為人婦。弦超做夢的時候，精神爽快，感覺十分清晰，他讚賞知瓊的美貌，不是一般人可比擬，醒來後回想，夢境真假莫辨，就這樣過了三、四個晚上。有一天，知瓊突然現身來到，乘坐華貴的軿車，有八個婢女隨從，都穿著綾羅錦繡的衣服，姿態容貌身材如同仙女一般，她自稱七十歲，可看上去只有十五、六歲的樣子。車子上有壺、榼、青白色的琉璃器具，飲食奇特異常。她準備了美酒，與弦超對飲。她對弦超說：「我是天上的仙女，被派下來嫁給你。想不到你有德行，是前世緣分，我們應該做夫妻。不能說有什麼好處，也不能說有什麼害處。我們經常往來，可以坐輕車，騎肥馬，吃山珍海味，有穿不完的絲綢絹緞。但我是神人，不能為你生兒育女，也沒有妒忌之心，不妨礙你的婚姻之事。」於是他們結為夫妻。知瓊送給弦超一首詩：「我在蓬萊仙境飄遊，雲板石磬發出樂聲。靈芝不用雨水滋潤，修養德行等待時機。神仙哪是憑空感應，是順天意來幫助你。容我將會五族榮昌，逆我將會招來災禍。」這是她詩的大意，詩文有兩百多個字，不能完全記錄下來。知瓊還注釋《周易》共七卷，有卦辭，有象辭，用象辭作為歸類。所以其中的文字，既有意義道理，又可以用來占卜吉凶，像揚雄的《太玄》和薛氏的《中經》一樣。弦超都能理解其中意思，用它來預測吉凶。

他們做夫妻七、八年後，弦超的父母為弦超娶了妻子，知瓊和弦超就隔一天一起吃飯，隔一天一起睡覺，知瓊晚上來，早上去，快得像飛一樣，只有弦超看得見她，別人都看不見。雖然在閨房裡，常常聽到她的聲音，見到她的影子，但是看不見她的形體。後來有人覺得奇怪便問弦超，弦超洩露了他們的事情。仙女於是要求離去，說：「我是神人，雖然與你交往，不願被人知道。而你粗心大意，我已經徹底暴露了身份，不能再與你交往了，多年往來，情義非薄；一旦分別，怎不傷心？情勢所迫，不得不去。我們各自好自為之吧。」她又叫婢女來備酒飲食，打開箱子，取出兩套彩絲金縷的衣服，留給弦超。又贈詩一首，挽著胳膊告別，仙女痛哭流涕，淒然上車，飛一樣地離去了。弦超憂傷了很久，萎靡不振。

知瓊走後五年。弦超奉州郡差使去洛陽，來到濟北魚山下小道上，往西走，遠遠望去，彎道盡頭有一駕馬車，像是知瓊。弦超驅馬上前去看，果然是知瓊。於是揭開帷幕相見，兩人悲喜交加。催趕左邊驂馬，拉著車繩，一同乘車到洛陽。又結為夫妻，重歸於好。至晉武帝太康年間，他們仍然生活在一起。但不是天天往來，每當三月三，五月五，七月七，九月九和每月初一、十五，知瓊就會降臨，過一夜就又離去。張茂先為她寫下了《神女賦》。

卷二

壽光侯劾鬼

壽光侯者，漢章帝時人也❶，能劾百鬼眾魅❷，令自縛見形。其鄉人有婦為魅所病，侯為劾之，得大蛇數丈，死於門外，婦因以安。又有大樹，樹有精，人止其下者死，鳥過之亦墜。侯劾之，樹盛夏枯落，有大蛇，長七八丈，懸死樹間。章帝聞之，徵問。對曰：「有之。」帝曰：「殿下有怪，夜半後，常有數人，絳衣❸，披髮，持火相隨。豈能劾之？」侯曰：「此小怪，易消耳。」帝偽使三人為之。侯乃設法，三人登時僕地，無氣。帝驚曰：「非魅也，朕相試耳。」即使解之。

或云：「漢武帝時，殿下有怪，常見朱衣披髮，相隨持燭而走。帝謂劉憑曰❹：『卿

❶ 漢章帝：東漢明帝之子劉炟（ㄉㄚˊ）。
❷ 劾：降服、制伏。
❸ 絳：赤色，紅色。
❹ 劉憑：《神仙傳》中有記載稱：「劉憑者，沛人也，有軍功，封壽光金鄉侯。」

可除此否？』憑曰：『可。』乃以青符擲之❺，見數鬼傾地。帝驚曰：『以相試耳。』解之而甦。」

❺青符：道士用來驅鬼的符咒。

【譯文】

壽光侯是漢章帝在位時的人，他能降服各種鬼怪，能令它們捆綁自己，現出原形。他同鄉人的妻子被妖怪所害而生病，壽光侯為她施法，捉到一條幾丈長的大蛇，將它殺死在門外，女子的病就好了。又有一棵大樹，樹裡有妖精，人走到樹下就會喪命，鳥飛到樹間就墜落下來。壽光侯懲罰妖怪，樹在盛夏時枯萎落葉，有一條七、八丈的大蛇，吊死在樹上。漢章帝聽說後，問他有此事嗎？他說：「有。」漢章帝說：「我的宮殿裡有妖怪，半夜後，經常有幾個人穿著大紅衣，披著頭髮，拿著火把，一個跟著一個走。怎麼才能降服它們呢？」壽光侯說：「這是些小鬼，容易消除。」漢章帝派了三個人去裝鬼。壽光侯使法，三個人頓時撲倒在地死去。漢章帝吃驚地說：「他們不是鬼，是我試一試你的法術罷了。」趕快叫壽光侯救活了他們。

還有一種說法是：「漢武帝時候，宮殿裡有妖怪，經常看見它們穿著紅衣，披著頭髮，一個跟著一個，拿著火燭在走。漢武帝對劉憑說：『你可以驅除這些鬼嗎？』劉憑說：『可以。』於是他將青符扔過去，看見幾個鬼頓時傾倒在地。漢武帝吃驚地說：『這只是用來試試你的法術罷了。』劉憑解符之後，那幾個人就又活了過來。」

樊英滅火

樊英隱於壺山時❶。嘗有暴風從西南起，英謂學者曰：「成都市火甚盛。」因含水嗽之。乃命記其時日。後有從蜀來者云：「是日大火，有雲從東起，須臾大雨，火遂滅。」

❶樊英：字季齊，東漢魯陽（今河南魯山）人。壺山：山名，位於河南魯山縣以南，因山形如壺而得名。

【譯文】

樊英隱居在壺山，曾有狂風從西南方刮起來，樊英對學生說：「成都街市火勢很旺啊。」接著他就含了口水噴出去，又叫學生把日期記下來。後來有個從蜀地來的人說：「這一天火燒得很旺，忽然有片烏雲從東邊升起，一會兒就下起大雨，火就熄滅了。」

徐登與趙昞

閩中有徐登者❶，女子化為丈夫，與東陽趙昞❷，並善方術。時遭兵亂，相遇於溪，各矜其所能❸。登先禁溪水為不流，昞次

❶閩中：秦時所置郡名，行政中心位於東冶，即今福建福州。

❷東陽：三國時所置郡，行政中心位於長山，即今浙江金華婺城附近。趙昞（ㄅㄧㄥˇ）：傳說為東漢東陽（今浙江金華）人，後得道成仙。

❸矜：自誇。

令楊柳為生稊❹。二人相視而笑。登年長，昞師事之。後登身故，昞東入章安❺，百姓未知，昞乃升茅屋，據鼎而爨❻。主人驚怪，昞笑而不應，屋亦不損。

❹稊（ㄊㄧˊ）：楊柳新生的嫩芽。
❺章安：縣名，屬會稽郡，故城位於今台州市臨海縣南。一作「長安」。
❻爨（ㄘㄨㄢˋ）：生火做飯。

【譯文】

閩中有個叫徐登的，原是女人，後來變成了男人，他和東陽郡的趙昞都懂得道術。當時正逢兵亂，他倆在一條溪邊相遇，都自以為有本事。徐登先施法讓溪水斷流，趙昞則施法叫楊柳長出新芽。施完法術，兩人相視大笑。徐登年紀大一點，趙昞便把他當作老師。後來徐登死了，趙昞從東邊來到章安縣，老百姓都不瞭解他。趙昞於是登上茅屋頂，用大鼎生火煮飯。屋的主人感到驚奇，趙昞只是笑笑，不作回答，茅屋也沒有絲毫損壞。

趙昞臨水求渡

趙昞嘗臨水求渡，船人不許。昞乃張帷蓋❶，坐其中，長嘯呼風，亂流而濟❷。於是百姓敬服，從者如歸。章安令惡其惑眾，收殺之。民為立祠於永康❸，至今蚊蚋不能入❹。

❶帷蓋：車子的帷幕和頂蓋。
❷亂流：橫渡江河。濟：渡河。
❸永康：地名，位於今浙江金華東南。
❹蚊蚋（ㄖㄨㄟˋ）：蚊子一類的小蟲。

【譯文】

趙昞曾到河邊請求渡河，擺渡的人不應。趙昞就張掛起車上的帷幔和頂蓋，然後坐在裡面，長嘯一聲，呼來一陣風，便橫渡過江去了。於是百姓都很敬佩他，跟從他。章安縣令恨他蠱惑百姓，就把他抓起來殺了。百姓為他在永康縣建造了祠堂，直到今天，蚊蟲都飛不進去。

邊洪發狂

宣城邊洪❶，為廣陽領校❷，母喪歸家。韓友往投之❸，時日已暮，出告從者：「速裝束，吾當夜去。」從者曰：「今日已暝❹，數十里草行，何急復去？」友曰：「此間血覆地，寧可復住。」苦留之，不得。其夜，洪欻發狂❺，絞殺兩子，並殺婦。又斫父婢二人❻，皆被創，因走亡，數日，乃於宅前林中得之，已自經死❼。

❶宣城：郡名，行政中心位於今安徽宣城。
❷廣陽：郡名，行政中心位於今北京西南。領校：郡縣的軍事官員。
❸韓友：字景先，晉盧江舒（今安徽盧江西南）人，曾任廣武將軍，《晉書》有傳。
❹暝：晚上，日暮。
❺欻（ㄒㄩˋ）：忽然。
❻斫（ㄓㄨㄛˊ）：用刀、斧等砍。
❼經：縊，吊。

【譯文】

宣城人邊洪擔任廣陽郡領校，在母親去世時回到家中。韓友前去拜訪他，當時天色已晚，韓友出門告訴隨從：「趕快收拾行裝，我們連夜離開這裡。」隨從說：「現在天色已晚，今天辛苦苦走了幾十里路，為何又急忙離開呢？」韓友說：「這裡即將血流遍地，怎麼能再住下去？」邊洪也苦苦挽留他，韓友不同意。那天夜裡，邊洪突然發狂，絞殺了他的兩個兒子，並且殺死妻子，又用刀砍傷父親的兩個婢女。然後他就逃跑了。幾天後，才在屋前的樹林裡找到他，發現已經上吊死了。

鞠道龍說黃公事

鞠道龍善為幻術❶。嘗云：「東海人黃公，善為幻，制蛇禦虎。常佩赤金刀。及衰老，飲酒過度。秦末，有白虎見於東海，詔遣黃公以赤刀往厭之❷。術既不行，遂為虎所殺。」

❶ 幻術：古時方士和術士用來迷惑人的法術，相當於魔術。

❷ 厭：意思是用迷信的方法降服災禍。

【譯文】

鞠道龍善用幻術。他曾說：「東海郡人黃公，善於變幻術，能制伏毒蛇，駕馭老虎。他常常佩帶赤金刀。他老的時候開始酗酒。秦朝末年，有隻白虎出現在東海郡，皇帝下詔派黃公用赤金刀去制伏它。但他的幻術已經不奏效了，於是就被老虎咬死了。」

謝糺食客

謝糺嘗食客❶。以朱書符投井中，有一雙鯉魚跳出。即命作膾❷，一坐皆得遍。

❶食（ㄙˋ）客：請客人吃飯。
❷膾：切細的肉。

【譯文】

謝糺有一次請客人吃飯。他用丹砂寫了符丟進井裡，就有一對鯉魚跳出來。他便叫廚師做成魚膾，宴席上的客人都吃到了魚肉。

天竺胡人法術

晉永嘉中❶，有天竺胡人來渡江南❷。其人有數術：能斷舌復續、吐火。所在人士聚觀。將斷時，先以舌吐示賓客，然後刀截，血流覆地，乃取置器中，傳以示人，視之舌頭，半舌猶在，既而還取含續之。坐有頃，坐人見舌則如故，不知其實斷否。

❶永嘉：晉代司馬熾的年號。
❷天竺：古時對印度的稱謂。

其續斷，取絹布，與人合執一頭，對翦中斷之❸；已而取兩斷合，視絹布還連續，無異故體。時人多疑以為幻，陰乃試之，真斷絹也。

其吐火，先有藥在器中，取火一片，與黍餹合之❹，再三吹呼，已而張口，火滿口中，因就爇取以炊，則火也。又取書紙及繩縷之屬，投火中，眾共視之，見其燒爇了盡❺；乃撥灰中，舉而出之，故向物也。

❸翦：同「剪」。
❹黍餹：用黍米製成的糖。
❺爇（ㄖㄨㄛˋ）：火燒。

【譯文】

晉朝永嘉年間，有個印度人經過江南。這人會變法術：他能讓舌頭斷了再連起來，還會吐火。當地的人都去圍觀。要表演割舌頭的時候，他先把舌頭吐出來給觀眾看，然後用刀一割，血流遍地。他就拿割下來的舌頭放在器皿中，讓大家傳遞著觀看。再看他的舌頭，半截還在嘴裡。然後把半截舌頭還給他，他就拿了含在嘴裡。不一會兒，座席上的觀眾看他的舌頭，便和原來的一樣，不知道那舌頭是不是真的斷過。

他還會連接其他斷的東西，他拿起一塊綢布，和別人各執一頭，把綢布從中剪斷；接著將兩塊布的斷頭一合，大家一看，綢布又連接在一起，和原來的沒有什麼兩樣。當時有人懷疑是假的，就暗地裡去試探了一下，真的把綢布剪斷了。

他吐火的時候，先拿出一個裝有藥物的器皿，取一片能燃燒的藥，和麥芽糖攪和在一起放入口中，反覆吹氣；接著張開嘴，火便燃遍了口中；接著他又從嘴裡引火來燒飯，那的的確確是火。接著他又拿來書本、紙張以及粗繩細線之類的東西投入火中，大家一起注意看，只見它們都燒成了灰燼，接著他撥開灰燼，拿出來的，卻還是東西原來的樣子。

扶南王判罪

扶南王范尋養虎於山❶，有犯罪者，投與虎，不噬❷，乃宥之❸。故山名大蟲，亦名大靈。又養鱷魚十頭，若犯罪者，投與鱷魚，不噬，乃赦之，無罪者皆不噬。故有鱷魚池。又嘗煮水令沸，以金指環投湯中，然後以手探湯：其直者，手不爛，有罪者，入湯即焦。

❶扶南：中南半島上的古國，轄境約為今柬埔寨大部地區以及越南、寮國南部地區。
❷噬（ㄕˋ）：咬。
❸宥（ㄧㄡˋ）：寬容，赦免。

【譯文】

扶南國王范尋在一座山上養虎，有犯罪的人，就投給老虎，如果老虎不咬他，就赦免他。所以這座山名叫大蟲山，又叫大靈山。他還養了十頭鱷魚，有犯罪的人，就投給鱷魚，如果鱷魚不咬他，就赦免他，無罪的人，鱷魚都不咬。所以有一個鱷魚池。

范尋還曾把水煮沸，將金戒指投進沸水之中，然後叫人把手伸進沸水裡取金戒指，那些正直無罪的人，手不會燙爛；而有罪的人，手一伸進水中就被燙焦了。

賈佩蘭說宮內事

戚夫人侍兒賈佩蘭❶，後出為扶風人段儒妻❷，說：「在宮內時，嘗以弦管歌舞相歡娛，競為妖服以趨良時。十月十五日❸，共入靈女廟，以豚黍樂神，吹笛，擊筑❹，歌《上靈之曲》。既而相與連臂踏地為節，歌《赤鳳皇來》，乃巫俗也。至七月七日❺，臨百子池，作于闐樂❻，樂畢，以五色縷相羈，謂之『相連綬』。八月四日，出雕房北戶❼，竹下圍棋。勝者，終年有福；負者，終年疾病。取絲縷，就北辰星求長命❽，乃免。九月，佩茱萸，食蓬餌❾，飲菊花酒，令人長命。菊花舒時，並採莖葉，雜黍米釀之，

❶ 戚夫人：漢高祖劉邦的寵姬，生趙王如意。高祖死後，她被呂后囚禁。又被砍去手足，挖去雙眼，熏聾耳朵，餵服啞藥，投入豬圈，稱為「人彘」。

❷ 扶風：郡縣名。西漢時為京官右扶風的封地，行政中心位於長安。

❸ 十月十五日：陰曆這一天為下元節。

❹ 筑：古代一種絃樂器。

❺ 七月七日：七夕節。

❻ 于闐（ㄊㄧㄢˊ）樂：西域音樂。于闐：西域古國之一。

❼ 雕房：華美的房間，此處指閨房。

❽ 北辰星：北極星。

❾ 蓬餌：一種在重陽節時所吃的米糕。

至來年九月九日始熟，就飲焉，故謂之『菊花酒』。正月上辰，出池邊盥濯⑩，食蓬餌，以祓妖邪。三月上巳，張樂於流水。如此終歲焉。」

⑩ 盥濯（ㄍㄨㄢˋ ㄓㄨㄛˊ）：洗滌。

【譯文】

高祖的寵姬戚夫人的婢女賈佩蘭，後來出宮做了扶風郡人段儒的妻子，她說：「在皇宮內的時候，曾經用絲竹奏樂載歌載舞來取樂，爭相穿著奇裝異服來歡度美好的時光。十月十五，大家一起去到靈女廟，用豬、黍子等祭享神仙，吹笛擊筑，歌唱《上靈之曲》。接著互相挽起手臂，用腳在地上打著節拍，歌唱《赤鳳凰來》的曲子。這都是當時巫祝的習俗。到了七月初七，大家就會來到百子池邊，唱于闐國的音樂，音樂奏過後，就用五彩絲線互相纏縛，大家管它叫『相連綬』。八月初四，走出閨房北門，在竹林中下圍棋，贏的人就整年有福，輸的人就整年生病。如果拿一些絲線，對著北極星祈求長壽，疾病就可以免除了。九月，戴茱萸，吃蓬餌，喝菊花酒，可使人長壽。菊花盛開的時候，連莖和葉子都一起摘下來，把它和黍米拌和後釀造，到次年九月初九酒才釀成，就可以飲用，因此人們把它稱作『菊花酒』。正月上旬的辰日，出門到池塘邊舀水洗滌，吃蓬餌，來祓除妖怪邪惡。三月上旬的巳日，在流水邊奏樂。皇宮裡就是這樣來度過一年的。」

李少翁致神

漢武帝時，幸李夫人❶。夫人卒後，帝思念不已。方士齊人李少翁，言能致其神。

❶ 李夫人：李延年之妹，貌美善舞。李延年讚美其妹：「北方有佳人，絕世而獨立。一顧傾人城，再顧傾人國。」後其妹得寵於漢武帝。

乃夜施帷帳，明燈燭，而令帝居他帳遙望之。見美女居帳中，如李夫人之狀，還幄坐而步，又不得就視。帝愈益悲感，為作詩曰：「是耶？非耶？立而望之，偏娜娜❷，何冉冉其來遲！」令樂府諸音家弦歌之。

❷ 娜娜：纖長柔美的樣子。一解疑為此二字為解釋「偏」字的含義，乃誤入正文。

【譯文】

漢武帝在位時非常寵愛李夫人。李夫人死後，漢武帝對其思念不止。齊國的方士李少翁說能招來她的魂魄。於是他就在夜裡設置了帷帳，點亮了燈燭，叫漢武帝在別的帷帳裡遠遠地望著。一會兒，漢武帝看見一個女人在那帷帳之中，輪廓很像李夫人的樣子，她在帷帳中活動，一會兒坐下，一會兒又站起來走動，但自己又不能走近去細看。漢武帝於是更加感傷了，為此作了首詩說：「是她嗎？不是她嗎？我佇立望著，她婀娜的身姿！為什麼慢慢地行走而來得這樣遲？」後來漢武帝又命令樂府用琴瑟伴奏著來唱這首歌。

營陵道人

漢北海營陵有道人❶，能令人與已死人相見。其同郡人婦死已數年，聞而往見之，曰：「願令我一見亡婦，死不恨矣。」道

❶ 北海：漢時置郡名，行政中心位於營陵，即今山東樂昌。

人曰：「卿可往見之。若聞鼓聲，即出，勿留。」乃語其相見之術。俄而得見之；於是與婦言語，悲喜恩情如生。良久，聞鼓聲，悢悢不能得住❷，當出戶時，忽掩其衣裾戶間，掣絕而去❸。至後歲餘，此人身亡。家葬之，開塚，見婦棺蓋下有衣裾。

❷悢悢（ㄌㄧㄤˋ）：狀聲詞，形容鼓聲。
❸掣（ㄔㄜˋ）：拉，拽。

【譯文】

漢代北海郡營陵縣有一個道士，能讓活人與死人相見。有一個和他同郡的人，妻子已經死了好多年，聽說消息後就來求見他，說：「希望你能讓我見一下我死去的妻子，如果能夠如願，我就是死了也無憾了。」這道士說：「你可以去見她。可是若聽到鼓聲，就必須馬上出來，不能逗留。」於是這道士就告訴他與亡妻相見的方法。一會兒這人就見到了自己的妻子，於是和妻子談話，那悲哀及恩愛之情就像妻子生前一樣。過了好久，他聽見悢悢的鼓聲，十分惆悵，但知道不能再做停留。當他出門的時候，忽然他的衣襟被夾在門縫裡，他拽斷衣襟就走。過了一年後，這人就死了。人們把他和他的妻子合葬，挖開墓穴時，發現他妻子的棺材下有一截他被拽斷的衣襟。

白頭鵝試覡

吳孫休有疾❶，求覡視者❷，得一人，欲試之。乃殺鵝而埋於苑中❸，架小屋，施床几，以婦人屐履服物著其上。使覡視之，告曰：「若能說此塚中鬼婦人形狀者，當加厚賞，而即信矣。」竟日無言。帝推問之急，乃曰：「實不見有鬼，但見一白頭鵝立墓上，所以不即白之。疑是鬼神變化作此相，當候其真形而定。不復移易，不知何故，敢以實上。」

❶孫休：孫權第六子，即吳景帝。
❷覡（ㄒㄧˊ）：男巫。
❸苑：花園。

【譯文】

東吳景帝孫休生了病，找男巫來醫治，找到一個男巫，景帝想先試試他。於是殺了一隻鵝埋在花園裡，搭上一間小屋，擺上坐榻和桌子，把婦人的鞋子衣服放在上面。叫男巫看這些東西，並告訴他說：「如果你能說出這座墳墓裡死的婦人的樣子，就給你重賞，而且就相信你了。」男巫看後一整天都沒說話。景帝問急了，他才說道：「確實沒有看見鬼，只看見一隻白頭鵝站在墓上，之所以沒有立刻說出，是因為我懷疑那是鬼神變化成鵝的樣子，想等到它現出真形，但是它一直不變，不知是什麼緣故，冒昧以實情相告。」

石子岡朱主墓

吳孫峻殺朱主❶，埋於石子岡❷。歸命即位❸，將欲改葬之，冢墓相亞❹，不可識別。而宮人頗識主亡時所著衣服，乃使兩巫各住一處，以伺其靈，使察戰監之❺，不得相近。久時，二人俱白見一女人，年可三十餘，上著青錦束頭，紫白袷裳❻，丹綈絲履❼，從石子岡上半岡，而以手抑膝長嘆息，小住須臾，更進一冢上，便止，徘徊良久，奄然不見。二人之言，不謀而合。於是開冢，衣服如之。

❶孫峻：三國時吳國大將軍，封為富春侯，性殘暴。
❷石子岡：地名，位於今江蘇江寧以南。
❸歸命：指吳國末帝歸命侯孫皓。
❹相亞：相互並排。
❺察戰：三國時吳國所設官職，負責監督官吏。
❻袷（ㄐㄧㄚˊ）：夾衣。
❼綈（ㄊㄧˊ）：光滑厚實的絲織品。

【譯文】

吳國的孫峻殺了孫權的女兒朱主，把她埋在石子岡。歸命侯孫皓即位後，準備將她改葬，但墳墓排列在一起，不能辨別哪一個是朱主的墳墓。只有宮女比較瞭解朱主死亡時所穿的衣服。於是就讓兩個女巫各自待在一個地方，來探察她們的本事，派察戰官監督她們，不准她們接近。過了很長一段時間，兩個女巫都說：「看見一個女人，年齡三十來歲，用青色的絲巾包著頭，穿著紫白色的夾衣與紅色的綢緞鞋，從石子岡上走過，走到半山時，她用手撐在膝蓋上，長長地嘆了口氣，稍作停留之後，她又向前走到一個墳上便停住了，在那墳邊徘徊了很久，忽然就不見了。」兩個女巫的話不謀而合。於是掘開墳墓，那女屍穿的衣服就像女巫說的那樣。

夏侯弘見鬼

夏侯弘自云見鬼，與其言語。鎮西謝尚所乘馬忽死❶，憂惱甚至。謝曰：「卿若能令此馬生者，卿真為見鬼也。」弘去良久，還曰：「廟神樂君馬，故取之。今當活。」尚對死馬坐，須臾，馬忽自門外走還，至馬屍間，便滅，應時能動，起行。

謝曰：「我無嗣❷，是我一身之罰。」弘經時無所告。曰：「頃所見，小鬼耳，必不能辨此原由。」後忽逢一鬼，乘新車，從十許人，著青絲布袍。弘前提牛鼻，車中人謂弘曰：「何以見阻？」弘曰：「欲有所問。鎮西將軍謝尚無兒。此君風流令望，不可使之絕祀。」軍中人動容曰：「君所道正是僕兒。年少時，與家中婢通誓約

❶ 謝尚：東晉時期陽夏（今河南太康）人，字仁祖。官至尚書僕射。
❷ 嗣：子嗣，後代。

不再婚，而違約；今此婢死，在天訴之，是故無兒。」弘具以告。謝曰：「吾少時誠有此事。」

弘於江陵❸，見一大鬼，提矛戟，有隨從小鬼數人。弘畏懼，下路避之。大鬼過後，捉得一小鬼，問：「此何物？」曰：「殺人以此矛戟，若中心腹者，無不輒死。」弘曰：「治此病有方否？」鬼曰：「以烏雞薄之，即差。」弘曰：「今欲何行？」鬼曰：「當至荊、揚二州爾❹。」時比日行心腹病，無有不死者，弘乃教人殺烏雞以薄之，十不失八九。今治中惡輒用烏雞薄之者❺，弘之由也。

❸江陵：荊州城。今屬湖北荊州。
❹荊、揚二州：荊州和揚州。
❺中惡：病名，亦即致死之暴病。

【譯文】

夏侯弘自稱見過鬼，並能與鬼說話。鎮西將軍謝尚所騎的馬突然死了，他非常難過。謝尚說：「夏侯弘，你如果能讓這匹馬死而復生，我才相信你是真的見過鬼了。」夏侯弘去了很久才回來，說：「廟神喜歡你的馬，所以要了牠。現在馬就會活過來了。」謝尚對著死馬坐著，過一會兒，有一匹馬從門外跑回來，跑到死馬處便消失了，只見那死馬動了一下，站了起來。

謝尚說：「我沒有子嗣，這是對我一輩子的懲罰。」夏侯弘過了一段時間什麼都沒有說。後來他說：「近來見到的是小鬼，一定不能弄清楚這事的原委。」後來夏侯弘忽然遇到一個鬼，乘著一輛新車，隨從有十多人，穿著青色絲綢布袍。夏侯弘上前提起牛鼻繩，車中的鬼對夏侯弘說：「你為什麼阻攔我？」夏侯弘說：「想問你一件事。鎮西將軍沒有兒子，而他英俊風流，聲望很好，不能使他斷絕後代。」車中的鬼感動地說：「你所說的人，正是我的兒子。他年輕時與家中婢女私通，並發誓不再娶妻，可後來他違了約；現在那位婢女已死，她在陰間控告他，所以他才沒有子嗣。」夏侯弘把這些情況告訴謝尚。謝尚說：「我年輕時的確做過這件事。」

後來夏侯弘在江陵見到一個大鬼，提著矛戟，有幾個小鬼隨從。夏侯弘害怕，就去路邊躲避。大鬼走後，他捉到一個小鬼，問：「那是什麼東西？」小鬼說：「用那把矛戟殺人，如果刺中心腹，無不立刻斃命。」夏侯弘說：「就沒有什麼辦法可解嗎？」小鬼說：「可以用烏雞製成藥，敷在心腹處，便可痊癒。」夏侯弘問：「你們現在要去哪裡？」小鬼說：「要到荊州和揚州去。」當時正流行心腹病，患者沒有不死的。夏侯弘於是教人殺烏雞來敷心腹處，十個病人有八、九個都好了。現在治療這種惡性的心腹病，用烏雞敷藥的方法是由夏侯弘傳下來的。

卷二

鍾離意修孔廟

漢永平中❶，會稽鍾離意，字子阿，為魯相。到官，出私錢萬三千文，付戶曹孔訢❷，修夫子車。身入廟，拭几席劍履❸。男子張伯除堂下草，土中得玉璧七枚，伯懷其一，以六枚白意。意令主簿安置几前，孔子教授堂下床首有懸甕，意召孔訢問：「此何甕也？」對曰：「夫子甕也。背有丹書❹，人莫敢發也。」意曰：「夫子，聖人。所以遺甕，欲以懸示後賢。」因發之。中得素書，文曰：「後世修吾書，董仲舒❺。護吾車、拭吾履、發吾笥❻，會稽鍾離意。璧有七，張伯藏其一。」意即召問：「璧有七，何藏一耶？」伯叩頭出之。

❶永平：東漢明帝劉莊的年號。
❷戶曹：掌管戶籍、祭祀、農桑等的官署。
❸几席：几和席，為古人憑依、坐臥的器具。
❹丹書：用朱筆寫的字。
❺董仲舒：漢代著名思想家、政治家。提出「罷黜百家，獨尊儒術」的主張。
❻笥（ㄙˋ）：盛放衣服或食物的方形竹製容器。此處指懸甕。

【譯文】

漢代永平年間，會稽人鍾離意，字子阿，擔任魯國的國相。上任後，他拿出自己一萬三千文的錢，交給戶曹孔訢，讓他修理孔子的車。他還親自到孔廟去，揩拭桌子、坐席、刀劍、鞋子。有個男子張伯，在堂下除草時，從泥土裡撿到了七塊玉璧。張伯把一塊藏在懷裡，拿出六塊稟報給鍾離意。鍾離意命令主簿把它放在桌子前面，孔子傳授學業的講堂前的床頭有一個懸掛著的甕，鍾離意召見孔訢，問他說：「這是什麼甕？」孔訢回答說：「這是孔夫子的甕。裡面裝有丹書，沒有人敢打開它。」鍾離意說：「孔夫子是聖人。他之所以留下這甕，是想把它掛在這兒讓後代的賢良來看。」接著就把它打開了。從裡面得到一塊帛書，上面寫著：「後代研究我著作的，是董仲舒。保護我車子、揩拭我鞋子、開啟我書箱的，是會稽人鍾離意。玉璧有七塊，張伯暗藏了其中一塊。」鍾離意就召來張伯，責問他說：「玉璧有七塊，你為什麼要私藏一塊呢？」張伯磕頭求饒，馬上把那一塊玉璧交了出來。

段翳封簡書

段翳字元章❶，廣漢新都人也❷。習《易經》，明風角❸。有一生來學，積年，自謂略究要術❹，辭歸鄉里。翳為合膏藥，並以簡書封於筒中，告生曰：「有急，發視之。」生到葭萌❺，與吏爭度。津吏撾破從者頭❻。生開筒得書，言：「到葭萌，與吏鬥，頭破者，以此膏裹之。」生用其言，創者即瘉。

❶ 段翳：漢代名醫，字元章。廣漢新都（今屬四川）人。
❷ 廣漢新都：廣漢郡新都縣，位於今四川廣漢。
❸ 風角：古代以氣候來占卜的方法，候四方四隅之風以占吉凶。
❹ 要術：指方術、學術等的要訣。
❺ 葭萌：古為苴侯國，漢改為葭萌縣，故城位於今四川昭化縣東南。
❻ 撾（ㄓㄨㄚ）：敲打。

【譯文】

段翳，字元章，是廣漢郡新都縣人。他學過《易經》，懂得用四方之風來占吉凶之術。有一個學生跟隨他學了好幾年，自以為已經大致掌握了要訣，便辭別段翳回老家去。段翳留給他一些配製的膏藥，並用竹簡寫了封信封在竹筒內，告訴這學生說：「碰上急事，就打開這竹筒看看。」這個學生來到葭萌縣，與官吏搶著渡河。管渡口的官吏打破了他隨從的頭。他打開竹筒看到那信札，上面寫著：「到葭萌縣，與官吏爭鬥，頭被打破的，就用這膏藥敷在傷口上。」他就按這話辦了，隨從的頭馬上就痊癒了。

臧仲英家怪物

右扶風臧仲英❶，為侍御史❷。家人作食，設案，有不清塵土投汙之。炊臨熟，不知釜處。兵弩自行。火從篋簏中起❸，衣物盡燒，而篋簏故完。婦女婢使，一旦盡失其鏡；數日，從堂下擲庭中，有人聲言：「還汝鏡。」女孫年三四歲，亡之，求，不知處；兩三日，乃於圊中糞下啼❹。若此非一。汝南許季山者，素善卜卦，卜之，曰：「家當有老青狗物、內中侍禦者名益

❶右扶風：官職名，也為其所轄政區名稱。漢太初元年主爵督尉更名為右扶風。行政中心位於今陝西長安以西。

❷侍御史：官職名。御史大夫的從屬，掌管核查、監督等職。

❸篋簏（ㄑㄧㄝ丶ㄌㄨ丶）：竹箱。

❹圊（ㄑㄧㄥ）：廁所。

喜，與共為之。誠欲絕，殺此狗，遣益喜歸鄉里。」仲英從之，怪遂絕。後徙為太尉長史❺，遷魯相。

❺太尉長史：官職名。太尉的屬官。

【譯文】

右扶風的臧仲英，擔任侍御史。他家中的僕人做好了飯菜，放在木托盤中，就有不乾淨的塵土掉進去把飯菜弄髒。燒飯馬上要熟時，卻不知鍋子到什麼地方去了。兵器、弓箭自己會移動。火從竹箱裡冒出來，箱子裡的衣服物品全被燒光了，而箱子卻還完好無損。家裡的婦女丫鬟，有一天都丟了鏡子；過了幾天，卻看見鏡子從堂下扔到廳堂裡，還有個聲音在說：「還給你們鏡子。」孫女只有三、四歲，忽然不見了，找來找去不知道在什麼地方；過了兩、三天，卻被發現在廁所中的大糞下面啼哭。像這樣的怪事還不止於此。汝南郡的許季山，一向善於占卦，為此占了個卜，說：「你家一定有一條老黑狗，而家中有個僕人名叫益喜，與它一起幹這些事。如果你真要杜絕這種事的發生，就要殺掉這條狗，遣送益喜回老家去。」臧仲英按他的辦法做了，怪事就不再發生了。後來他調任太尉長史，又升遷為魯國國相。

喬玄見白光

太尉喬玄❶，字公祖，梁國人也❷。初為司徒長史❸，五月末，於中門臥，夜半後，見東壁正白，如開門明。呼問左右。左右

❶太尉：官職名。秦時至西漢時所設，為全國軍政首腦，與丞相、御史大夫並稱「三公」。

❷梁國：指漢梁國。後魏改梁郡。行政中心位於今河南商丘南。

❸司徒長史：司徒的屬官。司徒，中國古代職官。西周始置，地位次於三公，與六卿相當，與司馬、司空、司士、司寇並稱「五官」，是管理土地、戶籍的官署。

莫見。因起自往手捫摸之，壁自如故。還床，復見。心大怖恐。

其友應劭❹，適往候之，語次相告。劭曰：「鄉人有董彥興者，即許季山外孫也。其探賾索隱❺，窮神知化，雖眭孟❻，京房❼，無以過也。然天性褊狹❽，羞於卜，筮者間來候師。王叔茂謂往迎之❾。」須臾，便與俱來。公祖虛禮盛饌，下席行觴。彥興自陳：「下士諸生，無他異分。幣重言甘，誠有踧踖❿。頗能別者，願得從事。」公祖辭讓再三，爾乃聽之，曰：「府君當有怪，白光如門明者。然不為害也。六月上旬，雞明時，聞南家哭，即吉。到秋節，遷北行，郡以金為名。位至將軍三公。」公祖曰：「怪異如此，救族不暇，何能致望於所不圖？此相饒耳。」至六月九日，

---

❹ 應劭（ㄕㄠˋ）：字仲遠，東漢學者。官至泰山太守。

❺ 探賾（ㄗㄜˊ）索隱：探索幽深隱秘之事。賾，幽深。

❻ 眭（ㄙㄨㄟ）孟：西漢學者，名弘。

❼ 京房：西漢學者，本姓李，字君明。

❽ 褊（ㄅㄧㄢˇ）狹：心胸、氣量、見識等狹隘。

❾ 王叔茂：名暢，王粲的祖父。

❿ 踧踖（ㄘㄨˋ ㄐㄧˊ）：恭敬而局促不安的樣子。

未明。太尉楊秉暴薨⓫。七月七日，拜鉅鹿太守⓬。「鉅」邊有金。後為「度遼將軍」，曆登三事。

⓫ 楊秉：東漢楊震之子，字叔節，官至太尉。
⓬ 鉅鹿：秦置郡名，位於今河北平鄉。

【譯文】

太尉喬玄，字公祖，梁國人。最初他任司徒長史的時候，在五月底的一天，睡在大門邊，半夜醒來，忽然看見東牆雪白，就像開了門一樣明亮。他叫來身邊的人問，這些人都說什麼也沒看見。於是他就起床用手撫摸這面牆壁，牆壁還是像原來那樣。但他回到床上，又看見那東牆雪白的光亮，他心裡感到非常恐懼。

不久他的朋友應劭正好去看望他，他便把這事告訴了應劭。應劭說：「我同鄉有個叫董彥興的，是許季山的外孫。他常探索幽奧隱秘之事，深究奧妙之變，就算是精通《春秋公羊傳》的眭弘和精通《易經》的京房，也沒什麼可以勝過他的。但他天性拘謹，老把占卜看作是羞恥的事而不願意去做。近來他正好來看望他的老師王叔茂，就讓我去為你把他接來吧！」一會兒，董彥興便與應劭一起來了。喬玄謙恭地以禮款待董彥興，並準備了豐盛的酒宴，走下座席向他敬酒。董彥興不待他請求就自己先說道：「我一個鄉下的學生，沒有與眾不同的天賦，你現在禮節隆重，甜言蜜語，我實在有點忐忑不安。在下我略能判別吉凶，願意為你以效微勞。」喬玄推讓了好幾次，然後才把那件事講給他聽。董彥興便對他說：「你府上正有怪事發生，因此牆上才像開了門一樣明亮。但這不會給你造成什麼危害。六月上旬早晨雞啼的時候，聽見南邊有人家在哭，你就吉利了。到了秋天，你將調任北方任職，那郡府的名稱中有『金』字。你的官職將到將軍三公。」喬玄說：「我已經碰到這樣的怪事，現在連挽救滅族之災都來不及，怎麼還敢指望這些想都不敢想的事情上呢？你這只是在寬我的心罷了。」等到六月初九天還沒亮，太尉楊秉突然死了。七月初七，喬玄被任命為鉅鹿太守，「鉅」字的偏旁中正好有個「金」字。後來喬玄又做了度遼將軍，登上了三公之位。

管輅論怪

管輅❶，字公明，平原人也❷。善易卜。安平太守東萊王基❸，字伯輿，家數有怪，使輅筮之。卦成，輅曰：「君之卦，當有賤婦人，生一男，墮地，便走入灶中死。又，床上當有一大蛇，銜筆，大小共視，須臾便去。又，烏來入室中，與燕共鬥，燕死，烏去。有此三卦。」基大驚曰：「精義之致，乃至於此，幸為占其吉凶。」輅曰：「非有他禍，直客舍久遠❹，魑魅罔兩❺，共為怪耳。兒生便走，非能自走，直宋無忌之妖將其入灶也❻。大蛇銜筆者，直老書佐耳❼。烏與燕鬥者，直老鈴下耳❽。夫神明之正，非妖能害也。萬物之變，非道所止也。久遠之浮精，必能之定數也。今卦中見象，而不見其凶，故知

❶ 管輅（ㄌㄨˋ）：三國時魏人。《三國志・魏志》有傳，稱其精通《周易》、卜筮，道術神妙。
❷ 平原：古郡名，位於今山東平原縣西南。
❸ 安平：古邑名，魏時置郡，位於今山東益都西北。
❹ 古本此處有小字注「一作官」。即當為「官舍」。
❺ 魑魅（ㄔ ㄇㄟˋ）罔兩：對鬼怪的統稱，亦作「魑魅魍魎」。
❻ 宋無忌：傳說中火之妖精叫宋無忌。
❼ 書佐：掌管文書的佐吏。
❽ 鈴下：侍衛、門卒或僕役。

假託之數，非妖咎之征，自無所憂也。昔高宗之鼎，非雉所雊⑨；太戊之階⑩，非桑所生⑪。然而野鳥一雊，武丁為高宗；桑穀暫生⑫，太戊以興焉。知三事不為吉祥，願府君安身養德，從容光大，勿以神奸，汙累天真。」後卒無他。遷安南督軍。

後輅鄉里乃太原，問輅：「君往者為王府君論怪云：『老書佐為蛇，老鈴下為烏』，此本皆人。何化之微賤乎？為見於爻象出君意乎？」輅言：「苟非性與天道，何由背爻象而任心胸者乎？夫萬物之化，無有常形；人之變異，無有定體。或大為小，或小為大，固無優劣。萬物之化，一例之道也。是以夏鯀⑬，天子之父，趙王如意⑭，漢高之子，而鯀為黃能⑮，意為蒼狗，斯亦至尊之位，而為黔喙之類也⑯。況蛇者協辰巳

⑨ 非雉（ㄓˋ）所雊（ㄍㄡˋ）：雉，野雞；雊，野雞叫。此處的典故為：在殷高宗武丁祭祖時，有隻野雞飛到祭祀的鼎上鳴叫，武丁感到恐懼，他的臣子勸諫武丁以德行施政，後使得殷道復興，史稱「武丁中興」。

⑩ 太戊：亦作「大戊」，殷中宗。太庚的兒子。

⑪ 此處典故為：據說在殷中宗太戊之時，有桑穀共生於朝，太戊恐懼，大臣伊陟勸諫其修德以行善政，而後桑穀死，太戊興旺。

⑫ 穀（ㄍㄨˇ）：落葉喬木，又稱「構」或「楮」。

⑬ 鯀（ㄍㄨㄣˇ）：相傳為大禹的父親。因治水無功而被殺。

⑭ 如意：劉邦之子，戚夫人所生，被封為趙王，劉邦死後，為呂后所殺。

⑮ 能：傳說中的一種野獸，《述異記》中載：「陸居曰熊，水居曰能。」

⑯ 黔喙（ㄏㄨㄟˋ）：本意為黑嘴，此處借指牲畜野獸之類。

之位⑰，烏者棲太陽之精，此乃騰黑之明象⑱，白日之流景⑲。如書佐、鈴下，各以微軀，化為蛇烏，不亦過乎？」

⑰ 辰巳之位：蛇屬辰巳之位，用以指方向則指東南方。
⑱ 騰黑：黑暗。
⑲ 流景：光彩閃耀。

【譯文】

管輅，字公明，是平原人。精通《易經》，善於卜卦。安平太守東萊人王基，字伯輿，家裡多有怪事，便請管輅為他占卜。卜出卦來，管輅說：「你的卦，是有一個卑賤的婦人，生一個男孩，落地便跑，跑入火坑就死了。又有一條大蛇在床上銜著筆，大家都能看見，一會兒就離開了。還有一隻烏鴉飛進屋裡，與燕子爭鬥，燕子死了，烏鴉飛走了。有此三個卦象。」王基十分驚奇地說：「卦象竟能如此精准，請為我占卜吉凶。」管輅說：「沒有其他災禍，只是官舍時代久遠，那些妖魔鬼怪一同作怪罷了。兒子生下來就能跑，不是他自己能夠跑，是火精把他引進灶裡。大蛇銜筆，不過是老文書使而已。與燕子爭鬥的烏鴉，不過是老僕役而已。精神純正，不是妖怪能傷害的。萬物變化，不是道術能夠阻止的。久遠的妖怪，定會出現這種情況。現在卦中徵象，而不現凶兆，所以知道是妖怪依託，不是妖怪造成的凶兆，自然不必憂慮了。從前殷高宗武丁祭祀的大鼎，不是野雞鳴叫的地方；殷中宗太戊的庭階，不是桑谷生長的地方。然而，野雞一叫，武丁便成為賢明的高宗；桑谷一生長，太戊便開始興旺。怎麼知道這三件事不是吉祥的象徵呢？希望你安身養德，從容光大，不要因為神怪玷污了你的天性。」之後果然無事。而王基則升任安南將軍。

後來管輅的同鄉乃太原，問管輅：「你從前為王基談論妖怪說：『老文書使變為蛇，老僕役變為烏鴉』，他們都是人。怎麼變成了卑賤的動物呢？是從爻象顯示出來，還是出於你的意念呢？」管輅說：「如果不是本性與天意，怎麼能背離爻象而隨心所欲呢？萬物的變化，沒有固定的形體；人的變化，也沒有固定形體。或大變小，或小變大，本來沒有一定好壞。萬物的變化，是有一定道理的。因此，夏鯀變成黃能，如意變成蒼狗，這是從最高貴的身份，變成山上的野獸。何況蛇是屬於東南方位，烏鴉是棲於太陽的精靈，這就像黑暗中的光明，太陽下的光彩一樣明顯。而像文書使、僕役，各自用他們卑微的身軀，化為蛇和烏鴉，不也是說得過去的嗎？」

管輅助顏超延壽

管輅至平原，見顏超貌主夭亡❶。顏父乃求輅延命。輅曰：「子歸，覓清酒一榼❷，鹿脯一斤，卯日，刈麥地南大桑樹下❸，有二人圍位，次但酌酒置脯，飲盡更斟，以盡為度。若問汝，汝但拜之，勿言。必會有人救汝。」

顏依言而往，果見二人圍棊，頻置脯，斟酒於前。其人貪戲，但飲酒食脯。不顧數巡，北邊坐者忽見顏在，叱曰：「何故在此？」顏惟拜之。南面坐者語曰：「適來飲他酒脯，寧無情乎？」北坐者曰：「文書已定。」南坐者曰：「借文書看之。」

❶ 主：此處為預兆之意。夭亡：早死。
❷ 榼（ㄎㄜˋ）：古代盛酒的器具。
❸ 刈（ㄧˋ）：收割。

見超壽止十九歲，乃取筆挑上，語曰：「救汝至九十年活。」顏拜而回。管語顏曰：「大助子，且喜得增壽。北邊坐人是北斗，南邊坐人是南斗。南斗注生，北斗注死。凡人受胎，皆從南斗過北斗；所有祈求，皆向北斗。」

【譯文】

管輅來到平原郡，看見顏超的面色異常，有早亡之兆。顏超的父親於是求管輅延長顏超的壽命。管輅對顏超說：「你回家去，準備好一壺清酒，一斤鹿肉乾。在逢卯的那一天，在割完麥子的田地南邊的大桑樹下，有兩個人在下圍棋，你只管給他們斟酒，並把肉乾呈上，他們喝完了杯中酒，你就再給他們斟上，直到把酒喝完為止。如果他們問你，你只管向他們磕頭作揖，不要說話。這樣就會有人救你的。」

顏超按照管輅的話去了，果然看見兩個人在下圍棋。顏超拿了肉乾斟了酒放在他們面前。那兩個人貪於下棋，只管喝酒吃肉，頭也不回。酒斟了好幾次，坐在北邊的人忽然看見顏超在旁邊，就責問道：「你為什麼待在這兒？」顏超只管向他磕頭作揖。坐在南邊的人說道：「剛才還吃他的酒肉，難道能一點人情都沒有嗎？」坐在北邊的人說：「他的壽命在文書上已經寫定了。」坐在南邊的人說：「把你的文書借給我看一下。」他看見文書上所記載的顏超壽命只有十九歲，就拿起筆來把「九」字勾到「十」字之上，對顏超說：「我救你一下，讓你活到九十歲。」顏超拜謝後就回去了。

管輅對顏超說：「這可是大助於你啊，我也很高興你能增加壽命。坐在北邊的人是北斗星，坐在南邊的人是南斗星。南斗星管生，北斗星管死。人只要成了胎，都在南斗星那邊定好生日，再在北斗星那邊定好死日；有什麼請求，都得向北斗星訴說。」

管輅筮郭恩

利漕民郭恩❶，字義博，兄弟三人，皆得躄疾❷。使輅筮其所由。輅曰：「卦中有君本墓，墓中有女鬼，非君伯母，當叔母也。昔饑荒之世，當有利其數升米者，排著井中，嘖嘖有聲，推一大石下，破其頭，孤魂冤痛，自訴於天耳。」

❶ 利漕：據盧弼《三國志集解》，是東漢建安十八年（西元二一三年）曹操所開鑿之渠，以引漳水入白溝。渠起自今河北曲周南，東至今大名縣西北。

❷ 躄（ㄅㄧˋ）：瘸腿。

【譯文】

利漕口有個老百姓叫郭恩，字義博，他兄弟三人，都得了瘸腿的毛病。因此就讓管輅用蓍草算卦，看看毛病到底出在哪裡。管輅說：「卦象中有你親人的墳墓，這墳墓中有一個女鬼，不是你的伯母，就一定是你的叔母。過去鬧饑荒的時候，有一個送給她幾升米的人，被她推到了井裡，她還嘖嘖地發出聲音，又推了一塊大石頭下去，把這人的頭都砸破了，現在這孤魂受了冤枉十分悲痛，就去向老天申訴，所以才讓你們都得了這惡病。」

淳于智卜宅居

上黨鮑瑗❶，家多喪病貧苦，淳于智卜之，曰：「君居宅不利，故令君困爾。君舍東北有大桑樹。君徑至市，入門數十步，當有一人賣新鞭者，便就買還，以懸此樹。三年，當暴得財。」

瑗承言詣市，果得馬鞭懸之。三年，浚井❷，得錢數十萬，銅鐵器復二萬餘，於是業用既展，病者亦無恙。

❶上黨：東漢末置郡名，位於今山西長治北、晉城一帶。

❷浚：挖。

【譯文】

上黨人鮑瑗，家裡常有人過世或生病，十分淒苦，淳于智為他占卜，說：「你的住宅不吉利，所以才使你貧困成這個樣子。你家的東北有棵大桑樹。你徑直趕到城裡，進城幾十步，會有一個賣新鞭子的人，你去把他的鞭子買回來，掛在這棵桑樹上。再過三年，你就會大發橫財。」

鮑瑗聽從了他的話到城裡去，果然買到了馬鞭，並把它掛在那棵桑樹上。過了三年，他挖自家井的時候，從井中挖到了幾十萬錢幣，還有二萬多只銅器、鐵器。於是不但家裡的費用不再緊缺，連家人的病也都痊癒了。

淳于智卜免禍

譙人夏侯藻❶，母病困，將詣智卜，忽有一狐當門向之嗥叫❷。藻大愕懼。遂馳詣智。智曰：「其禍甚急。君速歸，在狐嗥處，拊心啼哭❸，令家人驚怪，大小畢出，一人不出，啼哭勿休。然其禍僅可免也。」藻還如其言，母亦扶病而出。家人既集，堂屋五間拉然而崩❹。

❶譙：古縣名，位於今安徽亳州。
❷嗥（ㄏㄠˊ）叫：指獸類的吼叫。
❸拊心：拍著胸口，形容極其悲痛的樣子。
❹拉然：形容房屋倒塌的樣子。

【譯文】

譙縣人夏侯藻，母親病重，想請淳于智占卜。忽然，有一隻狐狸對著門向他嗥叫。夏侯藻異常驚恐。急忙跑到淳于智那裡。淳于智說：「這個災禍非常緊急。你趕快回家去，在狐狸嗥叫的地方，拍著胸口啼哭，使家裡的人感到驚奇怪異，讓大大小小都出門來。只要有一個人還沒有出來，你就啼哭不止。這樣的話這個災禍就可以避免了。」夏侯藻回家，照淳于智的話做了，連生病的母親也出來了。當他的全家人都集中在門外時，他的五間房屋像被拉倒一樣突然垮塌了。

淳于智筮病

護軍張劭母病篤❶。智筮之，使西出市沐猴繫母臂❷。令傍人捶拍❸，恒使作聲，三日放去。劭從之，其猴出門，即為犬所咋❹，母病遂差❺。

❶ 護軍：官職名。秦時所設，負責調節各將領間的關係，後亦掌軍權。
❷ 沐猴：獮猴。
❸ 捶（ㄔㄨㄟˊ）：敲打。
❹ 咋（ㄗㄜˊ）：咬。
❺ 差（ㄔㄞˋ）：疾病消除。

【譯文】

護軍張劭的母親病得很重。淳于智為他算了一卦，讓他到西邊的集市上去買一隻獮猴，買來後把牠繫在母親的手臂上。叫旁邊的人捶打那隻獮猴，讓它一直叫個不停，三天後將獮猴放生。張劭照做了，獮猴一出門，就被狗咬死了，他母親的病也就痊癒了。

郭璞撒豆成兵

郭璞❶，字景純，行至廬江❷，勸太守胡孟康急回南渡。康不從，璞將促裝去之❸，愛其婢，無由得，乃取小豆三斗，繞主人宅散之。主人晨起，見赤衣人數千圍其家，

❶ 郭璞：晉河東聞喜（今山西聞喜）人。西晉著名學者，他精通天文算術，同時也著有詩文，為《爾雅》、《山海經》等作注。《晉書》有傳。
❷ 廬江：漢置郡名，行政中心位於舒縣，即今安徽廬江以西。
❸ 促裝：匆忙收拾行裝。

就視，則滅。甚惡之，請璞為卦。璞曰：「君家不宜畜此婢，可於東南二十里賣之，慎勿爭價，則此妖可除也。」璞陰令人賤買此婢❹，復為投符於井中，數千赤衣人一一自投於井。主人大悅。璞攜婢去，後數旬，而廬江陷。

❹ 陰：暗中。

【譯文】

郭璞，字景純，他走到廬江時，勸太守胡孟康趕快渡江回南方去。胡孟康不聽勸告，郭璞就匆忙收拾行裝準備離去，他喜歡主人家的婢女，沒有辦法得到，於是找來三斗小豆子，繞著主人家宅周圍撒下。主人早晨起來，看見有幾千個穿紅衣的人將他家團團圍住，走近看，紅衣人就不見了。他心裡十分厭惡，便請郭璞卜卦。郭璞說：「你家不宜收養這個婢女，可以在東南方二十里賣掉她，注意不要爭價錢，這樣這些妖怪就可以除掉了。」郭璞暗中派人去花很少的錢買下了這個婢女，又為主人家井裡投一道符，幾千個紅衣人就一個個自己跳到井裡去了。主人十分高興。郭璞則帶著這個婢女離開了，幾十天以後廬江就陷落了。

郭璞救死馬

趙固所乘馬忽死❶，甚悲惜之，以問郭璞。璞曰：「可遣數十人持竹竿，東行三十

❶ 趙固：十六國時期漢國開國皇帝劉淵的部將。

里，有山林陵樹❷，便攬打之。當有一物出，急宜持歸。」於是如言，果得一物，似猿。持歸，入門，見死馬，跳樑走往死馬頭❸，噓吸其鼻❹。頃之，馬即能起。奮迅嘶鳴❺，飲食如常。亦不復見向物。固奇之，厚加資給。

❷陵樹：陵園中的樹木。
❸跳樑：跳躍的樣子。
❹噓吸：吐納呼吸。
❺奮迅：振奮迅速的樣子。

【譯文】

趙固騎的馬突然死了，他十分悲痛心疼，就去請教郭璞。郭璞說：「你可以派幾十個人拿著竹竿，向東走三十里地，看見那陵園裡的樹，就亂打一氣。這時就會有一頭怪物出來，便趕快把它逮回家。」於是趙固按照郭璞的話去做了，果然抓到一頭怪物，樣子像猿猴一般。他把它帶回家中，這怪物一進門看見死馬，就矯捷地跳躍到死馬的頭前，對著死馬的鼻子又是吹氣又是吸氣。一會兒，這匹馬就站了起來，精神抖擻，高聲嘶鳴，吃喝也同往常一樣。只是不再看見剛才那頭怪物了。趙固覺得郭璞是個奇才，就給了他很多的報酬。

郭璞筮病

揚州別駕顧球姊❶，生十年便病，至年五十餘，令郭璞筮。得「大過」之「升」❷。其辭曰：「『大過』卦者義不嘉，塚墓枯

❶別駕：官職名。刺史的從屬官員。
❷「大過」、「升」均為卦名，「大過之升」意為卜卦時因變爻而由「大過」卦變為「升」卦。

楊無英華。振動游魂見龍車，身被重累嬰妖邪❸。法由斬祀殺靈蛇，非己之咎先人瑕❹。案卦論之可奈何。」球乃跡訪其家事，先世曾伐大樹，得大蛇殺之，女便病。病後，有群鳥數千，回翔屋上。人皆怪之，不知何故。有縣農行過舍邊，仰視，見龍牽車。五色晃爛，其大非常。有頃遂滅。

❸ 嬰：遭遇，遇到。
❹ 瑕：過失，過錯。

【譯文】

揚州別駕顧球的姐姐，生下來才十歲就開始生病，一直病到五十多歲。他請郭璞卜卦，卜得「大過」卦變「升」卦。那卦辭道：「『大過』卦的含義不佳，墳墓上的枯楊不開花。驚動了游魂龍車顯現，身纏重病不離妖邪。緣由在於斷了祭祀殺了神蛇，不是你自己的過錯而是先輩的過失。我只能按這卦辭告訴你，也沒有其他辦法。」顧球於是追究他家先輩的事，原來他的父親曾砍過一棵大樹，發現一條大蛇，就把牠打死了，於是女兒便開始得病。女兒生病後，有幾千隻鳥，飛來在屋頂上盤旋，人們都覺得奇怪，但不知道是何緣故。有個鄉下的農民經過他家，抬頭一看，望見龍拉著車，五彩繽紛，光亮耀眼，車子大得非同尋常，過了一會兒就消失了。

郭璞招白牛

義興方叔保得傷寒❶，垂死，令璞占之，不吉。令求白牛厭之❷。求之不得。唯羊子玄有一白牛，不肯借。璞為致之❸，即日有大白牛從西來，徑往，臨，叔保驚惶，病即癒。

❶ 義興：晉時置郡名，行政中心位於今江蘇宜興。
❷ 厭：通「壓」，此處當為壓制妖邪之意。
❸ 致：招致，招來。

【譯文】

義興的方叔保患傷寒症，就快要死了，請郭璞給他占卜，占卜的結果很不吉利，郭璞就叫他找一頭白牛來壓邪。方叔保怎麼也找不到白牛，只有羊子玄有一頭白牛，但他又不肯借。郭璞就為他招白牛，當天就有一頭大白牛從西邊走來，直奔到方叔保面前。方叔保大吃一驚，病也就好了。

隗炤藏金

隗炤，汝陰鴻壽亭民也❶。善《易》，臨終，書板授其妻曰：「吾亡後，當大荒。雖爾，而慎莫賣宅也。到後五年春，當有詔使，來頓此亭❷，姓龔，此人負吾金❸，

❶ 汝陰：郡名。行政中心位於今安徽阜陽。
❷ 亭：秦漢時所置的間於鄉、里之間的行政機構。
❸ 負：欠債。

即以此板往債之。勿負言也。」亡後，果大困，欲賣宅者數矣，憶夫言，輒止。至期，有龔使者，果止亭中，妻遂賚板責之。使者執板，不知所言，曰：「我平生不負錢，此何緣爾邪？」妻曰：「夫臨亡，手書板見命如此，不敢妄也。」使者沈吟良久而悟，乃命取蓍筮之卦成，抵掌嘆曰：「妙哉隗生！含明隱跡，而莫之聞。可謂鏡窮達而洞吉凶者也❹。」於是告其妻曰：「吾不負金，賢夫自有金。乃知亡後當暫窮，故藏金以待太平。所以不告兒婦者，恐金盡而困無已也。知吾善易，故書板以寄意耳。金五百斤，盛以青罌❺，覆以銅柈❻，埋在堂屋東頭，去地一丈，入地九尺。」妻還掘之，果得金，皆如所卜。

❹鏡：洞察，心中明晰。
❺罌（一ㄥ）：古代盛酒水的容器，腹大口小。
❻柈（ㄆㄢˊ）：盤子。

【譯文】

隗炤，是汝陰郡鴻壽亭的人。他精通《易經》，臨死時寫了一塊木板，交給妻子說：「我死後，此地會有嚴重的災荒。儘管如此，妳切不可把房屋變賣了。等到五年後的春天，會有皇上委派的使者來到這鴻壽亭停宿，他姓龔。此人欠我的錢，妳盡可以拿這塊木板去討債，千萬別違背了我的話！」他死後不久，果然就有了大災荒，他妻子幾次想賣掉房子，但每次回想起丈夫的話，就又打消了念頭。

到了預定的日期，果然有一個姓龔的使者到亭中停宿，他妻子便拿著那塊木板去向龔使者討債。龔使者拿著那塊木板不知是怎麼回事，就說：「我從來不欠人家的錢，這到底是怎麼一回事呢？」隗炤的妻子說：「我丈夫臨死的時候，親手寫了這塊木板，他吩咐我這樣做的，我可不敢亂來。」龔使者沉思良久，終於明白過來，於是就叫人拿著草為此事占了個卦。卦占好後，他拍著手讚嘆說：「隗炤可真是妙啊！隱藏起自己的智慧和形蹤，不讓別人知道你，你可真是一個明察窮達之理、洞悉吉凶禍福之人啊！」於是他就告訴隗炤的妻子說：「我沒欠他錢，妳那賢能的丈夫本來就有錢。因為他知道死後妳們會遭到短時間的貧困，所以他藏起錢來等太平的日子來了後再說。他之所以不告訴妻兒，是怕錢用完後再遭貧困。他知道我精通《易經》，所以寫了這塊木板來寄託他的心意。有黃金五百斤，他都用青色的瓷瓶裝著，用銅盤蓋著，埋在堂屋東頭，離牆一丈，深九尺。」隗炤的妻子按言回去挖掘，果然得到了黃金，一切都與卜卦所言的一樣。

韓友驅魅

韓友，字景先，廬江舒人也❶。善占卜，亦行京房厭勝之術。劉世則女病魅積年❷，

❶ 廬江：漢置郡名，行政中心位於舒縣，即今安徽廬江以西。

❷ 病魅：中邪。

巫為攻禱❸，伐空塚故城間，得狸鼉數十❹，病猶不差。友筮之，命作布囊，俟女發時，張囊著窗牖間❺。友閉戶作氣，若有所驅。須臾間，見囊大脹如吹。因決敗之。女仍大發。友乃更作皮囊二枚沓張之❻，施張如前，囊復脹滿，因急縛囊口，懸著樹，二十許日，漸消。開視，有二斤狐毛。女病遂差。

❸ 攻禱：舉行禱祝儀式來驅邪。
❹ 鼉（ㄊㄨㄛˊ）：揚子鱷，爬行動物，短吻，穴居於江河岸邊，其皮可以做鼓面。
❺ 窗牖（ㄧㄡˇ）：窗戶。
❻ 沓（ㄊㄚˋ）：重疊，疊加。

【譯文】

韓友，字景先，廬江舒縣人。擅長占卜，也會行京房的厭勝之術。劉世則的女兒中邪多年，巫醫為她做禱祝，又到舊城荒塚裡去捉怪，捉到狐狸和幾十隻鼉，病還是沒好。韓友為其占卜，讓人做一只布袋，等女孩發病時，在窗戶上張開布袋。韓友關上門發氣，像在驅逐什麼似的。一會兒看見布袋脹得很大，終於脹破了。女孩的病還是發得厲害。韓友再做了兩只皮袋，重疊張開，像先前那樣發氣驅逐，布袋再次脹滿了，於是他趕緊捆緊袋口，把它掛在樹上，二十天左右，袋子漸漸消了下去。打開一看，裡面有兩斤狐狸毛。女孩的病就此才痊癒。

嚴卿禳災

會稽嚴卿善卜筮❶。鄉人魏序欲東行，荒年，多抄盜，令卿筮之。卿曰：「君慎不可東行。必遭暴害。而非劫也。」序不信。卿曰：「既必不停，宜有以禳之❷。可索西郭外獨母家白雄狗，繫著船前。」求索，止得駁狗，無白者。卿曰：「駁者亦足。然猶恨其色不純。當餘小毒，止及六畜輩耳。無所復憂。」序行半路，狗忽然作聲，甚急，有如人打之者。比視，已死，吐黑血斗餘。其夕，序墅上白鵝數頭，無故自死。序家無恙。

❶會（ㄎㄨㄞˋ）稽：上古名都，為晉時大都會，即今浙江紹興，因會稽山而得名。
❷禳（ㄖㄤˊ）：消除災殃的祭祀。

【譯文】

會稽郡的嚴卿善於占卜。他的同鄉魏序想到東方去，因為荒年強盜多，所以讓嚴卿先算上一卦。嚴卿說：「你切不可以到東邊去。如果你要去，就一定會有殺身之禍，而不只是被搶劫。」魏序不信，嚴卿就說：「你既然一定要去，我就替你想個辦法消除這災禍。你可以到西門外獨山上的寡婦家要一條白色的雄狗，把牠綁在船的前面。」魏序去尋覓了一番，只得到一條顏色錯雜的花狗，沒有白色的。嚴卿說：「花狗也可以，但牠的毛色不純，還是有點遺憾，到時候還會餘下一點點毒，不過它最多只會危害到六畜類罷了。你不要再有什麼擔憂了。」魏序走到半路，狗忽然叫得很厲害，就像有人在打牠一樣。等到魏序去察看時，狗已經死了，還吐出了一斗多黑色的血。那天晚上，魏序家裡的幾隻白鵝，也無緣無故地死了。魏序的家人倒沒有什麼災禍。

華佗治瘡

沛國華佗❶，字元化，一名旉。琅邪劉勳❷，為河內太守❸，有女，年幾二十，苦腳左膝有瘡，癢而不痛，瘡癒數十日復發，如此七八年。迎佗使視。佗曰：「是易治之。當得稻糠，黃色犬一頭，好馬二匹。」以繩繫犬頸，使走馬牽犬，馬極輒易❹，計馬走三十餘里，犬不能行，復令步人拖曳，計向五十里，乃以藥飲女。女即安臥不知人，因取大刀斷犬腹，近後腳之前，以所斷之處向瘡口，令二三寸，停之須臾，有若蛇者，從瘡中出。便以鐵椎橫貫蛇頭，蛇在皮中

❶ 沛國：郡國名。劉邦建漢之後設家鄉沛縣為郡，行政中心位於相縣，即今安徽濉溪。東漢時改郡為國。華佗：東漢末年名醫，名旉（ㄈㄨ），後被曹操所殺。

❷ 琅邪（一ㄝˊ）：亦作「琅琊」，秦時所設郡名，行政中心位於今山東諸城一帶。

❸ 河內：郡名，行政中心位於今河南武涉。

❹ 馬極輒易：此處意為馬跑累了就換一匹。

動搖良久，須臾，不動，乃牽出，長三尺許，純是蛇，但有眼處而無童子，又逆鱗耳。以膏散著瘡中，七日癒。

【譯文】

沛國人華佗，字元化，又名為旉。琅邪郡人劉勳，擔任河內郡太守，他有個二十歲的女兒，苦於左腿膝關節生瘡，瘡癢卻不痛，結疤幾十天又復發，像這樣一直有七、八年了。劉勳接華佗去診視。華佗說：「這瘡容易治。準備好稻糠色黃毛的狗一條，好馬兩匹。」他用繩索套住狗頸，讓馬拉著狗跑，馬跑累了就換一匹，馬一直跑了三十多里路，狗累得跑不動了，又叫人步行拖著狗走，共走了大約五十里，於是拿藥水給劉勳的女兒喝。他女兒就安靜地躺下失去知覺，華佗又用一把大刀切開狗的腹部，靠近後腳的前面，把切開的地方對著瘡口，讓它在距離瘡口二、三寸處停下來。一會兒，有一條像蛇一樣的東西從瘡裡爬出來，華佗就用鐵椎針橫穿蛇頭。蛇在人的皮肉裡擺動了很久，然後不動了，華佗就把牠拉出來。共有三尺來長，果然是蛇，只是有眼窩卻沒有眼珠，鱗片也是逆著生的。然後再把膏藥敷在瘡上，七天後瘡就痊癒了。

華佗醫喉病

佗嘗行道，見一人病咽，嗜食不得下，家人車載，欲往就醫。佗聞其呻吟聲，駐車往視語之曰：「向來道邊，有賣餅家蒜虀大酢[1]，從取三升飲之，病自當去。」即如佗言，立吐蛇一枚。

[1] 蒜齏（ㄐㄧ）：蒜末。大酢（ㄘㄨˋ）：醋。

【譯文】

華佗有一次走在路上，看見有個人喉嚨生病，想吃東西，卻食不下嚥。他的僕人用車拉著他，想去讓醫生診治。華佗聽見他呻吟的聲音，就停住車看了一下，對他說：「你剛才經過的路旁，一家賣餅的有蒜泥和醋，你從他那裡取來三升喝了，病自然就會消除。」這人就按照華佗的話去做了，立刻吐出一條蛇來。

卷四

風伯雨師

風伯❶、雨師❷，星也。風伯者，箕星也❸。雨師者，畢星也❹。鄭玄謂❺：司中、司命❻，文昌第四❼、第五星也。雨師：一曰屏翳，一曰號屏，一曰玄冥。

❶ 風伯：風神。
❷ 雨師：雨神。
❸ 箕（ㄐㄧ）星：二十八星宿之一，為東方青龍七宿的第七宿，古人認為此星主風。
❹ 畢星：二十八星宿之一，為西方白虎七宿的第五宿，古人認為此星主雨。
❺ 鄭玄：東漢經學大師，遍注群經，創立鄭學。司中、
❻ 司命：均為星名。
❼ 文昌：星座名，又叫文昌宮。

【譯文】

風伯、雨師，都是星宿。風伯是箕星，雨師是畢星。鄭玄說：司中、司命分別是文昌第四星和第五星。雨師又叫屏翳，或叫屏號，或叫玄冥。

張寬說女宿

蜀郡張寬❶，字叔文，漢武帝時為侍中。從祀甘泉❷。至渭橋，有女子浴於渭水❸，乳長七尺。上怪其異，遣問之。女曰：「帝後第七車者，知我所來。」時寬在第七車，

❶ 蜀郡：秦置郡名，行政中心位於成都。
❷ 甘泉：泉名，位於今陝西甘泉，東入洛河。
❸ 渭水：渭河，流經長安。

對曰：「天星，主祭祀者。齋戒不潔，則女人見❹。」

❹女人：指女宿。北方玄武七星的第三宿。見（ㄒㄧㄢˋ）：顯現。

【譯文】

蜀郡的張寬，字叔文，漢武帝的時候曾在皇宮裡做侍中。他跟隨皇帝到甘泉祭祀，經過渭橋時，看見有一個婦女在渭水中洗澡，她的乳房有七尺長。皇上對她生得這樣特別感到奇怪，便派人去問。這位婦女說：「皇帝後面第七輛車中的人，知道我是從何處而來。」當時張寬在第七輛車中，他回答說：「這是天上管祭祀的星宿。祭祀前身心不潔，那麼女宿就會顯現。」

灌壇令太公望

文王以太公望為灌壇令❶，期年，風不鳴條❷。文王夢一婦人，甚麗，當道而哭。問其故。曰：「吾泰山之女，嫁為東海婦，欲歸❸，今為灌壇令當道有德，廢我行；我行，必有大風疾雨，大風疾雨，是毀其德也。」文王覺，召太公問之。是日果有疾雨暴風，從太公邑外而過。文王乃拜太公為大司馬❹。

❶文王：武文王姬昌。太公望：姜尚，姜子牙，號飛熊，也稱呂尚或姜尚。灌壇令：灌壇的縣令。灌壇，應為周國之邑，今地不詳。

❷風不鳴條：風柔和，吹動樹枝不發出聲響。古人認為這是一種和平治世之象。

❸歸：指女子出嫁。

❹大司馬：官職名，周朝六卿之一，掌管軍事。

【譯文】

周文王派姜太公做灌壇令，一年來，一直太平無事。文王夢見一個女人，長得很漂亮，在路中間啼哭。文王問她為什麼哭。她說：「我是泰山神的女兒，嫁給東海神做妻子。現在要出嫁，因為灌壇令主政而有德行，使我無法過去；如果我走了就必定會有急風暴雨，急風暴雨是會損壞他的德政的。」文王夢醒後，召姜太公來詢問此事。這一天果然有急風暴雨從太公望的灌壇邑邊經過。文王於是拜姜太公為大司馬。

胡母班傳書

胡母班，字季友，泰山人也。曾至泰山之側，忽於樹間，逢一絳衣騶❶，呼班云：「泰山府君召❷。」班驚愕，逡巡未答❸。復有一騶出，呼之。遂隨行數十步，騶請班暫瞑❹，少頃，便見宮室，威儀甚嚴。班乃入閣拜謁，主為設食，語班曰：「欲見君，無他，欲附書與女婿耳。」班問：「女郎何在？」曰：「女為河伯婦。」班曰：「輒當奉書，不知緣何得達？」答曰：「今適河中流，便扣舟呼『青衣』❺，

❶騶（ㄗㄡ）：古代貴族騎馬的侍從。
❷泰山府君：傳說中的神仙，被封為東嶽大帝，掌管人間生死，能召喚魂魄。
❸逡（ㄑㄩㄣ）巡：猶豫不決。
❹瞑：閉眼。後袁紹使河內太守王匡殺之。
❺青衣：侍女或婢女。

當自有取書者。」班乃辭出。昔騶復令閉目，有頃，忽如故道。

遂西行，如神言而呼青衣。須臾，果有一女僕出，取書而沒。少頃，復出。云：「河伯欲暫見君。」婢亦請瞑目。遂拜謁河伯。河伯乃大設酒食，詞旨殷勤。臨去，謂班曰：「感君遠為致書，無物相奉。」於是命左右：「取吾青絲履來！」以貽班。班出，瞑然忽得還舟。

遂於長安經年而還。至泰山側，不敢潛過，遂扣樹自稱姓名，從長安還，欲啟消息。須臾，昔騶出，引班如向法而進。因致書焉。府君請曰：「當別。」再報班，語訖，如廁，忽見其父著械徒❻，作此輩數百人。班進拜流涕問：「大人何因及此？」父云：「吾死不幸，見遣三年，今

❻徒：徒刑，古代五刑之一。即判刑而服勞役。

已二年矣。困苦不可處。知汝今為明府所識，可為吾陳之。乞免此役。便欲得社公耳❼。」班乃依教，叩頭陳乞。府君曰：「生死異路，不可相近，身無所惜。」班苦請，方許之。於是辭出，還家。

歲餘，兒子死亡略盡。班惶懼，復詣泰山，扣樹求見。昔騶遂迎之而見。班乃自說：「昔辭曠拙，及還家，兒死亡至盡。今恐禍故未已，輒來啟白，幸蒙哀救。」府君拊掌大笑曰：「昔語君：『死生異路，不可相近故也。』」即敕外召班父。須臾至，庭中問之：「昔求還裡社，當為門戶作福，而孫息死亡至盡，何也？」答云：「久別鄉里，自忻得還❽，又遇酒食充足，實念諸孫，召之。」於是代之。父涕泣而出。班遂還。後有兒皆無恙。

❼社公：土地神。
❽忻（ㄒㄧㄣ）：歡喜。

【譯文】

胡母班，字季友，泰山人。他曾到泰山邊上，忽然在樹林裡遇到一個穿紅大衣騎馬的侍從，招呼他說：「泰山府君要召見你。」胡母班感到驚奇，猶豫著沒有回答。一會兒又有一個騎馬的侍從出來召喚他。他就隨著他們走了幾十步路，騎馬的侍從請胡母班暫時閉上眼睛，一會兒睜開眼來就看見一座宮殿，儀仗十分威嚴。胡母班便進宮拜見主人，主人為他擺上宴席，對他說：「想見你，沒有別的意思，只是想請你捎封信給女婿罷了。」胡母班問：「你的女兒在哪裡？」泰山府君說：「女兒是河伯的妻子。」胡母班說：「我馬上就帶信去，不知如何才能送到？」泰山府君說：「今天你乘船到了黃河的中央，就敲船呼喚『青衣』，自然會有人來取信。」胡母班就告辭出來。先前的騎馬的侍從又叫他閉上眼睛，不一會兒他又回到原路上了。

於是胡母班往西走，按照泰山神的話乘船到黃河的中央，呼喚「青衣」。一會兒，果然有一個婢女浮出水面，取了信就沒入水中。一會兒，她又浮上來，說：「河伯想見你。」婢女也請胡母班閉上眼睛。胡母班就去拜見河伯。河伯大設酒席款待他，說話十分客氣。臨別時，河伯對胡母班說：「感謝你遠道給我送信來，沒有什麼東西贈送你。」於是命令左右的人：「取我的青絲鞋來。」就把鞋送給了胡母班。胡母班走出來，閉上眼睛，忽然間就又回到了船上。

胡母班於是到長安過了一年才回家。他來到泰山邊上，不敢悄悄地走過，就敲著樹幹，自報姓名說：「我從長安回來，有情況稟報。」不一會兒，先前那個騎馬的侍從出來，引著胡母班按原來的方法進到宮殿。胡母班敘述了送信的經過。泰山府君道謝說：「我會另作答謝於你。」胡母班說完話，去上廁所，忽然看見他父親戴著刑具在服勞役，其餘的人還有幾百個。胡母班流著淚走上前去拜見父親，問：「你老人家怎麼到這裡來了？」他父親說：「我不幸死去，被罰罪三年，現在已經兩年了，在這裡困苦難以忍受。得知你與泰府山君結識，可以替我向他陳述，免掉這個勞役。而且我想去當鄉里的土地神。」胡母班就依照父親的吩咐，叩頭向泰山府君陳情。府君說：「生死不同路，不能互相接近，我不能憐憫他。」胡母班苦苦哀求，府君才終於答應了。於是告辭回家。

一年多以後，胡母班的兒子一個一個都死掉了。胡母班十分驚慌，再次到泰山去敲樹幹求見。原先的騎馬的侍從就迎接他去見泰山府君。胡母班說：「過去我言辭有失妥當，回家以後兒子都死光了，現在擔心災禍還沒有完結，就前來稟報，希望得到你的憐憫和拯救。」府君拍手大笑說：「這就是先前我告訴你『生死不同路，不能互相接近』的緣故。」他立即傳令外邊召胡母班的父親來。不一會兒，胡母班的父親來到庭院。府君問他：「過去你請求回鄉里，就應當為家裡造福，但是你的兒孫都死亡了，是什麼原因呢？」胡母班的父親回答說：「久別故鄉，我很高興能夠回去，酒食又充足，實在想念孫子們，於是便把他們都召來了。」於是泰山府君派人去代替他。胡母班的父親哭著出去了。胡母班回到家中。後來他有了兒孫，也都平安無事了。

馮夷為河伯

宋時弘農馮夷❶，華陰潼鄉堤首人也❷。以八月上庚日渡河❸，溺死。天帝署為河伯❹。又《五行書》曰❺：「河伯以庚辰日死，不可治船遠行，溺沒不返。」

❶弘農：郡名，行政中心位於今河南靈寶東北。
❷華陰：縣名，位於今陝西華陰東南。
❸上庚日：陰曆每月上旬庚日。
❹署：任命，委任。
❺《五行書》：書已佚失，當為一本記錄五行吉凶、神仙方術之書。

【譯文】

宋朝時候，弘農郡的馮夷，是華陰縣潼鄉河堤邊上的人。他在八月上旬的庚日橫渡黃河時被淹死了。天帝任命他當河伯。另外，《五行書》也說：「河伯在庚辰日過世，這一天不可以開船到遠處去，如果去，船就會沉沒回不來。」

華山使者

秦始皇三十六年，使者鄭容從關東來，將入函關❶，西至華陰❷，望見素車白馬❸，從華山上下。疑其非人，道住止而待之。遂至，問鄭容曰：「之咸陽。」車上人曰：「吾華山使也。願托一牘書，致鎬池君所❹。子之咸陽，道過鎬池，見一大梓❺，有文石，取款梓，當有應者。」即以書與之。容如其言，以石款梓樹，果有人來取書。明年，祖龍死。

❶函關：函谷關。
❷華陰：此處指華山之北。山之北為陰。
❸素車白馬：白車白馬，用於喪事。
❹鎬池：古池名，故址位於今西安以西。
❺梓：梓樹，落葉喬木。

【譯文】

秦始皇三十六年，使者鄭容從關東而來，將要進入函谷關，他向西走到華陰縣時，遠遠望見有白車白馬從華山頂上下來。他懷疑那車中坐的不是人，就在路上停住，在那裡等待車馬過來。一會兒，那車子就到了他眼前，裡面的人問鄭容道：「你要到哪裡去？」鄭容回答說：「到咸陽。」車上的人說：「我是華山神的使者。我想托你帶一封信，送到鎬池君那裡。你到咸陽，會路過鎬池，在鎬池你會看見一棵大梓樹，那樹下有一塊帶花紋的石頭，你用它敲打梓樹，就會有接應的人出來，把信交給他。」鄭容按照他的話，用那石頭敲那棵梓樹，果然有人來取信。第二年，秦始皇便死了。

張璞二女

張璞，字公直，不知何許人也。為吳郡太守❶，征還，道由廬山，子女觀於祠室，婢使指像人以戲曰：「以此配汝。」其夜，璞妻夢廬君致聘曰：「鄙男不肖❷，感垂採擇❸，用致微意。」妻覺，怪之。婢言其情。於是妻懼，催璞速發。中流，舟不為行。闔船震恐❹。乃皆投物於水，船猶不行。或曰：「投女，則船為進。」皆曰：「神意已可知也。以一女而滅一門，奈何？」璞曰：「吾不忍見之。」乃上飛廬❺，臥，使妻沉女於水。妻因以璞亡兄孤女代之。置席水中，女坐其上，船乃得去。璞見女之在也，怒曰：「吾何面目於當世也。」乃復投己女。及得渡，遙見二女在下。有吏立於岸側，曰：「吾廬君主簿也❻。廬君謝君。知鬼神非匹。

❶ 吳郡：古郡名，行政中心位於今江蘇蘇州。
❷ 不肖：不成才，自謙之詞。
❸ 垂：敬辭，指上對下的動作。
❹ 闔（ㄏㄜˊ）：全。
❺ 飛廬：船上的小閣樓。
❻ 主簿：官職名。主管文書，辦理事務。

又敬君之義，故悉還二女。」後問女。言：「但見好屋，吏卒，不覺在水中也。」

【譯文】

張璞，字公直，不知道是哪裡的人。擔任吳郡太守。朝廷徵召回京城，路過廬山時，他的女兒到廬山神廟遊覽，婢女指著一個神像開玩笑說：「這一個可以做妳的丈夫。」那天夜裡，張璞的妻子夢見廬山神送來訂婚的聘禮，說：「我的兒子不才，感謝你們選他做女婿，送上這點聘禮表示微薄心意。」張璞的妻子醒來，覺得很怪異。於是婢女就把白天的事情告訴她，她十分害怕，催促張璞趕快開船。到了河中央，船就走不動了，全船的人都很驚恐，於是都往水裡投東西，但船還是不動。有人說：「把女兒投進水裡，船就能走了。」眾人都說：「神的意思已經知道了，為一個女兒害死一家人，何必呢？」張璞說：「我不忍心看著女兒投水。」他就爬到船艙上的小閣樓裡躺下，讓妻子把女兒投進水裡。他妻子讓他死去哥哥的女兒代替自己的女兒，在水面上放一張席子，讓那女孩坐在席子上。船這才能夠開動了。

張璞起來看見自己的女兒還在，大怒道：「我還有什麼臉面活在世上！」於是又把自己的女兒投進水裡。等船快到下一個渡口時，他們遠遠望見兩個女孩在渡口下面。有一個官吏站在岸邊，說：「我是廬山神的主簿。廬山神向你道歉，他知道鬼神不能和人婚配，又敬佩你的仁義，因此送還你兩個女兒。」後來詢問女兒，她們說：「只看見漂亮的房子和官吏士卒，不覺得是在水中。」

建康小吏曹著

建康小吏曹著❶，為廬山使所迎，配以女婉。著形意不安，屢屢求請退。婉潸然。垂涕，賦詩序別，並贈織成褌衫❷。

【譯文】

建康的小吏曹著，被廬山之神的使者接了過去，廬山神把自己名叫婉的女兒嫁給他。曹著總是心神不寧，多次請求下山。婉兒淚流滿面，作了一首詩和他告別，並將絲線所做的褲子和衣衫送給了他。

❶建康：古都，即今南京。
❷褌（ㄎㄨㄣ）衫：褲子和衣衫。

宮亭湖孤石廟

宮亭湖孤石廟❶，嘗有估客至都❷，經其廟下，見二女子，云：「可為買兩量絲履❸，自相厚報。」估客至都，市好絲履，並箱盛之。自市書刀❹。亦內箱中。既還，以箱及香，置廟中而去，忘取書刀。至河中流，忽有鯉魚跳入船內，破魚腹，得書刀焉。

❶宮亭湖：鄱陽湖的古稱。
❷估客：商人。
❸量：古代鞋子的量詞，相當於「雙」。
❹書刀：古人用來刻字的筆刀。

【譯文】

宮亭湖畔有座孤石廟，曾有一個商人到都城去，經過廟下的時候，看見兩位姑娘對他說：「麻煩你給我們買兩雙絲鞋來，我們一定會重謝你。」這商人到了都城，買好絲鞋，把它們裝在一只箱子裡，自己買了一把書刀也放在箱子裡。返回孤石廟後，他就把箱子和香火放在廟裡就走了，卻忘了取書刀。他的船剛行到河中央，忽然有一條鯉魚跳進船艙裡。他把魚肚子剖開，竟從魚肚裡得到了書刀。

宮亭湖廟神

南州人有遣吏獻犀簪於孫權者❶，舟過宮亭廟而乞靈焉。神忽下教曰：「須汝犀簪。」吏惶遽不敢應。俄而犀簪已前列矣❷。神複下教曰：「俟汝至石頭城，返汝簪。」吏不得已，遂行，自分失簪❸，且得死罪。比達石頭，忽有大鯉魚，長三尺，躍入舟。剖之，得簪。

❶南州：相當於今廣東、廣西地帶。犀簪（ㄗㄢ）：犀牛角製成的髮簪。
❷俄而：一會兒。
❸分（ㄈㄣˋ）：思量，料想。

【譯文】

南州有個人派小吏給孫權進獻犀牛角製成的髮簪，船經過宮亭廟，這小吏就到廟中乞求神靈保佑。神靈忽然傳話說：「我要你的犀牛角髮簪。」小吏驚恐不已，不敢回應。不一會兒，他的犀簪已經放在神像前面了。

那神靈又傳話說：「等你到了石頭城，我就把髮簪還給你。」小吏也無可奈何，只好離去了。他尋思丟了這髮簪，肯定將獲死罪了。哪知等他的船到了石頭城，忽然有一條大鯉魚，長三尺，跳進他的船裡。他把魚肚剖開，竟在魚肚裡得到了那把髮簪。

郭璞卜驢鼠

郭璞過江，宣城太守殷祐引為參軍❶。時有一物，大如水牛，灰色，卑腳❷，腳類象，胸前尾上皆白，大力而遲鈍，來到城下。眾咸怪焉。祐使人伏而取之❸。令璞作卦，遇「遁」之「蠱」❹，名曰「驢鼠」。卜適了，伏者以戟刺，深尺餘。郡綱紀上祠請殺之❺。巫云：「廟神不悅。此是郱亭廬山君使❻，至荊山，暫來過我。不須觸之。」遂去，不復見。

❶ 宣城：郡名。行政中心位於宛陵，即今安徽宣城。
❷ 卑腳：短腿。
❸ 伏：埋伏。
❹ 遁：《周易》卦名。是下乾上，卦義講進退之事。蠱：同為卦名。巽下艮上，卦義講倫理觀念。
❺ 綱紀：古代公府及州郡主等。
❻ 郱亭：宮亭湖。

【譯文】

郭璞過了長江，宣城太守殷祐舉薦他做參軍。當時有一頭怪物，大如水牛，灰色，短腿，腳與大象相似，胸口前及尾巴上都是白色，力氣很大，但行動遲緩，來到宣城城下。老百姓看見了這頭怪物都覺得很奇怪。殷祐派人埋伏將其捉住，讓郭璞占卜，占得的是「遁」卦變「蠱」卦，原來這頭怪物叫作「驢鼠」。卦剛算完，埋伏的人就用戟刺這頭怪物，刺進去有一尺多深。宣城郡的主簿到祠廟裡請求把它殺了。廟裡的巫師說：「廟裡的神靈很不高興。這是宮亭湖廬山神的使者，它要到荊山去，暫時來拜訪我一下。你們不該去碰它。」於是就讓這頭怪物走了，從此再也沒有人看見過它。

歐明求如願

廬陵歐明❶，從賈客❷，道經彭澤湖❸，每以舟中所有，多少投湖中，云：「以為禮。」積數年後，復過，忽見湖中有大道，上多風塵❹，有數吏，乘車馬來候明，云：「是青洪君使要❺。」須臾，達見，有府舍，門下吏卒。明甚怖。吏曰：「無可怖！青洪君感君前後有禮，故要君，必有重遺君者❻。君勿取，獨求『如願』耳。」明既見青洪君，乃求「如願」。使逐明去。如願者，青洪君婢也。明將歸，所願輒得，數年，大富。

❶ 廬陵：東漢置郡名，行政中心位於今江西泰和。
❷ 賈客：商人。
❸ 彭澤湖：鄱陽湖的古稱。
❹ 風塵：塵世中的景象。一解為塵土。
❺ 青洪君：彭澤湖的湖神。要：邀請。
❻ 遺（ㄨㄟˋ）：贈送。

【譯文】

盧陵的歐明，跟隨商人路過彭澤湖，總是把船裡的東西或多或少地丟一點到湖裡，並說：「這是我的禮物。」這樣一直過了幾年，後來他又經過彭澤湖，忽然看見湖中有一條大路，路上都是人世間的景象。有幾個小吏，乘著車，騎著馬來迎接歐明，說是青洪君派他們來邀請他的。一會兒歐明便到了青洪君府前，只見有官府宅邸，門口還有差役把持，歐明很害怕。那小吏說：「沒有什麼可害怕的。青洪君感激你一直贈送禮物，所以才邀請你。他肯定有貴重的物品饋贈予你，可你什麼都別要，就只要『如願』就行了。」歐明見了青洪君，就向他要「如願」，青洪君就讓「如願」跟著歐明走了。如願，是青洪君的婢女。歐明帶著如願回家，他的願望總是能實現，幾年以後，他就非常富有了。

黃石公祠

益州之西❶，雲南之東，有神祠。克山石為室❷，下有神，奉祠之。自稱黃公。因言此神，張良所受黃石公之靈也❸。清淨不宰殺。諸祈禱者，持一百錢，一雙筆，一丸墨，置石室中。前請乞，先聞石室中有聲，須臾，問來人何欲。既言，便具語吉凶，不見其形。至今如此。

❶益州：州名。漢武帝所置十三刺史部之一，轄境主要在今四川、雲南、漢中盆地一帶。

❷克：開鑿。

❸張良所受黃石公之靈也：傳說黃石公曾三試張良，後以兵書賜之，張良遂成大器。黃石公：秦末漢初隱士，傳說得道成仙，被道教納入神譜。

【譯文】

益州的西邊，雲南的東邊，有一座神廟。在山崖上開鑿山石以成廟室，廟內有個神像，受人供奉。此神自稱是黃公，於是人們說這位神明就是張良所受教的黃石公的神靈。神祠清靜素潔，不主張宰殺牲畜來祭祀。來祈求的人只要拿一張紙，兩支筆，一塊墨放在那石洞中，便可以走上前去祈求。先是會聽見石洞中發出聲音，過了一會兒，裡面會問來祈求的人有什麼要求。等祈禱的人說完，他就一一告訴其中的吉凶，但看不見他的形體。直到今天還是如此。

樊道基顯神

永嘉中❶，有神見兗州❷，自稱樊道基。有嫗❸，號成夫人。夫人好音樂，能彈箜篌❹，聞人弦歌，輒便起舞。

❶永嘉：西晉晉懷帝年號，西元三〇七—三一二年。
❷兗（ㄧㄢˇ）州：漢武帝所置十三刺史部之一。轄境主要為今山東地區。
❸嫗：老婦人。
❹箜篌（ㄎㄨㄥㄏㄡˊ）：古代一種撥絃樂器。

【譯文】

永嘉年間，有個神仙出現在兗州，自稱樊道基。有個老婦人，號稱成夫人。成夫人喜歡音樂，會彈箜篌，她聽見別人奏樂歌唱，馬上就會跳起舞來。

戴文謀疑神

沛國戴文謀，隱居陽城山中❶，曾於客堂食際，忽聞有神呼曰：「我天帝使者，欲下憑君❷，可乎？」文聞甚驚。又曰：「君疑我也。」文乃跪曰：「居貧，恐不足降下耳。」既而灑掃設位，朝夕進食，甚謹。後於室內竊言之。婦曰：「此恐是妖魅憑依耳。」文曰：「我亦疑之。」及祠饗之時❸，神乃言曰：「吾相從方欲相利，不意有疑心異議。」文辭謝之際，忽堂上如數十人呼聲，出視之，見一大鳥，五色，白鳩數十隨之❹，東北入雲而去，遂不見。

❶陽城山：俗稱車嶺山，位於今河南鞏義東南，滎陽西南。
❷憑：此處指神鬼附身於人。
❸饗（ㄒㄧㄤˇ）：祭祀。
❹白鳩（ㄐㄧㄡ）：鳥類，形似鴿，古時以之為瑞獸。

【譯文】

沛國人戴文謀，隱居在陽城山中，有一次在客堂吃飯的時候，忽然聽見有神靈呼喚說：「我是天帝的使者，想降下來附身於你，可以嗎？」戴文謀聽了非常吃驚。神靈又說：「你是懷疑我嗎？」戴文謀跪下說：「我家境貧寒，恐怕不值得您下凡罷了。」隨後打掃屋子，設立神位，早晚祭獻食品，十分謹慎。後來，他和妻子在內室悄悄議論這件事。妻子說：「這恐怕是妖怪想要依附於你罷了。」戴文謀說：「我也懷疑。」到了祭獻食物的時候，神就說：「我來依附你，正準備讓你受益，沒想到你們疑心於我。」戴文謀連忙道歉，客堂屋上像忽然有幾十個人的呼喊聲。他出來一看，只見一隻五彩羽毛的大鳥，有幾十隻白鳩跟隨著，往東北方向飛去，鑽進雲裡，就不見了。

麋竺遇天使

麋竺字子仲❶，東海朐人也❷。祖世貨殖，家貲巨萬❸。常從洛歸❹，未至家數十里，見路次有一好新婦，從竺求寄載。行可二十餘里，新婦謝去，謂竺曰：「我天使也。當往燒東海麋竺家，感君見載，故以相語。」竺因私請之。婦曰：「不可得不燒。如此，君可快去。我當緩行，日中，必火發。」竺乃急行歸，達家，便移出財物。日中，而火大發。

❶麋（ㄇㄧˊ）竺：三國時的蜀將，劉備曾拜之為安漢將軍。
❷東海：郡名，轄境約在今山東與江蘇交界處。朐（ㄑㄩˊ）：縣名，位於今江蘇連雲港西南。
❸貲：同「資」，資產。
❹常：通「嘗」，曾經。洛：洛陽。

【譯文】

麋竺字子仲，東海朐縣人。他祖輩經商，家中有數以萬計的資產。他曾從洛陽回家，在離家還有幾十里的地方，遇上一個漂亮的新嫁娘，請麋竺讓她搭車。麋竺讓她上車後，走了二十多里，新嫁娘向他告別，對麋竺說：「我是天帝的使者，奉命要去燒掉東海麋竺的家，感激你讓我搭了車，所以把這個消息告訴你。」麋竺聽了後就向她求情。那使者說：「不燒是不可能的。這樣吧，你可以趕快回去。我就慢慢走，到中午一定要起火。」麋竺就急忙趕回家，到家後搬出所有的財物。到了中午，大火果然就熊熊燃燒起來。

陰子方祀灶

漢宣帝時❶，南陽陰子方者❷，性至孝。積恩好施，喜祀灶。臘日晨炊❸，而灶神形見。子方再拜受慶❹，家有黃羊❺，因以祀之。自是已後，暴至巨富。田七百餘頃，輿馬僕隸，比於邦君❻。子方嘗言：「我子孫必將強大。」至識三世❼，而遂繁昌。家凡四侯，牧守數十。故後子孫嘗以臘日祀灶，而薦黃羊焉。

❶漢宣帝：漢武帝的曾孫劉詢。
❷南陽：秦置郡名，行政中心位於宛縣，即今河南南陽。
❸臘日：農曆十二月初八，即臘八。
❹受慶：受到神的福佑。
❺黃羊：據《太平御覽》中記，此黃羊應為黃犬。
❻邦君：指地方長官。
❼識：指陰識，漢光武帝劉秀光烈皇后的哥哥。

【譯文】

漢宣帝的時候，南陽有個陰子方，非常孝順，常常施捨積德，喜歡祭祀灶神。他臘日那天早上做飯，灶神顯形。陰子方再三拜謝請求賜福，他家中有一頭黃羊，於是拿來祭祀灶神。從此以後，他家很快就變得極為富有。有田地七百餘頃，有車馬僕役，堪比地方上的長官。陰子方曾說：「我的子孫必定會興旺發達。」到陰識時過了三代，他家就昌盛起來了。一家有四人封侯，有幾十個州郡長官。後來他的子孫經常在臘日那天祭祀灶神，供奉黃羊。

張成見蠶神

吳縣張成❶，夜起，忽見一婦人立於宅南角，舉手招成曰：「此是君家之蠶室。我即此地之神。明年正月十五，宜作白粥，泛膏於上❷。」以後年年大得蠶。今之作膏糜像此❸。

❶吳縣：縣名，故址位於今江蘇蘇州。
❷泛膏於上：把米膏塗在牆上。膏：油脂。
❸膏糜：又稱「膏粥」，米膏、米粥，古時於農曆正月十五祭祀蠶神所用。

【譯文】

吳縣的張成，有一天夜裡起床，忽然看見一個女子站在他房子的南邊角落裡，揮著手招呼他說：「這是你們家的養蠶房。我就是這裡的神仙。明年正月十五，你應該煮一些白米粥，把米膏塗在牆上。」以後張成每年都能收穫很多的蠶。現在人們做膏粥來祭祀蠶神就是這樣來的。

戴侯祠

豫章有戴氏女❶，久病不差。見一小石，形象偶人❷。女謂曰：「爾有人形，豈神？能差我宿疾者❸，吾將重汝❹。」其夜，夢有人告之：「吾將佑汝。」自後疾漸差。遂為立祠山下。戴氏為巫，故名戴侯祠。

❶豫章：古郡名，行政中心位於今江西南昌。
❷偶人：用泥土或陶瓷製成的人偶。
❸宿疾：舊病，指長久不癒的疾病。
❹重：尊重。此處指敬為神來奉祀。

【譯文】

豫章郡有一個姓戴的女子，病了很久都不能痊癒。有次她看見一塊小石頭，形狀像個木偶人。這女子就對它說：「你有人形，難道是神仙嗎？你如果能使我這老病痊癒，我一定會把你當作神仙來奉祀。」那天夜裡，這女子夢見有人告訴她：「我將保佑妳。」從此以後她的病就漸漸好了。於是她在山下為這小石頭建造了一座廟宇，這姓戴的女子做了裡面的女巫，這廟就名為戴侯祠。

劉玘成神

漢陽羨長劉玘嘗言❶：「我死當為神。」一夕飲醉，無病而卒。風雨，失其柩。夜

❶陽羨：漢置縣名。故城在今江蘇宜興南。長：縣長官。玘：音「ㄑㄧˇ」。

聞荊山有數千人噉聲❷。鄉民往視之，則棺已成塚。遂改為君山，因立祠祀之。

❷噉：通「喊」。

【譯文】

漢時陽羨縣長官劉玘曾說：「我死了會成為神仙。」有天晚上他喝醉了酒，沒有生病就突然死去了。當時風雨大作，他的棺材也不見蹤影。那天夜裡，人們聽見荊山上有幾千人的喊叫聲。鄉里的老百姓趕去一看，那棺材已經變成了墳墓。於是人們便將荊山改稱為君山，並建造了廟宇來祭祀他。

卷五

蔣子文成神

蔣子文者，廣陵人也❶。嗜酒好色，挑達無度❷。常自謂：「己骨清，死當為神。」漢末，為秣陵尉❸，逐賊至鍾山下❹，賊擊傷額，因解綬縛之❺，有頃遂死。及吳先主之初❻，其故吏見文於道，乘白馬，執白羽，侍從如平生。見者驚走。文追之，謂曰：「我當為此土地神，以福爾下民❼。爾可宣告百姓，為我立祠。不爾，將有大咎。」

是歲夏，大疫，百姓竊相恐動，頗有竊祠之者矣。文又下巫祝❽：「吾將大啟佑孫氏，宜為我立祠；不爾，將使蟲入人耳為災。」俄而小蟲如塵虻❾，入耳，皆死，醫不能治。百姓愈恐。孫主未之信也。又

❶廣陵：郡名，行政中心位於今江蘇揚州。
❷挑達：輕薄，放蕩。
❸秣（ㄇㄛˋ）陵：縣名，位於今南京附近。
❹鍾山：今南京紫金山。
❺綬（ㄕㄡˋ）：衣帶。
❻吳先主：指三國時吳主孫權。
❼福：此處作動詞，福佑。
❽巫祝：祠廟主持祭祀的人。
❾塵虻：一種小飛蟲。

下巫祝：「吾不祀我，將又以大火為災。」是歲，火災大發，一日數十處。火及公宮。議者以為鬼有所歸，乃不為厲，宜有以撫之。於是使使者封子文為中都侯，次弟子緒為長水校尉，皆加印綬❿。為立廟堂。轉號鍾山為蔣山，今建康東北蔣山是也。自是災厲止息，百姓遂大事之。

❿印綬：印信和繫印信的綬帶。

【譯文】

蔣子文，廣陵郡人。他喜歡喝酒，喜好女色，行為輕薄，放蕩不羈。他常常說：「我的骨相清高，死後會成仙。」漢朝末年，他當了秣陵縣縣尉，有一次追擊強盜來到鍾山腳下，強盜打傷了他的前額，他就解下衣帶縛住傷口，過了一會兒就死了。到孫權剛建立吳國的時候，他生前的同僚在路上碰見了蔣子文，看見他騎著白馬，拿著白羽扇，有隨從跟著，就像他活著的時候一樣。他的同僚看見後大吃一驚，轉身就逃。蔣子文緊追不捨，並對他說：「我就要做這裡的土地神，來福佑你們這裡的百姓。你可以告訴百姓，讓他們為我建立祠廟。否則，就會有大災降臨。」

這年夏天，發生了大瘟疫，老百姓都暗自驚恐，有很多人偷偷開始祭祀他。蔣子文又向巫祝傳話說：「我將大大地保佑孫氏，所以應該為我建立祠廟；否則的話，我就讓蟲子鑽進人的耳朵裡。」不多久，就有像虻子那樣的小蟲，一鑽進人的耳朵裡人就喪命，醫生都無藥可醫。老百姓更加恐慌了。孫主還是不相信他。他又向巫祝傳話說：「如果再不祭我，我就要降下大火之災。」這一年，火災嚴重，一天就有幾十個地方被燒毀，火勢還蔓延到王宮。朝中議事的人認為讓鬼有了歸宿的地方，才會不再製造災難，所以應該採取一些措施安撫他。於是孫主就派了使者封蔣子文為中都侯，封他的弟弟蔣子緒為長水校尉，都加贈印綬。並給他們建立祠廟。把鍾山改稱為蔣山，現在建康東北的蔣山就是此山。從此以後，災難消失了，老百姓就都開始隆重地祭祀蔣侯了。

蔣侯召劉赤父

劉赤父者，夢蔣侯召為主簿。期日促❶，乃往廟陳請：「母老子弱，情事過切，乞蒙放恕。會稽魏過，多材藝，善事神，請舉過自代。」因叩頭流血。廟祝曰❷：「特願相屈。魏過何人，而有斯舉？」赤父固請，終不許。尋而赤父死焉。

❶ 期日：約定的日子。促：緊急。
❷ 廟祝：廟宇中管香火的人。

【譯文】

有一個叫劉赤父的人，夢見蔣子文召他去做主簿。約定的日子十分緊迫，於是他就到蔣山廟裡向蔣子文陳情道：「我母親年邁，子女年幼體弱，情況實在窘迫，求你多多寬恕。會稽郡的魏過，多才多藝，善於供奉神仙，我請求你提拔魏過來代替我。」接著他便拼命磕頭，把頭都磕出血來。廟裡的巫祝說：「蔣侯特地想委屈你就職。魏過是什麼人，你竟舉薦他？」劉赤父一再請求，但始終得不到同意。不久後，劉赤父就死了。

蔣山廟戲婚

咸寧中❶，太常卿韓伯子某❷，會稽內史王蘊子某❸，光祿大夫劉耽子某❹，同游蔣山廟。廟有數婦人像，甚端正。某等醉，各指像以戲，自相配匹。即以其夕，三人同夢蔣侯遣傳教相聞，曰：「家子女並醜陋，而猥垂榮顧。輒刻某日❺，悉相奉迎。」某等以其夢指適異常❻，試往相問，而果各得此夢，符協如一。於是大懼。備三牲❼，詣廟謝罪乞哀。又俱夢蔣侯親來降己，曰：「君等既已顧之，實貪會對。克期垂及，豈容方更中悔。」經少時並亡。

❶咸寧：西晉武帝司馬炎年號，西元二七五—二七九年。一說為咸安、寧康年間，時在東晉，西元三七一—三七五年。

❷太常卿：官職名。秦時置奉常，漢時改為太常，為九卿之一，掌管宗廟禮儀並負責選試博士。

❸內史：官職名。西周時置，掌管爵、祿、廢、置等政務。

❹光祿大夫：官職名。戰國時設中大夫，漢時改為光祿大夫，負責皇帝顧問應對。

❺刻：限定。

❻指適：指歸，指向。

❼三牲：牛、羊、豬。古代稱此三牲為太牢，用以祭祀。

【譯文】

晉武帝咸寧年間，太常卿韓伯的兒子韓某，會稽內史王蘊的兒子王某，光祿大夫劉耽的兒子劉某，一起去遊覽蔣山廟。廟中有幾個女子的神像，容貌端正。這三個人喝醉了酒，便各人指著這些女子神像開起玩笑，任意挑選一個與自己匹配夫妻。就在當天晚上，三個人一同夢見蔣侯派人傳話說：「我家的女兒都生得醜陋，承蒙你們屈尊眷顧。我就定個日子，把你們都接了來吧。」這三個人覺得此夢不同尋常，便試探著互相問詢，結果發現每個人都做了這個夢，夢的內容一模一樣。於是他們十分驚恐，備齊了牛、羊、豬三牲祭品，到蔣山廟謝罪，乞求蔣侯饒恕。接著他們又都夢見蔣侯親自來對他們說：「你們既然已經眷念我的女兒，肯定是想馬上就相見的。約定的日期已經快到了，怎麼能中途變卦呢？」過了不久，這三個人都死了。

蔣侯與吳望子

會稽鄮縣東野有女子❶，姓吳，字望子，年十六，姿容可愛。其鄉里有解鼓舞神者❷，要之，便往。緣塘行，半路，忽見一貴人，端正非常。貴人乘船，挺力十餘❸，整頓令人問望子：「欲何之？」具以事對。貴人云：「今正欲往彼，便可入船共去。」望子辭不敢。忽然不見。望子既拜神座，見向船中貴人，儼然端坐❹，即蔣侯像也。問望子：「來何遲？」因擲兩橘與之。數數形見，遂隆情好。心有所欲，輒空中下之。嘗思噉鯉❺，一雙鮮鯉隨心而至。望子芳

❶ 鄮（ㄇㄠˋ）縣：秦置縣名，故址位於今浙江寧波。

❷ 解鼓舞神者：擊鼓跳舞來娛樂眾神之人。

❸ 挺力：出力，此處指出力划船的人。

❹ 儼然：嚴肅莊重的樣子。

❺ 噉（ㄉㄢˋ）：同「啖」，吃。

香❻，流聞數里，頗有神驗。一邑共事奉。經三年，望子忽生外意，神便絕往來。

❻ 芳香：此處指望子的名聲。

【譯文】

會稽郡鄮縣東郊，有個女子，姓吳，字望子，十六歲，容貌漂亮可愛。她的鄉鄰有要去擊鼓跳舞娛神之人，邀她一同前去。他們沿著堤岸走，半路上忽然遇到一個貴人，相貌非常端正。貴人乘船，划船的僕人有十幾個，都穿戴得十分整齊。貴人叫人問望子：「要到哪裡去？」望子具事以答。貴人說：「我現在正要去那裡，妳可以上船與我同去。」望子謝絕不敢上船。船忽然就不見了。望子來到廟裡拜神，看見剛才在船上的貴人，端莊地坐在廟裡，正是蔣侯的神像。蔣侯問望子：「怎麼來遲了？」於是拋了兩顆橘子給她。蔣侯多次顯形，於是和望子感情增長，十分相愛。望子心裡想什麼，天上就會降下什麼。她曾想吃鯉魚，一對鮮活的鯉魚就出現了。望子神異的名聲，在附近地方四處流傳，她很靈驗，縣裡的百姓都來侍奉她。過了三年，望子忽然起了外心，蔣侯神就和她斷絕了往來。

蔣侯助殺虎

陳郡謝玉❶，為琅邪內史，在京城，所在虎暴，殺人甚眾。有一人，以小船載年少婦，以大刀插著船，挾暮來至邏所❷，將出語云：「此間頃來甚多草穢❸，君載

❶ 陳郡：秦置郡名，行政中心位於陳縣，即今河南淮陽。
❷ 挾暮：傍晚。邏所：巡邏的哨所。
❸ 頃來：近來。草穢：此處借指老虎。

細小❹，作此輕行，大為不易。可止邏宿也。」相問訊既畢，邏將適還去。其婦上岸，便為虎將去；其夫拔刀大喚，欲逐之。先奉事蔣侯，乃喚求助。如此當行十里，忽如有一黑衣為之導，其人隨之，當復二十里，見大樹，既至一穴，虎子聞行聲，謂其母至，皆走出，其人即其所殺之。便拔刀隱樹側，住良久，虎方至，便下婦著地，倒牽入穴。其人以刀當腰斫斷之。虎既死，其婦故活。向曉，能語。問之，云：「虎初取，便負著背上，臨至而後下之。四體無他，止為草木傷耳。」扶歸還船，明夜，夢一人語之曰：「蔣侯使助汝，知否？」至家，殺豬祠焉。

❹細小：指家眷妻小。

【譯文】

陳郡人謝玉，擔任琅邪郡內史，有一次他在京城停留，那地方老虎橫行，傷了很多人性命。有個人用小船載著他的妻小，把大刀插在船上，黃昏時候來到巡邏的哨所。巡邏的將官出來告訴他說：「這裡近來老虎猖獗，你帶著家眷，做這樣輕率的旅行，實在太危險了。你可以在哨所裡過夜。」他們互相問詢完，巡邏的將官就回去了。他妻子剛上岸，便被老虎銜走了；她丈夫拔刀大喊，想要追上去。因為他過去曾供奉過蔣侯，所以就呼喚著蔣子文的名字求他幫助。像這樣大約走了十里，忽然像有一個黑衣人給他引路。他緊跟著這個黑衣人，大概又走了二十里，便看見一棵大樹。再向前走，不久就來到一個洞口，洞穴裡的小老虎聽見腳步聲，以為是牠們的母親回來了，就都跑了出來。那人便走上去把牠們都殺了，接著又拔刀隱蔽在樹旁。過了好久，那母老虎才回來，老虎把那女人扔在地上，倒拖著想要拉進洞中。那人用刀把老虎攔腰砍斷了。老虎死了，他的妻子活了下來，到天亮的時候就能講話了。他問妻子，妻子回答說：「老虎剛抓住我，便把我揹在背上。等到了這兒才又把我放下來。我的手腳都沒受傷，只是被草木刮傷一點罷了。」那人就扶著妻子回到船上。第二天晚上，他夢見一個人對他說：「蔣侯派我幫助你，你知道嗎？」他回到家裡，便殺了豬來祭祀蔣子文。

丁姑渡江

淮南全椒縣有丁新婦者❶，本丹陽丁氏女❷，年十六，適全椒謝家❸。其姑嚴酷❹，使役有程，不如限者，仍便笞捶不可堪❺。九月九日，乃自經死❻。遂有靈向❼，聞於民間。發言於巫祝曰：「念人家婦女，作息不倦，使避九月九日，勿用作事。」見形，著縹衣❽，

❶全椒：魏晉時屬於淮南郡，即今安徽滁州全椒縣。
❷丹陽：郡名，行政中心位於今安徽宣城。
❸適：嫁到。
❹姑：此處指丈夫的母親。
❺笞捶：用竹條抽打。
❻自經：上吊自殺。
❼靈向：一作「靈響」，即有神顯靈。
❽縹（ㄆㄧㄠˇ）衣：淡青色的衣服。

戴青蓋，從一婢，至牛渚津❾，求渡。有兩男子，共乘船捕魚，仍呼求載。兩男子笑共調弄之。言：「聽我為婦，當相渡也。」丁嫗曰：「謂汝是佳人，而無所知。汝是人，當使汝入泥死；是鬼，使汝入水。」便卻入草中。

須臾，有一老翁，乘船，載葦。嫗從索渡。翁曰：「船上無裝，豈可露渡？恐不中載耳。」嫗言無苦。翁因出葦半許，安處著船中，徐渡之。至南岸，臨去，語翁曰：「吾是鬼神，非人也。自能得過，然宜使民間粗相聞知。翁之厚意，出葦相渡，深有慚感，當有以相謝者。若翁速還去，必有所見，亦當有所得也。」翁曰：「恐燥濕不至❿，何敢蒙謝。」翁還西岸，見兩男子覆水中。進前數里，有魚千數，跳躍

❾ 牛渚津：長江渡口。位於今安徽當塗牛渚山下。
❿ 燥濕不至：意思為照顧不周。

水邊，風吹至岸上。翁遂棄葦，載魚以歸。於是丁嫗遂還丹陽。江南人皆呼為丁姑。九月九日，不用作事，咸以為息日也。今所在祠之。

【譯文】

淮南郡全椒縣有一個姓丁的新嫁娘，本來是丹陽縣丁家的女兒，十六歲時，嫁到全椒縣謝家。她的婆婆非常嚴苛兇狠，使喚她完成一定分量的勞作，完成不了，就用竹條抽打，打得她痛不欲生。九月九日那天，她就上吊死了。於是就有神顯靈，開始在百姓中流傳。丁婦由巫祝來發話說：「考慮到做人家新嫁娘，每天勞作得不到休息，讓她們免掉九月九日這一天，不用做事。」

丁婦顯形，穿著淡青色的衣服，戴著黑色的頭巾，帶著一個婢女，到牛渚渡口找船渡江。有兩個男人，駕著一條船在捕魚，丁婦就喚來他們，請求乘他們的船過江。兩個男人嬉笑著一起調戲丁婦，並說：「妳給我做老婆，我就渡妳過江。」丁婦說：「以為你們是好人，竟然一點道理也不懂。你們是人，會讓你們死在泥土裡；是鬼，會讓你們死在水中。」說完就退進草叢中去了。

不一會兒，有一個老翁駕著船載著蘆葦來了，丁婦上前要老翁幫她渡江。老翁說：「船上沒有篷蓋，怎麼可以露天渡江？只怕妳坐著不舒服。」丁婦說沒關係。老翁於是從船上卸下了一些蘆葦，安置她們坐在船中，把她們渡到南岸。丁婦臨別時對老翁說：「我是鬼神，不是凡人，自己能夠渡江。只是想讓老百姓稍微聽說我的事情。老人家深情厚意，卸下蘆葦來渡我過江，我十分感激，我會感謝您的。如果您很快回去，一定能看到什麼，也必定會有所得。」老翁說：「我很慚愧對妳照顧不周，怎麼還敢接受妳的恩惠？」老翁回到西岸，看到兩個男人淹死在水裡。往前行船幾里，就有成千條魚在水邊跳躍，風把牠們吹到岸上。老翁就扔掉蘆葦，裝上魚回家去了。於是丁婦就回到了丹陽。江南的人都稱她為丁姑。每年九月九日，婦女都不用做事，大家都把那天作為休息日。至今那裡仍然在祭祀丁姑。

趙公明府參佐

散騎侍郎王祐❶，疾困，與母辭訣，既而聞有通賓者❷，曰：「某郡，某里，某人，嘗為別駕❸。」祐亦雅聞其姓字，有頃，奄然來至❹，曰：「與卿士類有自然之分，又州里，情便款然❺。今年國家有大事，出三將軍，分佈徵發吾等十餘人為趙公明府參佐❻，至此倉卒，見卿有高門大屋，故來投，與卿相得，大不可言。」祐知其鬼神，曰：「不幸疾篤，死在旦夕，遭卿，以性命相托。」答曰：「人生有死，此必然之事。死者不系生時貴賤。吾今見領兵三千，須卿得度簿相付，如此地難得，不宜辭之。」

❶ 散騎侍郎：官職名，又稱散騎常侍，侍於皇帝左右的顧問人員。
❷ 通賓者：通報賓客之人。
❸ 別駕：官職名，又稱別駕從事，為州刺史的佐吏。
❹ 奄然：忽然。
❺ 款然：感情親切融洽。
❻ 趙公明：財神。而在魏晉時被認為是勾人魂魄的瘟神。參佐：部下，下屬。

祐曰：「老母年高，兄弟無有，一旦死亡，前無供養。」遂欷歔不能自勝[7]。其人愴然曰：「卿位為常伯，而家無餘財，向聞與尊夫人辭訣，言辭哀苦，然則卿國士也，如何可令死。吾當相為。」因起去。明日，更來。其明日，又來。祐曰：「卿許活吾，當卒恩否？」答曰：「大老子業已許卿，當復相欺耶！」見其從者數百人，皆長二尺許，烏衣軍服，赤油為志。祐家擊鼓禱祀，諸鬼聞鼓聲，皆應節起舞，振袖颯颯有聲[8]。祐將為設酒食。辭曰：「不須。」因復起去。謂祐曰：「病在人體中，如火。當以水解之。」因取一杯水，發被灌之。又曰：「為卿留赤筆十餘枝，在薦下[9]，可與人使簪之。出入辟惡災，舉事皆無恙。」

[7] 欷歔（ㄒㄧ ㄒㄩ）：嘆息之聲。
[8] 颯颯（ㄙㄚˋ）：狀聲詞。
[9] 薦：席子，墊子。

因道曰：「王甲、李乙，吾皆與之。」遂執祐手與辭。

時祐得安眠，夜中忽覺，乃呼左右，令開被，「神以水灌我，將大沾濡。」開被，而信有水在上被之下，下被之上，不浸，如露之在荷。量之，得三升七合⑩。於是疾三分癒二，數日大除。凡其所道當取者，皆死亡。唯王文英，半年後乃亡。所道與赤筆人，皆經疾病及兵亂，皆亦無恙。初，有妖書云：「上帝以三將軍趙公明、鍾士季各督數萬鬼下取人⑪。」莫知所在。祐病差，見此書，與所道趙公明合焉。

⑩合（ㄍㄜˇ）：古代量詞，十合為一升。

⑪鍾士季：名諱，三國時謀士、將領，死後據傳成為鬼將。

【譯文】

散騎侍郎王祐，為病所困，便與母親訣別。過了一會兒，就聽見有人通報有客人來訪，說：「客人是某郡某鄉的某人，曾做過別駕從事史。」王祐平時也曾聽見過他的姓名。過了一會兒，那人就忽然來到面前，並對王祐說：「我與你都是讀書人，當然有緣分；又與你同鄉，感情自然就更為融洽了。今年國家有大事，派出了三位將軍，分別到各地徵集民間的人力和物資。我們一批十幾個人，是趙公明的部下，倉促到此，看見你有高門大院，因此來投奔你。和你結交，實在再好不過了。」王祐知道他們是鬼神，便說：「我不幸病重，馬上就要死了。現在碰上你，就求你救我一命。」那人回答說：「人固有一死，這是必然之事。死人不依靠在世時的貴賤。我現在帶兵三千，需要你來統率，如果你答應，我就把檔案簿冊交給你。像這樣的機會實在難得，你不該推辭。」王祐說：「我老母親年壽已高，又沒有兄弟，一旦我死了，眼前就沒有人供養我的母親了。」說到這兒便泣不成聲。那人悲哀地說：「你擔任侍中這樣的高官，家裡卻沒有積餘。剛才聽見你與母親訣別，所言十分可憐。這樣看來，你真乃國家的高士，怎麼可以讓你死呢？我一定盡力幫助你。」說完便起身告辭，並告訴王祐說：「我明天再來。」

到了第二天，那參佐又來了。王祐說：「你答應讓我活下去，真的肯施恩嗎？」參佐回答說：「我已經答應了你，難道還會騙你嗎？」只見他隨從的幾百人，都只有二尺多高，穿著黑色的軍裝，用紅色的油漆畫上了標記。王祐家裡擊鼓祈禱，祭祀他們。那些鬼們聽見鼓聲，都隨著節奏跳起舞來，他們揮動著衣袖，發出颯颯的聲響。王祐想要給他們置辦酒宴，參佐拒絕說：「不必了。」便又起身要走，並對王祐說：「你的病在體內，熱得像火一樣，要用水來消除。」接著他就拿了一杯水，掀開被褥澆在上面。又對王祐說：「給你留下十幾支紅筆，放在席子底下，可以送給人，讓他們當作簪子使用。這樣，進進出出就能避過災禍，做什麼事就都可順利。」接著他又說道：「王甲、李乙，我都給過他們了。」於是就握手與王祐告別。

當時王祐還安然睡著，夜裡忽然醒來，便招呼身邊的人，讓他們掀開被子說：「鬼神用水來澆我，我的被子都濕透了。」邊上的人掀開被子一看，裡面果真有水，但這水在上面一條被子的底下，在下面一條被子的上面，並沒有滲到被子裡，就像露水在荷葉上一樣。量了一下，一共三升七合。於是王祐的毛病好了三分之二，又過了幾天病就痊癒了。凡是參佐說過要帶走的人，都死了，只有王文英，過了半年後才死去。按他的說法而給了筆的人，雖都經歷了疾病和戰亂，也都平安無事。起初，曾經有妖書說：「天帝派出趙公明、鍾士季等三個將軍，各人統領幾萬個鬼下來捉人。」當時沒有人知道這些鬼在哪裡。王祐病癒後，看見這妖書，與他所遇到的參佐所說的趙公明的事完全吻合。

周式逢鬼吏

漢下邳周式❶，嘗至東海，道逢一吏，持一卷書，求寄載。行十餘里，謂式曰：「吾暫有所過，留書寄君船中，慎勿發之。」去後，式盜發視書，皆諸死人錄。下條有式名。須臾，吏還，式猶視書。吏怒曰：「故以相告，而忽視之。」式叩頭流血。良久，吏曰：「感卿遠相載，此書不可除卿名。今日已去，還家，三年勿出門，可得度也❷。勿道見吾書。」式還不出，已二年餘，家皆怪之。鄰人卒亡，父怒，使往吊之。式不得已，適出門，便見此吏。吏曰：「吾令汝三年勿出，而今出門，知復奈何。吾求不見，連累為鞭杖，今已見汝，無可奈何。後三日日中，當相取也。」

❶下邳（ㄆㄧ）：秦時置縣。行政中心位於今江蘇睢寧西北。

❷度：此處指渡過一劫。

式還，涕泣具道如此。父故不信，母晝夜與相守。至三日日中時，果見來取，便死。

【譯文】

漢時下邳的周式，曾經到東海郡去，在路上遇見一個小吏，拿著一卷書，請求搭他的船。船行了十多里，他對周式說：「我臨時要去拜訪一個人，這書就先寄存在你的船裡，你千萬別打開看。」這小吏走後，周式偷偷翻閱那卷書，原來都是各個將死之人的名錄。下面的條目中有周式的名字。一會兒，這小吏就回來了，周式還在看那卷書。這小吏生氣地說：「剛才我已經告誡你別看，你卻把我的話當作兒戲。」周式連忙向他磕頭求饒，磕得血都流出來了。過了很久，這小吏說：「我雖然很感激你讓我搭船，但這書上你的名字卻不能除去。今天你離開我以後，趕快回家去，三年不要出門，這樣就可以逃過一劫。千萬別說你看了我的文書。」周式回家後就開始閉門不出，過了兩年多了，家裡的人都感到十分奇怪。他的鄰居忽然死了，他父親發脾氣，讓他到鄰居家弔喪。周式不得不去，哪知他剛出家門，就看見那小吏。那小吏對他說：「我叫你三年不要出門，你今天既然出門了，我知道了又有什麼辦法呢？我如果向上級請求說沒看見你，就會受連累挨鞭子。今天已經看見你了，我也無可奈何了。第三天的中午，我必定會來取你的命。」周式回到家中，痛哭流涕地把這些話都告訴給了家裡人。他父親堅決不相信，他母親便日日夜夜守護著他。等到第三天中午，果然看見那個小吏來捉周式，周式就死了。

張助斫李樹

南頓張助❶，於田中種禾，見李核，欲持去，顧見空桑❷，中有土，因植種，以餘漿溉灌。後人見桑中反覆生李，轉相告語。有病目痛者，息陰下，言：「李君令我目愈，謝以一豚❸。」目痛小疾，亦行自愈。眾犬吠聲❹，盲者得視，遠近翕赫❺，其下車騎常數千百，酒肉滂沱❻。間一歲餘，張助遠出來還，見之，驚云：「此有何神，乃我所種耳。」因就斫之。

❶南頓：古縣名，位於今河南項城以西。
❷空桑：空心的桑樹。
❸豚：豬。
❹眾犬吠聲：指一犬吠聲，百犬回應，比喻人云亦云。
❺翕（ㄒㄧˋ）赫：顯赫盛大。
❻滂沱：此處形容豐盛。

【譯文】

南頓人張助，在田裡種莊稼，看見一顆李子核，就想拿起來丟掉。他回頭看見一株空心的桑樹裡面有泥土，就把李子核種在了裡面，然後用喝剩下的水澆灌它。後來有人看見桑樹中又長出李樹來，就互相轉告這件怪事。有一個人罹患眼病，在這株李樹下休息，說：「若李樹神使能我的眼病痊癒，我就拿一頭豬來謝你。」眼痛的這點小病，自己慢慢也就好了。於是一傳十，十傳百，被說成瞎子看見東西了，於是遠近地方都轟動了。後來這株李樹下常有成百上千的車馬來祭祀，總有很多的酒肉。

隔了一年多，張助出遠門回來，看見這種情景，吃驚地說：「這裡哪有什麼神呀，不過是我種的李樹罷了。」於是他就把這株李樹砍掉了。

臨淄出新井

王莽居攝❶，劉京上言：「齊郡臨淄縣亭長辛當❷，數夢人謂曰：『吾，天使也。攝皇帝，當為真。即不信我，此亭中當有新井出。』亭長起視亭中，因有新井。入地百尺。」

❶ 王莽：西漢孝元皇后的侄子，漢平帝皇后之父，漢平帝死後王莽攝政，後於西元八年建立新朝，並推行新政，十五年後王莽即被滅。

❷ 齊郡：漢置郡名，行政中心位於今山東臨淄。

【譯文】

王莽攝政之時，劉京上進言說：「齊郡臨淄縣亭長辛當，幾次夢見有個人對他說：『我是天上的使者，攝政皇帝會成為真皇帝。你如果不相信我，這亭中一定會有一口新井出現。』亭長起來去察看，亭中果然有一口新井，深一百尺。」

卷六

論妖怪

妖怪者，蓋精氣之依物者也。氣亂於中，物變於外，形神氣質，表裡之用也。本於五行❶，通於五事❷，雖消息升降❸，化動萬端，其於休咎之徵❹，皆可得域而論矣。

❶五行：金、木、水、火、土。
❷五事：指貌、言、視、聽、思。
❸消息：生滅、盛衰，增損減益。
❹休咎：吉凶，善惡。

【譯文】

妖怪，是陰陽元氣依附於物而形成。精氣充斥於物體內部，物體的外形就會發生變化，形體和氣質，是物體內外的體現。它們以金、木、水、火、土五行為本源，通行於容貌、言談、觀察、聆聽、思考五種事情。雖然它們生滅盛衰，變化多端，但它們在禍福的徵兆上，都可以在一定的範圍內加以論定。

論山徙

夏桀之時厲山亡❶，秦始皇之時三山亡❷，周顯王三十二年宋大丘社亡❸，漢昭帝之末❹，陳留❺、昌邑社亡❻。京房《易傳》曰❼：「山默然自移，天下兵亂，社稷亡也。」故會稽山陰琅邪中有怪山，世傳本琅邪東武海中山也，時天夜，風雨晦

❶厲山：傳說是炎帝神農的出生地，坐落於湖北隨州以北。亡：消失。
❷三山：指蓬萊、方丈、瀛洲三座仙山。
❸周顯王三十二年：西元前三三七年。大丘：古地名，又稱「太丘」，位於今河南永城西北。
❹漢昭帝：漢武帝少子劉弗陵，鉤弋夫人之子。
❺陳留：古縣名，行政中心位於今河南開封陳留鎮。
❻昌邑：古縣名，行政中心位於今山東巨野東南。
❼京房《易傳》：京房，西漢人，精通《易經》，著有《周易傳》等書。

冥，旦而見武山在焉，百姓怪之，因名曰怪山，時東武縣山，亦一夕自亡去，識其形者，乃知其移來。今怪山下見有東武里❽，蓋記山所自來，以為名也。又交州山移至青州朐縣❾。凡山徙，皆不極之異也。此二事未詳其世。《尚書．金縢》曰❿：「山徙者，人君不用道，士賢者不興，或祿去，公室賞罰不由君，私門成群，不救，當為易世變號。」

說曰：「善言天者，必質於人；善言人者，必本於天。」故天有四時，日月相推，寒暑迭代，其轉運也。和而為雨，怒而為風，散而為露，亂而為霧，凝而為霜雪，立而為蚳，此天之常數也。人有四肢五臟，一覺一寐，呼吸吐納，精氣往來，流而為榮衛⓫，彰而為氣色，發而為聲音，

❽東武：古縣名，行政中心位於今山東諸城。

❾交州：漢置十三刺史部之一，轄區相當於今廣東、廣西大部地區以及越南中北部地區。

❿《尚書．金縢》：下面引文出自《洪範》，而非《金縢》。

⓫榮衛：中醫術語，榮指血液迴圈，衛指氣息周流。

此亦人之常數也。若四時失運，寒暑乖違⑫，則五緯盈縮⑬，星辰錯行，日月薄蝕，彗孛流飛⑭，此天地之危診也。寒暑不時，此天地之蒸否也。石立土踴，此天地之瘤贅也⑮。山崩地陷，此天地之癰疽也⑯。衝風，暴雨，此天地之奔氣也。雨澤不降，川瀆涸竭，此天地之焦枯也。

⑫乖違：錯亂反常。
⑬五緯：指金、木、水、火、土五星。
⑭彗孛（ㄅㄟˋ）：彗星和孛星。孛星：古人指一種光芒四射的彗星。古時認為彗孛出現是災禍或戰爭的徵兆。
⑮瘤贅：贅肉腫瘤，此處比喻災禍。
⑯癰疽（ㄩㄥㄐㄩ）：惡瘡，此處比喻禍患。

【譯文】

夏桀的時候，厲山消失了。秦始皇時候，三座仙山消失了。周顯王三十二年，宋國大丘的神社消失了。漢昭帝末年，陳留縣、昌邑縣的神社消失了。京房的《易傳》說：「山悄悄地自行移動，將會天下大亂，國家滅亡。」從前會稽山陰縣琅邪山中有一座怪山，傳說本來是琅邪郡東武縣海中的山。當時天黑，颳風下雨，一片昏暗，天又亮時就看見武山在那裡了。百姓覺得很奇怪，於是稱之為「怪山」。當時東武縣這座山，也是一個晚上自行消失。認識它山形的人，才知道它移到這裡來了。如今怪山腳下有一個東武里，可能是記錄這座山的由來的，才把它作為地名。另外，交州的山移到青州朐縣。凡是山的遷移，都是極不正常的怪異現象。這兩件事，沒有詳細記載它們發生的年代。《尚書．金滕》中說：「山遷移，國君不任用有學問的人、賢人得不到舉薦，或是祿位歸於諸侯，賞罰不由國君，行私的門路很多，不可救藥，將會改朝換代，變更年號。」

論說道：「善於講天道的，必須以人為主體；善於講人事的，必須以天道為本源。」所以天有春、夏、秋、冬四時，日月相互推移，寒暑相互更替。它循環運行，和諧而成雨，狂怒而成風，分散而成露，混亂而成霧，凝聚而成霜雪，伸張而成虹霓，這是天的正常規律。人有四肢五臟，一醒一睡，呼吸吐納，精氣循環，流動而成血氣，顯現成為臉色，發出成為聲音，這也是人的正常規律。如果天的四時失去運行，寒暑不合時令，那麼金、木、水、火、土五星消長，星辰錯亂移動，日月相互掩食，彗孛之星流飛，這是天地危險的徵兆。寒暑不合時令，這是天地氣息堵塞。石頭豎立，大地隆起，這是天地生出的瘤贅。山崩地陷，這是天地長了癰疽。狂風暴雨，這是天地精氣奔瀉。雨露不降，河溝乾涸，這是天地焦躁枯竭。

地暴長

周隱王二年四月❶，齊地暴長，長丈餘，高一尺五寸。京房《易妖》曰❷：「地四時暴長占：春、夏多吉，秋、冬多凶。」曆陽之郡❸，一夕淪入地中而為水澤，今麻湖是也❹。不知何時。《運斗樞》曰❺：「邑之淪陰，吞陽，下相屠焉。」

❶周隱王二年：西元前三一三年。周隱王：周王赧，東周的最後一位君主。
❷《易妖》：全稱為《周易妖占》，已亡佚。
❸曆陽：秦時置縣，即今安徽和縣。
❹麻湖：湖泊名，位於今安徽和縣、含山兩縣交界。
❺《運斗樞》：春秋緯書之一，已亡佚。

【譯文】

周隱王二年四月，齊國某個地方猛長，有的一丈多長，有的一尺五寸高。京房《易妖》說：「土地四季猛長，占卜為春夏二季多有吉利，秋冬二季多有兇險。」曆陽的郡城，一個晚上陷入地下成為水澤，就是現在的麻湖。不知道是何時發生的事。《運斗樞》上說：「城淪陷地下，是陰吞陽，天下之人將互相殘殺。」

一婦四十子

周哀王八年❶，鄭有一婦人，生四十子，其二十人為人，二十人死。其九年，晉有豕生人，吳赤烏七年❷，有婦人一生三子。

【譯文】

周哀王八年，鄭國有一個婦女，生了四十個孩子。其中二十個長大成人，二十個死了。周哀王九年，晉國有頭豬生了一個人。吳國赤烏七年，有個婦女，一胎生了三個孩子。

❶ 周哀王：周貞定王之子，名去疾，西元前四一四年即位，在位僅三個月即為其弟所殺，謚號為哀，文中「八年」應為誤傳。

❷ 赤烏七年：西元二四四年，赤烏為孫權年號。

槊人產龍

周烈王六年❶，林碧陽君之槊人產二龍❷。

【譯文】

周烈王六年，林碧陽君的侍女產下兩條龍。

❶ 周烈王六年：西元前三七〇年。周烈王：姬姓，名喜。

❷ 槊人：侍女。

彭生為豕禍

魯嚴公八年❶，齊襄公田於貝丘❷，見豕，從者曰：「公子彭生也❸。」公怒射之，豕人立而啼，公懼墜車，傷足，喪屨❹。劉向以為近豕禍也。

❶魯嚴公八年：西元前六八六年。魯嚴公：即魯莊公，為避漢諱而改「莊」為「嚴」。
❷齊襄公：春秋時齊國國君，名諸兒。田：打獵。貝丘：齊國地名，位於今山東博興。
❸彭生：齊國公子。
❹屨（ㄐㄩˋ）：鞋子。

【譯文】

魯莊公八年，齊襄公在貝丘打獵，看見一頭豬，隨從說：「這是公子彭生。」齊襄公發火了，便拿箭射牠。那頭豬竟像人一樣站起來啼叫。齊襄公十分恐懼，從車上摔下來，跌傷了腳，丟了鞋子。劉向認為這是豬生的禍患。

蛇鬥

魯嚴公時，有內蛇與外蛇鬥鄭南門中。內蛇死。劉向以為近蛇孽也。京房《易傳》曰：「立嗣子疑，厥妖蛇居國門鬥。」

【譯文】

魯莊公時，鄭國有城內的蛇與城外的蛇在城南門中搏鬥。城內的蛇死了。劉向認為這是蛇在造孽。京房《易傳》說：「立嗣子猶豫不決，它的妖兆就是蛇在國門中相鬥。」

五足牛

秦孝文王五年❶，遊朐衍❷，有獻五足牛。時秦世大用民力，天下叛之。京房《易傳》曰：「興繇役❸，奪民時，厥妖牛生五足。」

❶ 秦孝文王五年：西元前三〇六年。秦孝文王：嬴姓，名駟。
❷ 朐（ㄒㄩ）衍：戰國時期北方的少數民族，亦指北戎之地。
❸ 繇役：徭役。

【譯文】

秦孝文王五年，孝文王到朐衍巡視，有人向他進獻了一頭有五隻腳的牛。當時秦國大量徵用民間的人力財力，天下的人都反叛它。京房《易傳》中說：「大興徭役，搶佔農時，它的妖兆就是牛生出五隻腳。」

臨洮大人

秦始皇二十六年❶，有大人，長五丈，足履六尺，皆夷狄服。凡十二人，見於臨洮❷。乃作金人十二以象之。

❶ 秦始皇二十六年：西元前二二一年。
❷ 臨洮（ㄊㄠˊ）：古縣名，位於今甘肅岷縣。

【譯文】

秦始皇二十六年，曾出現過巨人，身高五丈，腳上的鞋子長六尺，都穿著外族的服裝。這種人一共有十二個，出現在臨洮縣。於是就照著他們的樣子鑄造了十二個銅像。

龍現井中

漢惠帝二年正月癸酉旦❶，有兩龍現於蘭陵廷東里溫陵井中❷。至乙亥夜去。京房《易傳》曰：「有德遭害，厥妖龍見井中。」又曰：「行刑暴惡，黑龍從井出。」

❶ 漢惠帝二年：西元前一九四年。漢惠帝：西漢皇帝劉盈，劉邦之子。在位時其母呂后專權。

❷ 蘭陵：古縣名。戰國楚置，行政中心位於今山東蒼山西南。

【譯文】

漢惠帝二年正月癸酉日的早上，有兩條龍出現在蘭陵縣廷東里溫陵的井中。到三天後乙亥那天夜裡才離去。京房《易傳》中說：「有德的人被害，那妖兆就是龍出現在井中。」又說：「實施刑罰殘酷暴虐，就會有黑龍從井中出現。」

馬生角

漢文帝十二年❶，吳地有馬生角，在耳前，上向。右角長三寸，左角長二寸，皆大二

❶ 漢文帝十二年：西元前一六九年。漢文帝：西漢皇帝劉恒，劉邦第四子。

寸。劉向以為馬不當生角，猶吳不當舉兵向上也。吳將反之變云。京房《易傳》曰：「臣易上，政不順，厥妖馬生角。茲謂賢士不足。」又曰：「天子親伐，馬生角。」

【譯文】

漢文帝十二年，吳地有馬長出了角，角長在耳朵的前面，向上豎起。右邊的角長三寸，左邊的角長二寸，粗細都是二寸。劉向認為馬不應該長角，就好像吳王不應該興兵作亂一樣。馬長角是吳國將要反叛時的異象。京房《易傳》中說：「臣下要取代君主，政治不順，那妖兆就是馬長角。這是說明賢能的人太少。」又說：「天子親自征伐，馬就會長角。」

食葉成文

昭帝時上林苑中大柳樹斷❶，僕地。一朝起立，生枝葉。有蟲食其葉，成文字，曰：「公孫病已立❷。」

❶ 上林苑：皇宮園林。秦時始建，故址位於今西安以西。

❷ 公孫：諸侯之子孫。病已：漢宣帝劉詢，原名病已。

【譯文】

漢昭帝在位時，上林苑中有一棵大柳樹斷掉了，倒在地上。有一天它又直立起來，長出了新的枝葉。有蟲子吃樹上的葉子，咬成文字，乃是：「公孫病已立。」

狗冠出朝門

昭帝時，昌邑王賀見大白狗❶，冠方山冠而無尾❷。至熹平中❸，省內冠狗帶綬以為笑樂，有一狗突出，走入司空府門❹，或見之者，莫不驚怪。京房《易傳》曰：「君不正，臣欲篡，厥妖狗冠出朝門。」

❶昌邑王：漢武帝之孫劉賀。
❷方山冠：漢代宗廟祭祀時奏樂之人所戴的帽子。
❸熹平：漢靈帝的年號。
❹司空：官職名，周時為六卿之一，掌管工程。

【譯文】

漢昭帝時，昌邑王劉賀看見一條大白狗，戴著「方山冠」而沒有尾巴。到了漢靈帝熹平年間，宮內之人給狗戴上帽子，繫上印綬帶，用來開玩笑取樂。有一條狗突然跑出朝門，跑進司空府裡。看見這條狗這樣打扮的人，沒有不感到奇怪的。京房《易傳》說：「君上不正，臣下想要篡權，其妖兆就是狗戴著帽子跑出了朝門。」

范延壽斷訟

宣帝之世，燕❶、岱之間❷，有三男共取一婦❸，生四子。及至將分妻子而不可均，乃致爭訟。廷尉范延壽斷之曰❹：「此非人類，當以禽獸，從母不從父也。請戮三

❶燕：今河北一帶。
❷岱：今河北蔚縣東北。
❸取：同「娶」。
❹廷尉：官職名，掌管刑獄。

男，以兒還母。」宣帝嗟嘆曰：「事何必古。若此，則可謂當於理而厭人情也。」延壽蓋見人事而知用刑矣，未知論人妖將來之驗也。

【譯文】

漢宣帝的時候，在燕、岱兩地之間，有三個男人合娶了一個老婆，生了四個孩子。等到要分家的時候因為分不均老婆和孩子，以至於打起官司。廷尉范延壽判決道：「這已經不是人類的事了，該用對待禽獸的辦法來判決，讓孩子跟母親而不跟父親。請殺了這三個男人，把孩子還給母親。」漢宣帝嘆息說：「斷案的事情為什麼一定要依照古代的規定呢？像范延壽這樣，雖然說是符合道理但卻壓抑了人之常情。」范延壽大概是觀察了人情世故而知道判刑的，卻不知道根據人事上的反常現象及將來的效驗來判刑。

天雨草

漢元帝永光二年八月❶，天雨草❷，而葉相樛結❸，大如彈丸。至平帝元始三年正月❹，天雨草，狀如永光時。京房《易傳》曰：「君吝於祿❺，信衰，賢去，厥妖天雨草。」

❶ 漢元帝永光二年：西元前四十二年。
❷ 雨（ㄩˋ）：下雨。此處指像下雨一樣下草。
❸ 樛（ㄐㄧㄡ）結：糾結。
❹ 平帝元始三年：西元三年。
❺ 吝：吝嗇，小氣。祿：俸祿。

【譯文】

漢元帝永光二年八月，天上下草，草葉互相糾纏，像彈子一樣大小。到漢平帝元始三年正月，天上又下草，草的形狀和永光時下的一樣。京房《易傳》說：「君主吝嗇俸祿，信用衰減，賢能的人離去，那妖兆就是天上下草。」

斷槐復立

元帝建昭五年❶，兗州刺史浩賞❷，禁民私所自立社。山陽橐茅鄉社有大槐樹❸，吏伐斷之。其夜，樹復立故處。說曰：「凡枯斷復起，皆廢而復興之象也。」是世祖之應耳❹。

❶元帝建昭五年：西元前三十四年。
❷刺史：官職名，負責監察地方官員。
❸山陽：縣名，屬河南郡。橐（ㄊㄨㄛˊ）茅：縣名，位於今山東濟寧東南。社：相當於「里」的基層行政單位。
❹世祖：指東漢光武帝劉秀。

【譯文】

漢元帝建昭五年，兗州刺史浩賞禁止百姓私立神社。山陽橐茅鄉神社有一棵大槐樹，官吏將它砍了，當天夜裡，樹又在原來的地方立了起來。有種說法是：「但凡有枯斷的樹重新立起來的，都是荒廢之事再度復興的徵兆。」這是世祖興起的預兆。

鼠巢樹上

漢成帝建始四年九月❶，長安城南，有鼠銜黃藁❷、柏葉，上民冢柏及榆樹上為巢，桐柏為多❸，巢中無子，皆有乾鼠矢數升❹。時議臣以為恐有水災。鼠盜竊小蟲，夜出，晝匿，今正晝去穴而登木，象賤人將居貴顯之占。桐柏，衛思后園所在也❺，其後趙后自微賤登至尊，與衛后同類，趙后終無子，而為害。明年，有鳶焚巢殺子之象云❻。京房《易傳》曰：「臣私祿罔干，厥妖鼠巢。」

❶漢成帝建始四年：西元前二十九年。

❷黃藁（ㄍㄠˇ）：多年生草本植物，莖直立中空，根可入藥。亦稱「西芎」、「撫芎」。

❸桐柏：地名，位於今河南南陽。

❹鼠矢：鼠屎。

❺衛思后：漢武帝的皇后，生衛太子，巫蠱之禍後被廢。

❻鳶（ㄩㄢ）：俗稱鷂鷹，老鷹。

【譯文】

漢成帝建始四年九月，長安城南，有老鼠銜著黃藁和柏樹葉，爬上百姓墓地上的柏樹和榆樹上做窩，桐柏那個地方尤其多見。窩中沒有小老鼠，卻有幾升的乾老鼠屎。當時議論的大臣認為可能要發生水災。老鼠是偷東西的小動物，晚上出來白天躲藏。如今正是白天離開鼠穴而爬上樹去，是地位低賤之人將要居於高位的徵兆。桐柏是衛皇后陵園所在地。那以後趙皇后從卑賤的地位登上最尊貴的地位，與衛皇后一樣。趙皇后最終沒有子女而被害。第二年，說有老鷹在烏巢自焚而殺死小鷹的兆象。京房《易傳》說：「臣下將俸祿私占，據為己有，其妖兆是老鼠在樹上做窩。」

犬禍

成帝河平元年❶，長安男子石良、劉音相與同居。有如人狀在其室中，擊之，為狗，走出。去後，有數人披甲持弓弩至良家。良等格擊❷，或死或傷，皆狗也。自二月至六月乃止。其於《洪範》❸，皆犬禍，言不從之咎也。

❶成帝河平元年：西元前二十八年。
❷格擊：格鬥，搏擊。
❸《洪範》：指《洪範五行傳》，以陰陽五行變化來附會人事，解說吉凶。

【譯文】

漢成帝河平元年，長安的男子石良、劉音同住在一個房間。他們看見有個像人一樣的怪物在他們的房間裡，於是就打它，那怪物便變成了狗逃了出去。它逃走以後，便有幾個人穿著盔甲拿著弓箭來到石良家。石良等與他們搏鬥，他們有的死、有的傷，原來都是狗。從二月一直搏鬥到六月才結束。這在《洪範》看來，都是狗在生禍，說的是不聽從意見而惹來的災禍。

鳥焚巢

成帝河平元年二月庚子❶，泰山山桑谷有鳶焚其巢❷。男子孫通等，聞山中群鳥鳶鵲聲，往視之，見巢燃，盡墮池中，有三鳶鷇燒死❸。樹大四圍，巢去地五丈五尺。《易》曰：「鳥焚其巢，旅人先笑後號咷❹。」後卒成易世之禍云。

❶成帝河平元年：西元前二十八年。
❷山桑谷：泰山山谷名。
❸鷇（ㄎㄡˋ）：需要母鳥哺食的雛鳥。
❹號咷（ㄊㄠˊ）：放聲大哭。

【譯文】

漢成帝河平元年二月庚子日，泰山的山桑谷中有老鷹焚燒自己的巢。男子孫通等人聽見山裡老鷹、烏鵲等群鳥的聲音，便前去觀看，只見鳥巢燃燒著，都落到水池裡去了，有三隻雛鷹被燒死。那有鳥巢的樹粗四圍，鳥巢離地面五丈五尺。《易經》說：「鳥自焚它的巢，旅人先是歡樂，家園被毀後便會放聲大哭。」後來終於出現了改朝換代的災禍。

雨魚

成帝鴻嘉四年秋❶，雨魚於信都❷，長五寸以下。至永始元年春❸，北海出大魚❹，長

❶成帝鴻嘉四年：西元前十七年。
❷信都：古縣名，漢置，行政中心位於今河北冀縣。
❸永始元年：西元前十六年。
❹北海：秦漢後泛稱塞北大澤。

六丈，高一丈，四枚。哀帝建平三年❺，東萊平度出大魚，長八丈，高一丈一尺，七枚。皆死。靈帝熹平二年❻，東萊海出大魚二枚❼，長八九丈，高二丈餘。京房《易傳》曰：「海數見巨魚，邪人進，賢人疏。」

❺ 哀帝建平三年：西元前四年。
❻ 靈帝熹平二年：西元一七三年。
❼ 東萊海：今渤海萊州灣。

【譯文】

漢成帝鴻嘉四年秋，信都落下魚雨，所下的魚都不到五寸長。到永始元年春天，渤海出現大魚，長六丈，高一丈，共四條。漢哀帝建平三年，東萊郡平度縣出現大魚，長八丈，高一丈一尺，共七條，都死了。漢靈帝熹平二年，東萊郡海中出現大魚兩條，長八、九丈，高二丈多。京房《易傳》說：「海中屢次出現大魚，預示著邪惡之人被提拔，賢能的人被疏遠。」

木生人狀

成帝永始元年二月❶，河南街郵樗樹生枝如人頭❷，眉目須皆具，亡發耳。至哀帝建平三年十月❸，汝南西平遂陽鄉有材僕地生枝，如人形，身青黃色，面白，頭有

❶ 成帝永始元年：西元前十六年。
❷ 街郵：古亭名。樗（ㄔㄨ）樹：俗稱臭椿。
❸ 建平三年：西元前四年。

髭髮❹，稍長大，凡長六寸一分。京房《易傳》曰：「王德衰，下人將起，則有木生為人狀。」其後有王莽之篡。

❹ 髭（ㄗ）髮：鬚髮。

【譯文】

漢成帝永始元年二月，河南郡街郵亭旁驛站內的臭椿樹長出了像人頭一樣的樹枝，眉毛、眼睛、鬍鬚都具備，只是沒有頭髮。到漢哀帝建平三年十月，汝南郡西平縣遂陽鄉有樹木倒在地上，長出的樹枝也是像人的形狀，身體青黃色，面孔雪白，頭上有鬍鬚、頭髮，後來漸漸長長，長到有六寸一分。京房《易傳》說：「君王道德敗壞，下面的人即將興起，就有樹木長成人的樣子。」那以後就發生了王莽篡權之事。

西王母傳書

哀帝建平四年夏，京師郡國民聚會里巷阡陌❶，設張博具歌舞❷，祠西王母。又傳書曰：「母告百姓：佩此書者，不死。不信我言，視門樞下❸，當有白髮。」至秋乃止。

❶ 阡陌：田間小路。
❷ 博具：賭博遊戲的工具。
❸ 樞：門上的轉軸。

【譯文】

漢哀帝建平四年夏天，京師郡的百姓在鄉里街道上聚會，設置賭具，準備歌舞，祭祀西王母。又傳佈文書，說：「西王母告示百姓，佩戴這個文書的人就可不死。如果不相信我的話，去看門的轉軸下面，會有白髮出現。」到了秋天，這個活動才停止。

男子化女

哀帝建平中，豫章有男子化為女子❶，嫁為人婦，生一子。長安陳鳳曰：「陽變為陰，將亡繼嗣，自相生之象。」一曰：「嫁為人婦，生一子者，將復一世乃絕。」故後哀帝崩，平帝沒，而王莽簒焉。

❶豫章：郡名，行政中心位於今江西南昌。

【譯文】

漢哀帝建平年間，豫章郡有個男人變成了女人，嫁給別人作妻子，生了一個兒子。長安人陳鳳說：「男人變成女人，將要失去傳宗接代的繼承人，這是自行相生的象徵。」又說：「嫁給別人當妻子，生了一個孩子，這暗示著再過一世就將斷代。」後來漢哀帝駕崩，漢平帝被毒死，而王莽簒奪了帝位。

人死復生

漢平帝元始元年二月❶，朔方廣牧女子趙春病死❷，既棺殮，積七日，出在棺外。自言見夫死父，曰：「年二十七，汝不當死。」太守譚以聞。說曰：「至陰為陽，下人為上，厥妖人死復生。」其後王莽簒位。

❶漢平帝元始元年：西元一年。
❷朔方：郡名，行政中心位於朔方，即今內蒙古杭錦旗北。廣牧：縣名，位於今內蒙古五原。

【譯文】

漢平帝元始元年二月，朔方郡廣牧縣的女子趙春病死了，已經入殮，過了七天，她卻在棺材外出現了。她自己說見到了死去的公公，公公對她說：「妳才二十七歲，不應該死。」朔方太守譚把這件事向上作了匯報。有人解說道：「極盛的陰氣轉變為陽氣，地位低賤之人占據上位，那妖兆就是人死而復生。」那之後就有了王莽簒位之事。

德陽殿蛇

漢桓帝即位❶，有大蛇見德陽殿上❷。洛陽市令淳於翼曰❸：「蛇有鱗，甲兵之象也。

❶漢桓帝：漢章帝曾孫劉志。
❷德陽殿：東漢皇宮宮殿名。
❸市令：官職名，掌管市場。

見於省中，將有椒房大臣受甲兵之象也❹。」乃棄官遁去。到延熹二年，誅大將軍梁冀❺，捕治家屬，揚兵京師也。

❹ 椒房：皇后居住的宮殿，後代指妃嬪。椒房大臣：指因與皇后沾親而當上的大臣。
❺ 梁冀：漢順帝、漢桓帝時任大將軍，為兩任皇后之兄，執掌朝政近二十年，後被漢桓帝所滅。

【譯文】

漢桓帝即位時，有條大蛇出現在德陽殿上。洛陽市令淳於翼說：「蛇身上有鱗片，這是鎧甲兵器的象徵。出現於皇宮內，是椒房之臣受到誅殺的象徵。」因此他就丟下市令的官職逃跑了。到延熹二年，漢桓帝誅滅了梁皇后的哥哥大將軍梁冀，逮捕懲治他的家屬，在京城中動用了兵力。

北地雨肉

漢桓帝建和三年秋七月❶，北地廉雨肉❷，似羊肋，或大如手。是時梁太后攝政❸，梁冀專權，擅殺，誅太尉李固、杜喬❹，天下冤之。其後，梁氏誅滅。

❶ 漢桓帝建和三年：西元一四九年。
❷ 北地：秦置郡名，轄境約為今陝、甘、寧一帶。廉：縣名。
❸ 梁太后：漢順帝皇后，梁冀的妹妹。
❹ 李固、杜喬：皆為東漢大臣，因不服梁冀專權而遭陷害。

【譯文】

漢桓帝建和三年秋七月，北地郡廉縣下起肉雨，這些肉像羊的肋條肉，有的像手一樣大。這時候梁太后執政，梁冀獨攬大權，擅自誅殺太尉李固、杜喬，天下的人都認為他們有冤屈。在那不久後，梁家就被誅滅了。

梁冀妻怪妝

漢桓帝元嘉中❶，京都婦女作愁眉、啼妝、墮馬髻、折腰步、齲齒笑❷。愁眉者，細而曲折。啼妝者，薄拭目下若啼處。墮馬髻者，作一邊。折腰步者，足不在下體。齲齒笑者，若齒痛，樂不欣欣。始自大將軍梁冀妻孫壽所為，京都翕然❸，諸夏效之。天戒若曰：「兵馬將往收捕，婦女憂愁，蹙眉啼哭；吏卒掣頓，折其腰脊，令髻邪傾；雖強語笑，無復氣味也。」到延熹二年，冀舉宗合誅。

❶元嘉：漢桓帝年號，西元一五一——一五三年。

❷齲（ㄑㄩˇ）齒笑：指女子故意做作的狀若齒痛的笑容。

❸翕（ㄒㄧˋ）然：形容一致。

【譯文】

漢桓帝元嘉年間，京城的婦女流行愁眉、啼妝、墮馬髻、折腰步、齲齒笑。愁眉，是指畫的眉又細又彎曲。啼妝，是指在眼睛下面薄薄地塗脂抹粉，像是哭過的樣子。墮馬髻，是指髮髻偏向一邊。折腰步，是指走路像腳支撐不住身體。齲齒笑，是指像牙痛，而不是高興地笑。開始從大將軍梁冀的妻子孫壽打扮做起，京城風行，全國都仿效。上天告誡：「軍隊將前來收捕，婦女憂愁，皺眉啼哭；官吏獄卒推拉足踢，折斷她們的腰脊骨，使髮髻傾斜；即使勉強說笑，不再有那份心情。」到了延熹二年，梁冀全族就都被誅殺了。

寺壁黃人

靈帝熹平二年六月❶，洛陽民訛言：虎賁寺東壁中❷，有黃人，形容鬚眉良是。觀者數萬。省內悉出，道路斷絕。到中平元年二月❸，張角兄弟起兵冀州，自號「黃天」。三十六方，四面出和。將帥星布，吏士外屬。因其疲餒牽而勝之❹。

❶靈帝熹平二年：西元一七三年。
❷虎賁寺：洛陽寺院名。
❸中平元年：西元一八四年。
❹餒（ㄋㄟˇ）：饑餓。

【譯文】

漢靈帝熹平二年六月，洛陽的百姓謠傳：虎賁寺東面牆壁中有個黃人，模樣、鬍鬚、眉毛清楚。觀看的人有好幾萬。皇宮裡人的都去了，道路阻塞，中斷交通。到靈帝中平元年二月，張角兄弟在冀州起義，自稱「黃天」。分兵三十六方，得到四面八方的人回應。黃巾軍將帥眾多，朝廷一些官吏士卒在外地歸附他們。後來朝廷是趁他們疲倦而又饑餓，才牽制住他們，將他們打敗。

木不曲直

靈帝熹平三年❶，右校別作中❷，有兩樗樹，皆高四尺所，其一枝宿昔暴長，長一

❶靈帝熹平三年：西元一七四年。
❷右校：官職名，掌管工徒。別作：附屬的作坊。

丈餘，大一圍，作胡人狀，頭目鬢鬚髮俱具。其五年，十月壬午，正殿側有槐樹，皆六七圍，自拔，倒豎，根上枝下。又中平中長安城西北六七里，空樹中，有人面，生鬢❸。其於《洪範》，皆為木不曲直。

❸鬢（ㄅㄧㄣˋ）：臉旁靠近耳朵處的頭髮。

【譯文】

漢靈帝熹平三年，右校官署附屬工地中，有兩株樗樹，都高四尺左右。其中一株，短時間內突然長高，高一丈多，周長有一圍，長成胡人的模樣，頭、眼睛、鬢角、鬍鬚、頭髮都具備。熹平五年十月壬午那天，皇宮正殿的側邊有槐樹，周長都有六、七圍，自行拔出地面倒立，樹根在上，樹枝在下。另外靈帝中平年間，長安城西北六、七里的地方，一棵空樹中有人臉的模樣，長有鬢髮。這在《洪範》一書中，都是木失其本性而為災害的現象。

梁伯夏後

光和四年❶，南宮中黃門寺有一男子❷，長九尺，服白衣。中黃門解步呵問：「汝何等人！白衣妄入宮掖❸！」曰：「我，梁伯夏後。天使我為天子。」步欲前收之，因忽不見。

❶光和四年：西元一八一年。
❷中黃門寺：宮中太監的官舍。
❸宮掖：皇宮的一種稱謂。

【譯文】

光和四年，南宮的中黃門官署內，有一個男人，身高九尺，穿著白色的衣服。中黃門解步責問道：「你是什麼人？竟敢穿著白衣擅闖皇宮！」那人說：「我，是梁伯夏的後代，天帝派我來做天子。」解步想上前逮住他，他卻忽然不見了。

草作人狀

光和七年❶，陳留濟陽、長垣❷，濟陰❸，東郡❹，冤句，離狐界中❺，路邊生草，悉作人狀，操持兵弩；牛馬龍蛇鳥獸之形，白黑各如其色，羽毛頭目足翅皆備，非但彷彿❻，像之尤純。舊說曰：「近草妖也。」是歲有黃巾賊起，漢遂微弱。

❶光和七年：西元一八四年。
❷陳留：漢時置郡，行政中心位於陳留，濟陽、長垣為其屬地。
❸濟陰：郡名，行政中心位於定陶。
❹東郡：郡名，行政中心位於濮陽。
❺冤句、離狐：古縣名，均位於今山東菏澤。
❻彷彿：相像，相似。

【譯文】

漢靈帝光和七年，陳留郡濟陽縣、長桓縣，濟陰郡，東郡，冤句縣，離狐縣境內，路邊長草，而且都長成人的模樣，拿著刀劍弓箭；還有的長成牛、馬、龍、蛇、鳥、獸的形狀，白的黑的各像它的顏色，羽毛、頭、眼睛、腳、翅膀都有，不僅是相似，而是特別相像。以前有人說：「是草作怪。」這一年有黃巾軍起義，漢朝就衰弱了。

懷陵雀

中平三年八月中❶，懷陵上有萬餘雀❷，先極悲鳴，已因亂鬥相殺，皆斷頭，懸著樹枝枳棘。到六年，靈帝崩。夫陵者，高大之象也。雀者，爵也。天戒若曰：「諸懷爵祿而尊厚者，還自相害，至滅亡也。」

【譯文】

中平三年八月中，懷陵之上有一萬多隻麻雀，一開始非常悲哀地鳴叫著。接著便胡亂搏鬥，自相殘殺，結果都斷了頭，懸掛在樹枝與荊棘叢上。到中平六年，漢靈帝駕崩。陵，是高大的象徵。雀，就是爵。上天的禁戒這樣說：「各個享有爵位俸祿而尊貴的人，很快會自相殘害，直至滅亡。」

❶ 中平三年：西元一八六年。
❷ 懷陵：漢沖帝陵，在河南洛陽東北。

魁櫑挽歌

漢時，京師賓婚嘉會，皆作魁櫑❶，酒酣之後，續以挽歌。魁櫑，喪家之樂；挽歌，執紼相偶和之者❷。天戒若曰：「國家當急殄悴❸，諸貴樂皆死亡也。」自靈帝崩

❶ 魁櫑（ㄌㄟˇ）：傀儡，由喪事之樂演變成的木偶戲。
❷ 紼（ㄈㄨˊ）：指下葬時牽引棺材入穴的繩索。
❸ 殄悴：同「殄瘁」，困苦之意。

後，京師壞滅，戶有兼屍，蟲而相食者，魁櫑、挽歌斯之效乎？

【譯文】

漢朝時候，京城宴客婚慶喜事都要表演木偶戲。飲酒盡興以後，接著唱挽歌。木偶戲，本來是喪家的哀樂；而挽歌則是牽引棺材下葬時唱和的哀歌。上天這樣告誡說：「國家很快陷入困境，那些時興的歡樂都要消亡。」自從漢靈帝死後，京城毀滅，每戶人家都有屍體相伴，蟲互相咬食。木偶戲、挽歌，這就是它的效驗嗎？

京師謠言

靈帝之末，京師謠言曰：「侯非侯，王非王。千乘萬騎上北邙❶。」到中平六年❷，史侯登躡至尊❸，獻帝未有爵號，為中常侍段珪等所執，公卿百僚，皆隨其後，到河上，乃得還。

❶北邙：邙山。位於今河南洛陽以北，為漢魏晉三代王侯陵墓之地。
❷中平六年：西元一八九年。
❸史侯：指漢少帝劉辯。至尊：即天子之位。

【譯文】

漢靈帝末年，京城流傳歌謠說：「侯非侯，王非王。千乘萬騎上北邙。」到了中平六年，史侯劉辯登上天子之位，當時漢獻帝還沒有封爵號，他們被中常侍段珪等人所挾持。朝廷百官都跟隨在他們的後面，一直走到黃河邊上，才得以返回。

氏復生

漢獻帝初平中❶，長沙有人姓桓氏，死，棺斂月餘，其母聞棺中有聲，發之，遂生。占曰：「至陰為陽，下人為上。」其後曹公❷。由庶士起❸。

【譯文】

漢獻帝初平年間，長沙有個姓桓的人過世，已經入棺一個多月了，他母親卻聽見棺材中有聲音，打開棺材，這人就活過來了。占卜的人說：「極盛的陰氣轉變為陽氣，地位低下的人就占據上位。」後來曹操便由一個小吏而興起。

❶初平：漢獻帝劉協年號，西元一九〇—一九三年。
❷曹公：指曹操。
❸庶士：地位低微的小吏。

荊州童謠

建安初，荊州童謠曰：「八九年間始欲衰，至十三年無孑遺。」言自中興以來，荊州獨全❶，及劉表為牧❷，民有豐樂，至建安九年當始衰。始衰者，謂劉表妻死，諸將並零落也。十三年無孑遺者，表又當死，

❶荊州：東漢州名，行政中心位於漢壽縣，即今湖南漢壽北。
❷劉表：漢室宗親，曾任荊州牧，又稱劉荊州。

因以喪敗也。是時華容❸。有女子，忽啼呼曰：「將有大喪。」言語過差，縣以為妖言，繫獄。月餘，忽於獄中哭曰：「劉荊州今日死。」華容去州數百里，即遣馬里驗視，而劉表果死。縣乃出之。續又歌吟曰：「不意李立為貴人。」後無幾，曹公平荊州，以涿郡李立字建賢為荊州刺史。

❸華容：古縣名，行政中心位於今湖北潛江西南。

【譯文】

漢獻帝建安初年，荊州流行的童謠說：「建安八、九年間開始要衰落，到十三年就沒有什麼遺留了。」這是說漢代從中興以來，僅荊州能保全，等到劉表任荊州牧以後，老百姓還能豐衣足食歡天喜地，但到建安九年就要開始衰落了。所謂開始衰落，指的是劉表的妻子亡故，各位將領也紛紛死去。所謂十三年沒有什麼遺留，說的是劉表要死了，因而荊州就要衰亡了。這時候華容縣有個女子，忽然哭著呼叫說：「將會有大的喪事。」她的話說得太過分了，縣裡認為她製造妖言惑眾，所以把她逮捕入獄。過了一個多月，她忽然又在獄中哭著說：「劉荊州今天死了。」華容縣距離荊州有幾百里，縣裡就馬上派騎士去驗看，劉表果然死了，縣裡就把她放了出來。她接著又吟唱道：「想不到李立成了貴人。」後來沒過多久，曹操攻破荊州，便任命涿郡人李立做了荊州刺史。

鷹生燕巢中

魏黃初元年，未央宮中有鷹❶，生燕巢中，口爪俱赤。至青龍中❷，明帝為淩霄閣，始構❸，有鵲巢其上。帝以問高堂隆，對曰：「《詩》云：『惟鵲有巢，惟鳩居之❹。』今興起宮室，而鵲來巢，此宮室未成，身不得居之象也。」

❶未央宮：西漢宮殿名，位於今長安故宮西南部。
❷青龍：魏明帝曹叡年號，西元二三三—二三七年。
❸搆（ㄍㄡˋ）：構造，建築（房屋）。
❹惟鵲有巢，惟鳩居之：語出《詩經．召南．鵲巢》。大意為準備好了居所，等待新娘來住。

【譯文】

魏文帝黃初元年，未央宮中有一隻小鷹出生在燕巢中，鷹嘴和腳爪都是紅色的。到魏明帝青龍年間，明帝修建淩霄閣，開始建造時，就有鵲在上面做窩。明帝以這件事詢問高堂隆，他回答說：「《詩經》說：『鵲做好窩，斑鳩來住。』如今興建宮室，鵲來做窩，這是宮室未建成，自身得不到居住的象徵。」

譙周書柱

蜀景耀五年❶，宮中大樹無故自折。譙周深憂之，無所與言，乃書柱曰：「眾而大，期之會。具而授，若何復。」言：曹者，

❶景耀五年：西元二六二年。景耀：蜀漢後主劉禪的年號。

大也。眾而大，天下其當會也。具而授，如何復有立者乎。蜀既亡，咸以周言為驗。

【譯文】

蜀後主景耀五年，皇宮中有一棵大樹無緣無故自己折斷了。譙周對此深感憂慮，他沒有地方可以議論，就在屋柱上寫道：「眾而大，期之會。具而授，若何復。」意思是說兵力雄厚人口眾多，天下的人將聚集在這股勢力周圍。曹氏具備上述的條件，因而將天下文授予曹氏，怎麼還會有建立劉家王朝的人呢？蜀漢不久就滅亡，都應驗了譙周的話。

大石自立

吳孫亮五鳳二年五月，陽羨縣離里山大石自立❶。是時孫皓承廢故之家❷，得復其位之應也。

❶ 陽羨：古縣名，故址位於今江蘇宜興以南。
❷ 孫皓：三國時吳國最後一個皇帝，孫權之孫。西元二八〇年，吳國被西晉所滅，孫皓投降，被封歸命侯。

【譯文】

東吳孫亮五鳳二年五月，陽羨縣離里山有一塊大石頭自己聳立了起來。這時，孫皓繼承衰落的家業，是得到恢復帝位的應證。

陳焦死而復生

吳孫休永安四年❶，安吳民陳焦死❷，七日，復生，穿塚出烏程。孫皓承廢故之家得位之祥也。

❶ 吳孫休永安四年：西元二六一年。
❷ 安吳：古縣名，位於今安徽涇縣。

【譯文】

東吳孫休永安四年，安吳縣人陳焦死了，七天之後又活了過來，走出墳墓。這是烏程侯孫皓繼承衰落的家業，得到帝位的吉兆。

孫休服制

孫休後，衣服之制，上長下短，又積領五六❶，而裳居一二❷。蓋上饒奢❸，下儉逼，上有餘，下不足之象也。

❶ 領：衣服、鎧甲的量詞。
❷ 裳：指下身穿的衣服。
❸ 饒奢：富饒奢侈。

【譯文】

從孫休以後，衣服的形制，上衣長下衣短。同時，上身穿五、六件上衣，而下衣只穿一、兩件。這大概是上面富饒奢侈，下面貧窮拮据；上面財富有餘，下面財富不足的徵兆。

卷七

開石文字

初，漢元、成之世，先識之士有言曰：「魏年有和❶，當有開石於西三千餘里，繫五馬，文曰：『大討曹』。」及魏之初興也，張掖之柳谷有開石焉❷。始見於建安，形成於黃初❸，文備於太和。周圍七尋❹，中高一仞❺。蒼質素章，龍馬❻、麟鹿❼、鳳皇❽、仙人之象，粲然咸著。此一事者，魏、晉代興之符也。至晉泰始三年❾，張掖太守焦勝上言：「以留郡本國圖校今石文❿，文字多少不同。謹具圖上。」案其文有五馬象：其一，有人平上幘⓫，執戟而乘之；其一有若馬形而不成。其字有「金」，有「中」，有「大司馬」，有「王」，有「大吉」，有「正」，有「開壽」；其一成行，曰「金當取之」。

❶和：指魏明帝曹叡的年號「太和」。
❷張掖：郡名。所轄位於今甘肅永昌以西、高臺以東，即今張掖西北。
❸黃初：魏文帝曹丕的年號。
❹尋：古代長度單位，八尺為一尋。
❺仞：古代長度單位，七尺為一仞。
❻龍馬：龍首馬身的神馬。
❼麟鹿：麒麟，為神獸。
❽鳳皇：鳳凰。
❾晉泰始三年：西元二六七年。泰始：晉武帝司馬炎的年號。
❿留郡本國圖：當指高堂隆的《張掖郡玄石圖》。
⓫幘（ㄗㄜˊ）：古代包髮髻的頭巾。

【譯文】

當初，在漢元帝、漢成帝的時代，有人曾預言：「魏朝的年號有『和』字時，西邊三千多里的地方會有石頭裂口，上面會有五匹馬的圖案，還會形成文字『大討曹』。」等到魏國剛興起的時候，張掖郡的柳谷出現了裂開的石頭。這石頭在建安年間開始出現，在黃初年間形成，在太和年間花紋圖像就齊備了。它的周長有七尋，中間高一仞。青色的質地，白色的花紋，龍馬、麒麟、鳳凰、仙人的圖像，都清楚地顯現在上面。這一情況，是魏晉興替的效驗。到晉朝泰始三年，張掖郡太守焦勝上奏說：「拿留郡的本國圖校對現在石頭上的花紋，文字略有不同。現在我謹把這些花紋都描摹在此，呈上請閱。」仔細察看那花紋圖形，可以看到有五匹馬的圖形：其中一匹，有人戴著平頭巾，手握著戟騎在它身上；其中一匹，只是像馬的形狀，但卻又沒成形。那圖上的字有「金」、有「中」、有「大司馬」，有「王」、有「大吉」、有「正」、有「開壽」；其中有一些字排成一行，是「金當取之」。

西晉禍徵

晉武帝泰始初，衣服上儉下豐，著衣者皆厭腰❶。此君衰弱，臣放縱之象也。至元康末❷，婦人出兩襠，加乎交領之上❸。此內出外也。為車乘者，苟貴輕細，又數變易其形，皆以白篾為純❹。蓋古喪車之遺象。晉之禍徵也。

❶厭腰：束腰。
❷元康：晉惠帝的年號。
❸交領：古代交疊於胸前的衣領。
❹篾（ㄇㄧㄝˋ）：劈成條的竹片。純（ㄓㄨㄣˇ）：鑲邊。

【譯文】

晉武帝泰始初年，上身的衣服很簡單，下身的則很講究，穿衣服的人都在腰身處把上衣掩進下衣裡面。這是君上衰弱、臣下放縱的徵兆。到元康末年，婦人的衣服開出兩個褲襠，加在衣領的上面。這是裡面超出外面。製作車輛的人，草率地以輕便細小為貴，又多次改變車的形狀，都把白篾竹片作為最好的材料，是古代喪車的老樣子。這就是晉朝災禍的徵兆。

翟器翟食

胡床❶、貊盤❷，翟之器也❸。羌煮、貊炙❹，翟之食也。自晉武帝泰始以來❺，中國尚之❻。貴人富室，必畜其器。吉享嘉賓，皆以為先。戎翟侵中國之前兆也。

❶ 胡床：一種可折疊的坐具，又叫交床。
❷ 貊盤：古代北方少數民族貊族使用的餐具。
❸ 翟（ㄉㄧˊ）：通「狄」，秦漢以後對北方少數民族的通稱。
❹ 炙：烤肉。
❺ 泰始：一作「太始」。
❻ 中國：中原。

【譯文】

胡床、貊盤，是翟族的用具。羌煮、貊炙，是翟族的食品。從晉武帝太始年間以來，中原地區都很流行這些東西。貴族富人之家必定儲藏這些用具。喜慶筵席招待貴賓，也都會先擺設出來。這是西戎、北翟侵犯中原地區的先兆。

兩足虎

晉武帝太康六年❶，南陽獲兩足虎。虎者，陰精而居乎陽，金獸也。南陽，火名也。金精入火而失其形，王室亂之妖也。其七年十一月景辰，四角獸見於河間。天戒若曰：「角，兵象也；四者，四方之象。當有兵革起於四方。」後河間王遂連四方之兵❷，作為亂階。

❶太康六年：西元二八五年。
❷河間：戰國時置郡。

【譯文】

晉武帝太康六年，南陽郡有人獵取到兩隻腳的老虎。老虎，是處於陽間的陰氣之精，是金獸。南陽，是五行中火的名號。金的精氣進入火而喪失了它原有的形狀，這是晉王室變亂的凶兆。太康七年十一月丙辰日，在河間國出現四隻角的野獸。上天警告世人說：「角，是用兵的象徵；四，是四方的象徵。所以一定會有戰亂發生在四方。」後來河間王馬遂連結四方軍隊，成了禍亂的來源。

武庫飛魚

太康中，有鯉魚二枚現武庫屋上。武庫，兵府，魚有鱗甲，亦是兵之類也。魚既極陰，屋上太陽，魚現屋上，象至陰以兵革之禍干太陽也。及惠帝初❶，誅皇后父楊駿❷。矢交宮闕。廢後為庶人，死於幽宮。元康之末，而賈后專制❸，謗殺太子，尋亦誅廢。十年之間，母后之難再興，是其應也。自是禍亂構矣。京房《易妖》曰：「魚去水，飛人道路，兵且作。」

❶ 惠帝：司馬衷，字正度，是晉武帝司馬炎的次子。
❷ 皇后父楊駿：楊駿，為晉武帝皇后之父，晉惠帝時，曾總攬朝政，後被誅殺。
❸ 賈后：晉惠帝皇后，她一手策劃誅殺了楊駿等人，執掌朝政。

【譯文】

太康年間，有兩條鯉魚出現在武庫的屋頂上。武庫是藏兵器的倉庫，那魚有鱗甲，也是兵器的象徵。魚是極盛的陰氣，而屋頂是極陽的地方，魚出現在屋頂上，象徵極陰因為兵亂的災禍而沖犯了極陽。到晉惠帝初年，誅殺晉武帝楊皇后父親楊駿，宮殿之上兵刃相見。

又把楊皇后廢黜為平民，把她害死在幽禁的宮室之中。元康末年，賈后獨擅大權，誹謗並殺害了太子，不久賈后也被廢黜殺死。十年之間，皇后的災難發生了兩次，這便是魚出現在武庫屋上的應驗。從那個時候起，晉王朝的禍亂便已造成了。京房《易妖》說：「魚離開了水，飛到道路上，就會有兵亂發生。」

男女之屐

初作屐者❶，婦人圓頭，男子方頭。蓋作意欲別男女也。至太康中，婦人皆方頭屐，與男無異，此賈后專妒之徵也。

❶屐：木鞋。

【譯文】

起初製作的木屐，婦女是圓頭的，男人是方頭的。大概是有意想區別男女。到晉太康年間，婦女都穿方頭木屐，與男人沒有區別。這是賈皇后專制妒忌的徵兆。

晉世寧舞

太康中，天下為《晉世寧》之舞。其舞，抑手以執杯盤而反覆之。歌曰：「晉世寧，舞杯盤。」反覆，至危也。杯盤，酒器也。而名曰「晉世寧」者，言時人苟且飲食之間，而其智不可及遠，如器在手也。

【譯文】

太康年間，全國都流行跳《晉世寧》的舞蹈。跳這種舞蹈，手向下拿著杯盤再把杯盤顛來倒去。口中唱道：「晉代安寧，舞弄杯盤。」將杯子顛來倒去，是極其危險的。杯盤，是飲酒用的器具。把這種舞叫《晉世寧》，是說當時的人只圖吃喝玩樂，而他們的智謀不可能考慮到遠大的事情，就像酒器拿在手中一樣。

氈絈頭

太康中，天下以氈為絈頭及絡帶、袴口❶。於是百姓咸相戲曰：「中國其必為胡所破也❷。」夫氈，胡之所產者也，而天下以為絈頭❸、帶身、袴口，胡既三制之矣，能無敗乎！

❶袴口：褲子。
❷胡：古代泛指居住在北方和西方的少數民族。
❸絈頭：古代男子束髮用的頭巾。

【譯文】

太康年間，全國都用毛氈做頭巾和腰帶、褲腳口。於是老百姓都開玩笑說：「中原一定會被胡人佔領的。」毛氈，是北胡出產的東西，而拿它來做頭巾、腰帶、褲腳口，那麼胡人已經從三個地方控制了中原，中原還能不失敗嗎？

折楊柳

太康末，京洛為《折楊柳》之歌，其曲始有兵革苦辛之辭，終以擒獲斬截之事。自後楊駿。被誅，太后幽死，《楊柳》之應也。

【譯文】

太康末年，洛陽流行唱《折楊柳》的歌曲，這曲子開始有戰亂苦痛的詞句，最後以擒捉斬殺的事情結束。到後來，楊駿被殺，楊太后也被幽禁而死，這是「折楊柳」的應驗啊！

遼東馬

晉武帝太熙元年，遼東有馬生角，在兩耳下，長三寸。及帝晏駕❶，王室毒於兵禍。

❶晏駕：古代對帝王死亡的委婉說法。

【譯文】

晉武帝太熙元年，遼東郡有馬長角，長在兩隻耳朵下面，長三寸。到晉武帝逝世時，朝廷便遭到了兵亂的毒害。

婦人飾兵

晉惠帝元康中❶，婦人之飾有五佩兵。又以金、銀、象、角、玳瑁之屬，為斧、鉞、戈、戟而載之，以當笄❷。男女之別，國之大節故服食異等。今婦人而以兵器為飾，蓋妖之甚者也。於是遂有賈后之事。

❶元康：晉惠帝司馬衷年號。
❷笄（ㄐㄧ）：一種簪子，用來插住挽起的頭髮。

【譯文】

晉惠帝元康年間，婦女的服飾中有五件是兵器。又用金、銀、象、角、玳瑁之類材料做成斧、鉞、戈、戟等飾物來佩戴，把它們當作髮笄來用。男女有別，是國家的重要禮節，所以服飾、飲食等有所不同。如今婦女卻用兵器作為服飾，大概是因為妖孽為禍太厲害了。於是就有賈后的事情出現。

烏杖柱掖

元康中，天下始相效為烏杖，以柱掖❶。其後稍施其鐓❷，住則植之。及懷、湣之世，王室多故，而中都喪敗❸，元帝以藩臣樹德東方，維持天下，柱掖之應也。

❶柱掖：支撐。
❷鐓（ㄉㄨㄟˋ）：柄末端的平底金屬套。
❸中都：指西晉都城洛陽。

【譯文】

晉惠帝元康年中，天下開始互相仿效製作烏頭杖，用來支撐身體。那以後逐漸在杖末加上平底金屬套，走路停留時，就豎立手杖支撐身子。到晉懷帝、湣帝時代，王室多災多難，京城衰落敗壞。晉元帝以藩臣身份在東方樹立德行，維持全國，這就是以烏杖支撐身體的效驗。

貴遊倮身

元康中，貴遊子弟，相與為散髮，倮身之飲❶，對弄婢妾。逆之者傷好，非之者負譏。希世之士❷，恥不與焉。胡狄侵中國之萌也。其後遂有二胡之亂❸。

❶ 倮身：同「裸身」。
❷ 希世：迎合世俗。
❸ 二胡之亂：永嘉之亂。晉懷帝永嘉時，匈奴劉淵之子劉聰派遣石勒等出兵洛陽，擄走懷帝，殺三萬餘人。

【譯文】

晉惠帝元康年間，貴族子弟經常披散頭髮，赤裸著身體，聚在一起飲酒，互相玩弄婢女和侍妾。不這樣做的人傷和氣，批評這樣做的人被嘲笑，迎合世俗的人以不參與其中為恥。這是胡人、狄人侵佔中原的先兆，那以後就有了二胡的作亂。

浮石登岸

惠帝太安元年❶，丹陽湖熟縣夏架湖❷，有大石，浮二百步而登岸。百姓驚嘆，相告曰：「石來！」尋而石冰入建鄴❸。

【譯文】

惠帝太安元年，丹陽湖熟縣夏架湖中，出現一塊大石，漂浮了兩百步遠然後登上了岸。百姓紛紛驚嘆，奔相走告：「石頭來了！」不久後石冰就進了建鄴。

❶ 太安元年：西元三〇二年。
❷ 丹陽：郡名，行政中心位於宛陵，即今安徽宣城。湖熟：縣名，位於今江蘇南京江寧區。
❸ 尋：不久之後。石冰：西晉末年張昌起義軍的將領。建鄴：南京的古稱。

賤人入禁庭

太安元年四月，有人自雲龍門入殿前❶，北面再拜，曰：「我當作中書監❷。」即收斬之。禁庭尊秘之處，今賤人竟入，而門衛不覺者，宮室將虛，下人踰上之妖也❸。是後帝遷長安，宮闕遂空焉。

❶ 雲龍門：晉朝洛陽城宮殿門。
❷ 中書監：官職名，三國時所置，與中書令職位相等，掌管機要。
❸ 踰：超過。

【譯文】

晉惠帝太安元年四月，有一個人從雲龍門進入宮殿前面，向北方拜了兩拜，說：「我將擔任中書監。」宮廷禁軍立即逮捕並殺死了他。皇宮是重要機密的地方，如今卑賤的人竟然進來，而門衛沒有察覺，這是宮室將要空虛，地位低下的人逾越地位高貴的人的徵兆。此後皇帝遷都長安，這裡的宮廷就空了。

牛能言

太安中江夏功曹張騁所乘牛忽言曰❶：「天下方亂，吾甚極為，乘我何之？」騁及從者數人皆驚怖。因紿之曰❷：「令汝還，勿復言。」乃中道還，至家，未釋駕。又言曰：「歸何早也？」騁益憂懼，秘而不言。安陸縣有善卜者❸，騁從之卜。卜者曰：「大凶。非一家之禍，天下將有兵起。一郡之內，皆破亡乎！」騁還家，牛又人立而行。百姓聚觀。其秋張昌賊起❹。先略江夏，誑曜百姓❺，以漢祚復興，有鳳凰之瑞，聖人當世。從軍者皆絳抹頭，以

❶江夏：郡名，晉時改稱武昌郡。功曹：官職名，掌管人事以及郡內政務。
❷紿（ㄉㄞˋ）：欺騙。
❸安陸：今湖北安陸。
❹張昌：西晉時起義領袖，後失敗被殺。
❺誑曜：欺騙迷惑。

彰火德之祥，百姓波蕩，從亂如歸。騁兄弟並為將軍都尉。未幾而敗。於是一郡破殘，死傷過半，而騁家族矣。京房《易妖》曰：「牛能言，如其言占吉凶。」

【譯文】

晉惠帝太安年間，江夏郡功曹張騁所乘的牛突然開口說話道：「天下將要大亂，我非常疲倦，乘著我要到哪兒去呢？」張騁和隨從的幾個人都又驚又怕，於是便騙牠說：「讓你回去，不要再說話了。」半路上就轉回家了。回到家，還沒有卸下車駕，牛又說道：「為什麼回來得這麼早呢？」張騁更加害怕，把這件事藏在心裡，不敢說出去。安陸縣有個擅長占卜的人，張騁去找他占卜。占卜的人說：「這是大凶的徵兆。不是一家一戶的災禍，而是全國將要發生戰爭，整個郡內都要家破人亡啊！」張騁回到家，那頭牛又像人一樣站起來行走，人們都來圍觀。那年秋天，張昌賊軍起事。他們先是占據江夏，欺騙迷惑百姓說是漢室復興，有鳳凰來降臨的吉利，聖人將要出世。參加造反的人都用紅色抹額頭，用來突出火德的吉祥。老百姓人心動盪，積極參加造反。張騁兄弟幾個人都擔任將軍都尉，沒有多久他們都失敗了。於是整個郡被破壞凋殘，百姓死傷的人超過半數，而張騁家也被滅族。京房《易妖》說：「牛會說話，事情就會如牠所說，可以此占卜吉凶。」

敗屩聚道

元康、太安之間，江、淮之域，有敗屩自聚於道❶，多者至四五十量❷。人或散去

❶ 敗屩（ㄐㄩㄝ）：破爛的草鞋。
❷ 量：古代鞋子的量詞，相當於「雙」。

之，投林草中，明日視之，悉復如故。或云：「見貓銜而聚之。」世之所說：「屩者，人之賤服。而當勞辱下民之象也。敗者，疲弊之象也。道者，地理四方所以交通，王命所由往來也。今敗屩聚於道者，象下民疲病，將相聚為亂，絕四方而壅王命也。」

【譯文】

晉惠帝元康、太安年間，長江、淮河流域，有破爛的草鞋自己聚集在道路上，多的時候，達到四、五十雙。人們有時候把它們收撿起來，扔在樹林草叢中，第二天去看，又都像原來一樣。有人說是看見野貓把它們銜來聚集在一起的。世上流傳說：「草鞋是人低賤的穿著，它受勞受辱，是平民百姓的象徵。破爛，是疲勞困乏的象徵。道路，是大地的紋理，四方用來交通，皇上的命令通過道路傳達。如今破爛的草鞋聚集在道路上，是象徵平民百姓疲勞痛苦，將要聚集造反，堵絕四方交通，並且堵塞皇上傳達命令。」

茱萸相樛而生

永嘉六年正月❶，無錫縣欻有四枝茱萸樹❷，相樛而生，狀若連理。先是，郭璞筮延陵

❶ 永嘉六年：西元三一二年。
❷ 無錫：秦時置縣，即今江蘇無錫。欻（ㄒㄩ）：忽然。

蝘鼠，遇臨之益，曰：「後當復有妖樹生，若瑞而非，辛螫之木也❸。儻有此❹，東西數百里，必有作逆者。」及此生木，其後吳興徐馥作亂❺，殺太守袁琇。

❸辛螫：辛辣毒害。
❹儻：通「倘」，假如。
❺吳興：古郡名，行政中心位於今浙江湖州。徐馥：吳興郡功曹，曾作亂，後被殺。

【譯文】

永嘉六年正月，無錫縣忽然有四棵茱萸樹互相糾纏生長，形狀如同連理枝一樣。在此之前，郭璞占卜延陵鼴鼠，遇「臨」卦變「益」卦，他說：「以後會再有妖樹生長，好像祥瑞卻又不是，而是辛辣有毒的樹木。如果有這樣的樹，這裡東西幾百里地方必定有作亂之人。」在這妖樹生長之後就有吳興郡功曹徐馥作亂，殺死了吳興太守袁琇。

生箋單衣

永嘉中，士大夫競服生箋單衣❶。識者怪之，曰：「此古繐衰之布❷，諸侯所以服天子也。今無故服之，殆有應乎！」其後懷、湣晏駕。

❶生箋單衣：約為用細而稀疏的麻布做成的單衣。
❷繐衰（ㄙㄨㄟˋ、ㄘㄨㄟ）：古代指五月之喪。

【譯文】

永嘉年間，士大夫爭相穿著稀疏的麻布所縫製的單衣。有見識的人對此感到奇怪，說：「這是古代用作喪服的布，是諸侯為天子服喪穿的。現在無緣無故地穿它，恐怕有不祥的預兆吧？」後來就有了晉懷帝、晉湣帝被胡人弒殺的災禍。

無顏帢

昔魏武軍中無故作白帢❶，此縞素凶喪之徵也❷。初，橫縫其前以別後，名之曰「顏帢」，傳行之。至永嘉之間，稍去其縫，名「無顏帢」，而婦人束髮，其緩彌甚，紒之堅不能自立❸，發被於額，目出而已。無顏者，愧之言也。覆額者，慚之貌也。其緩彌甚者，言天下亡禮與義。放縱情性，及其終極，至於大恥也。其後二年，永嘉之亂，四海分崩，下人悲難，無顏以生焉。

❶ 帢（ㄑㄧㄚˋ）：平常所戴的帽子，由縑帛所製。
❷ 縞素：白色的喪服。
❸ 紒（ㄐㄧˋ）：束髮。

【譯文】

魏武帝曹操軍中，無緣無故地縫製白帽子，這是白色喪服，凶兆的象徵。當初，在帽子的前面橫著縫一塊布，與後面區別，稱它為「顏帢」，傳令在民間推行。到永嘉年間，逐漸去掉前面的布，稱為「無顏帢」。婦女束頭髮，越來越鬆弛，束的髮髻不能自己立起來，頭髮披散在額頭上，只有眼睛露出來。無顏，是說慚愧。頭髮覆蓋額頭，是慚愧的容貌。束頭髮更加鬆弛，是說天下沒有禮和義。人們放縱性情，達到了極點，成為最大的恥辱。那以後兩年，發生了永嘉之亂，國家分裂，百姓痛苦悲傷，沒有臉面再活下去。

淳于伯冤死

晉元帝建武元年六月❶，揚州大旱。十二月，河東地震。去年十二月，斬督運令史淳于伯❷，血逆流，上柱二丈三尺，旋復下流四尺五寸。是時淳于伯冤死，遂頻旱三年。刑罰妄加，群陰不附，則陽氣勝之。罰又冤氣之應也。

❶ 建武元年：西元三一七年。
❷ 督運令史：官名。監督漕運，掌管文書，為丞相屬官。

【譯文】

晉元帝建武元年六月，揚州大旱。十二月，河東又發生地震。去年十二月，斬殺了督運令史淳于伯，他的鮮血倒流，噴上柱子二丈三尺，接著又向下流淌了四尺五寸。當時淳于伯受了冤屈而死，所以就連旱三年。刑罰濫用，各種陰氣就不歸附，那麼就會有陽氣大盛的懲罰。連旱三年的懲罰，也就是那冤氣的報應。

武昌火災

太興中，王敦鎮武昌，武昌災，火起，興眾救之，救於此，而發於彼，東西南北數十處俱應，數日不絕，舊說所謂「濫災妄起，雖興師不能救之」之謂也。此臣而行君，亢陽失節❶。是時王敦陵上，有無君之心，故災也。

❶亢陽：盛極之陽氣。

【譯文】

晉元帝太興年間，王敦鎮守武昌，武昌發生了火災。火災一起，王敦就發動很多人去救火，救了這裡而那裡又起，東西南北四方幾十處接連起火，幾天都不止息。這就是從前所說的「不能控制的災難隨意發生，即使是發動許多人也不能拯救」的意思。這是臣下行使君上的權力，陽氣極盛沒有節制。當時王敦淩駕於皇上，有目無國君之心，所以才會有此火災。

絳囊縛紒

太興中，兵士以絳囊縛紒❶。識者曰：「紒在首，為干，君道也，囊者，為坤，臣道也。

❶絳囊：紅色的口袋。紒：髮髻。

今以朱囊縛紒，臣道侵君之象也，為衣者上帶短才至於掖；著帽者，又以帶縛項，下逼上，上無地也。為褲者，直幅，無口，無殺，下大之象也。」尋而王敦謀逆，再攻京師。

【譯文】

晉元帝太興年間，士兵用紅色袋子來束髮髻。有見識的人說：「髮髻在頭上屬干，是代表君之道。袋子屬坤，是代表為臣之道。如今用紅色袋子拴髮髻，是臣道侵犯君道的象徵。做衣服，上面袋子短，只能繫到腋窩；戴帽子，又用帶子拴在脖子上。下面逼迫上面，上面沒有地方容身。做套褲，用直幅布製作褲口，不加收束，是臣下妄自尊大的象徵。」不久王敦謀反，兩次攻打京城。

羽扇改制

舊為羽扇柄者，刻木象其骨形，列羽用十，取全數也。初，王敦南征，始改為長柄，下出，可捉。而減其羽，用八。識者尤之曰：「夫羽扇，翼之名也。創為長柄，將執其柄以制其羽翼也。改十為八，將未備奪已備也。此殆敦之擅權，以制朝廷之柄，又將以無德之材，欲竊非據也。」

【譯文】

從前製作羽扇的扇柄，與雕刻木頭和鳥骨的形狀相似，排列的鳥羽用十根，是取「十」這個全數。起初，王敦南征，開始改為長扇柄，下面伸出來可以握住，而且減少它的鳥羽數，用八根。有見識的人責備這件事說：「羽扇，是鳥翼的名稱。創製成長柄扇，是將要掌握扇柄，以控制它的羽翼。改羽毛數為八根，是將要用尚未齊備的奪取齊備的。這大概是王敦專政，以控制朝廷的權柄，又將要憑沒有德行的人才，想竊取非分所有的帝位。」

武昌大蛇

晉明帝太寧初，武昌有大蛇，常居故神祠空樹中，每出頭從人受食。京房《易傳》曰：「蛇見於邑，不出三年，有大兵，國有大憂。」尋有王敦之逆。

【譯文】

晉明帝太寧初年，武昌有條大蛇，經常棲居在舊神廟的樹洞中，不時探出頭來，從祭祀的人那裡收受食物。京房《易傳》說：「蛇在城中出現，不出三年，就會有大的戰亂，國家會有大的憂患。」不久果然就有王敦的叛逆之事。

卷八

舜耕於曆山

虞舜耕於曆山❶，得「玉曆」於河際之岩❷，舜知天命在己，體道不倦。舜，龍顏大口，手握「褎」❸。宋均注曰：「握褎，手中有『褎』字，喻從勞苦受褎飭致大祚也。」

❶ 曆山：位於今山西永濟以南。
❷ 玉曆：指正朔，即國家之曆法，國運。
❸ 褎：指手掌寬大。

【譯文】

虞舜在曆山耕地，在黃河邊的岩石上得到了玉曆，舜知道天神的意旨是將天下託付給自己，因此努力行道而不知疲倦。舜長得眉骨突起，嘴巴寬大，手掌寬大。宋均注解說：「握褎，是手掌中握著『褎』字。說明他出身勞苦，但後來受到褒揚嘉獎，以致得到了大福。」

商湯禱雨

湯既克夏，大旱七年，洛川竭❶。湯乃以身禱於桑林，翦其爪、髮，自以為犧牲❷，祈福於上帝。於是大雨即至，洽於四海。

❶ 洛川：今河南洛河。
❷ 犧牲：供祭祀用的純色全體牲畜。

【譯文】

商湯戰勝夏王朝以後，天下大旱七年，洛水都枯乾了。商湯就在桑林這個地方用自己的身體去祈禱，他剪掉自己的指甲和頭髮，把自己作為祭祀的家畜，向上天祈求降雨。於是大雨立即從天而降，滋潤著天下萬物。

呂望釣於渭陽

呂望釣於渭陽。文王出遊獵，占曰：「今日獵得一狩，非龍，非螭❶，非熊，非羆。合得帝王師。」果得太公於渭之陽，與語，大悅，同車載而還。

❶ 螭：古代傳說中一種沒有角的龍。

【譯文】

呂望在渭水北岸釣魚。周文王到野外遊獵，占卜說：「今天將獵到一隻獸，不是龍，不是螭，不是熊，也不是羆。應該得到帝王的老師。」周文王果然在渭水北岸得到姜太公呂望。周文王與他談話，談得非常高興，就和他乘坐同一駕車回來了。

武王伐紂

武王伐紂，至河上，雨甚。疾雷，晦冥。揚波於河。眾甚懼。武王曰：「餘在天下，誰敢干餘者？」風波立濟。

【譯文】

周武王討伐商紂王，來到黃河邊上，雨下得很大。雷聲激越，天昏地暗。黃河內波濤翻滾。大家都很害怕。周武王說：「有我在此，天下有誰敢來冒犯我？」風波馬上就平息了。

孔子夜夢

魯哀公十四年❶，孔子夜夢三槐之間❷，豐❸、沛之邦❹，有赤氤氣起❺，乃呼顏回、子夏同往觀之。驅車到楚西北范氏街，見芻兒打麟，傷其左前足，束薪而覆之。孔子曰：「兒來！汝姓為誰？」兒曰：「吾姓為赤松，名時喬，字受紀。」孔子曰：「汝豈有所見乎？」兒曰：「吾所見一禽，如麇❻，羊頭，頭上有角，其末有肉。方以是西走。」孔子曰：「天下已有主也。為赤劉❼。陳、項為輔。五星入井❽，從歲星。」兒發薪下麟，示孔子。孔子趨而往，麟向孔子蒙其耳，吐三卷圖，廣三寸，長八寸，每卷

❶ 魯哀公十四年：西元前四八一年。
❷ 三槐：傳說周代宮殿外有三棵槐樹，此處即代指周之宮廷。
❸ 豐：縣名，即今江蘇徐州豐縣。
❹ 沛：縣名，即今江蘇沛縣。
❺ 氤（ㄧㄣ）：煙。
❻ 麇（ㄐㄩㄣ）：獸名，即獐。
❼ 赤劉：謂漢高祖劉邦，傳說他是赤帝子。
❽ 五星入井：五星指木星、火星、土星、金星、水星五大行星。井：指星名，二十八宿之一。

二十四子。其言赤劉當起曰❾：「周亡，赤氣起，火耀興，玄丘制命❿，帝卯金⓫。」

❾ 曰：原文為「日」，當為誤錄。
❿ 玄丘：指孔子，孔子古時又被人稱作「玄聖」。
⓫ 卯金：指「劉」。

【譯文】

魯哀公十四年，孔子在一個晚上夢見三棵槐樹之間，在沛縣的豐邑疆域內，有紅色的天地之氣升起，於是就叫了顏回、子夏一起去看。他們趕著車來到楚國西北面的范氏街，看見有個割草的小孩在打麒麟，把那麒麟左側的前腳都打傷了，還拿了一捆柴草把它蓋了起來。孔子說：「小孩你過來！你姓什麼？」這小孩說：「我的姓是赤松，名時喬，字受紀。」孔子說：「你是不是看見了什麼東西？」小孩說：「我看見一隻禽獸，像麕，長著羊頭，頭上有角，角的末端有肉。剛從這兒向西跑去。」孔子說：「天下已經有了主人了，這主人是炎漢劉邦。陳涉、項羽只是輔佐。金、木、水、火、土五星進入井宿，跟著歲星。」小孩掀開柴草下的麒麟，給孔子看。孔子有禮地小步快跑過去。麒麟面對孔子，遮蔽著它的耳朵，吐出三卷圖，圖寬三寸，長八寸，每卷有二十四個字。那文字是說：「炎漢劉氏要興起，周朝要滅亡，紅色的天地之氣上升，火德榮耀興盛。玄聖孔子擬訂了天命，皇帝是劉姓。」

赤虹化玉

孔子修《春秋》，製《孝經》❶，既成，齋戒，向北辰而拜，告備於天。乃洪鬱起白霧❷，摩地，赤虹自上而下，化為黃玉，

❶《孝經》：曾認為為孔子所作，實則為七十子所作，講孝道之義，被封為儒家經典。
❷ 洪鬱：雲氣大量鬱積。

長三尺，上有刻文。孔子跪受而讀之，曰：「寶文出，劉季握。卯金刀，在軫北❸。字禾子，天下服。」

❸ 軫：星名，二十八宿之一。

【譯文】

孔子修訂《春秋》，創作《孝經》，全部完成之後，便潔淨身心，對著北極星下拜，向上天稟報。於是天空便瀰漫一陣白色的大霧，籠罩地面，紅色的虹霓從上面掛下來，變成了黃色的玉，長三尺，上面有雕刻的文字。孔子跪著接受了這塊玉，又誦讀那上面的文字，念道：「寶玉出現，劉季掌權。『卯金刀』之劉氏，出生在楚國之北。他的字是『禾子』之季，天下之人無不歸服。」

陳寶祠

秦穆公時，陳倉人掘地得物❶，若羊非羊，若豬非豬。牽以獻穆公，道逢二童子。童子曰：「此名為媼❷。常在地食死人腦。若欲殺之，以柏插其首。」媼曰：「彼二童子名為陳寶，得雄者王，得雌者伯。」陳倉人舍媼，逐二童子。童子化為雉，飛入平林。陳倉人告穆公，穆公發徒大獵，

❶ 陳倉：古縣名，位於今陝西寶雞以東。
❷ 媼（ㄠˇ）：老婦人。

果得其雌。又化為石，置之汧、渭之間❸。至文公時，為立祠陳寶。其雄者飛至南陽，今南陽雉縣❹，是其地也。秦欲表其符，故以名縣。每陳倉祠時，有赤光長十餘丈，從雉縣來，入陳倉祠中，有聲殷殷如雄雉。其後光武起於南陽。

❸ 汧、渭：汧水和渭水。汧水，今名千水，為渭河支流。

❹ 雉縣：在今河南南召縣南。

【譯文】

秦穆公的時候，陳倉縣有人挖地時得到一頭怪物，像羊又不是羊，像豬又不是豬。他就牽了去獻給秦穆公，在路上碰到兩個小孩子。孩子說：「這東西名叫媼。常常在地下吃死人的腦子。你如果要殺掉它，就得用柏樹插進它的腦袋。」媼說：「那兩個孩子名字叫陳寶。得到雄的就能稱王天下，得到雌的就能稱霸諸侯。」陳倉縣就放棄了媼，去追趕那兩個孩子。那兩個孩子變成了野雞，飛進了樹林。陳倉縣把這件事告訴了穆公，穆公出動部下舉行大規模的圍獵，結果捕獲了那隻雌野雞。但那雌野雞卻又變成了石頭，所以秦穆公就把它放置在汧水和渭河之間。到文公的時候，還為它建立了廟宇，廟名陳寶。那隻雄野雞飛到南陽郡，現在的南陽郡雉縣就是它降落的地方。秦國想表明自己受命於天的吉祥徵兆，所以用它來命名那個縣。每當陳倉縣祭祀時，就有長十多丈的紅光，從雉縣那邊過來。進入陳倉縣的祠廟內，並有像雄野雞發出的那種殷殷的聲音。後來光武帝劉秀便發跡於南陽。

星外來客

吳以草創之國❶，信不堅固，邊屯守將，皆質其妻子，名曰「保質」。童子少年以類相與娛遊者，日有十數。孫休永安三年二月❷，有一異兒，長四尺餘，年可六七歲，衣青衣，忽來從群兒戲。諸兒莫之識也，皆問曰：「爾誰家小兒，今日忽來？」答曰：「見爾群戲樂，故來耳！」詳而視之，眼有光芒，爚爚外射❸。諸兒畏之重問其故。兒乃答曰：「爾恐我乎？我非人也，乃熒惑星也❹，將有以告爾。三公歸於司馬❺。」諸兒大驚，或走告大人，大人馳往觀之。兒曰：「舍爾去乎！」聳身而躍，即以化矣。仰而視之，若曳一疋練以登天。大人來者，猶及見焉。飄飄漸高，有頃而沒。

❶草創：剛剛創建。
❷永安三年：西元二六一年。
❸爚爚（ㄩㄝ丶）：光彩耀目的樣子。
❹熒惑星：古代對於火星的稱呼。因其時隱時現，令人迷惑，故稱。
❺三公歸於司馬：三公指朝廷最高的官銜，三公歸司馬，則指政權歸於司馬氏。

時吳政峻急，莫敢宣也。後四年而蜀亡，六年而魏廢，二十一年而吳平，是歸於司馬也。

【譯文】

吳國因為是剛剛建立的國家，信用還不穩固，所以邊防上駐守的將領，都把他們的妻子兒女作為人質留在京城，這些人員名叫「擔保人質」。這樣的兒童與少年，因為同樣做人質而在一起玩耍，每天有十幾個人。孫休永安三年二月，有一個奇異的小孩，高四尺多，約六、七歲，穿著青色的衣服，忽然來跟孩子們玩耍。孩子們沒有一個認識他的，都問他：「你是誰家的小孩，怎麼今天忽然就來這裡了？」他回答說：「看見你們成群結隊地玩耍娛樂，所以我就來了。」仔細打量他，只見他眼睛有光芒，閃閃發光。孩子們都怕他，又反覆問他的來歷。那孩子才回答說：「你們怕我嗎？我不是人，而是火星。我有件事要告訴你們，天下政權將歸於司馬。」孩子們大吃一驚，有的跑去告訴自己的大人，大人便趕去看他。那孩子說：「我離開你們走啦！」說完便縱身一跳，立刻消失了。抬頭看他，只見他就像拖著一匹白色的熟絹上了天。跑過來的大人，還趕上看見了他。只見他飄啊飄啊漸漸地升高，過了一會兒就不見了。

當時吳國的政局很危險，所以沒有人敢宣揚這件事。過了四年，蜀國滅亡了；過了六年，魏主被廢黜了；過了二十一年，吳國也被平定了。這就是那孩子所說的「天下政權歸於司馬」。

戴洋夢神

都水馬武舉戴洋為都水令史❶，洋請急還鄉❷，將赴洛，夢神人謂之曰：「洛中當敗，人盡南渡。後五年，揚州必有天子❸。」洋信之，遂不去。既而皆如其夢。

❶都水：官職名，掌管船運。都水令史：都水的屬官。
❷請急：請假。
❸天子：此處指晉元帝司馬睿。當時司馬睿任安東將軍，都督揚州軍事。

【譯文】

都水馬武提拔戴洋任都水令史，戴洋請假回家，準備去洛陽的時候，忽然夢見仙人對他說：「洛陽會陷落，人們全都渡江南下。再過五年，揚州定會有天子。」戴洋相信這夢，就不去洛陽了。後來發生的事都跟他的夢境一樣。

卷九

應嫗見神光

後漢中興初，汝南有應嫗者❶，生四子，而盡見神光照社。嫗見光，以問卜人。卜人曰：「此天祥也。子孫其興乎！」乃探得黃金。自是子孫宦學，並有才名。至瑒❷，七世通顯。

❶ 汝南：漢置郡名，行政中心位於上蔡，即今河南上蔡。

❷ 瑒（一ㄤˊ）：即應瑒，字德璉，東漢末文學家，「建安七子」之一。

【譯文】

東漢中興的初年，汝南郡有一個叫應嫗的人，生了四個孩子之後成了寡婦。有一天，她看見一道神光射進土地廟。應嫗看見了這光，便去問占卜的人。占卜的人說：「這是上天降下的好兆頭啊。妳的子孫大概要興隆了吧！」於是她就在那神光照射處掏到了黃金。從此以後，她的子孫都做官治學，很有才華名聲。到應瑒的時候，前後七代人，都官居位高、名聲顯赫。

馮緄綬笥有蛇

車騎將軍巴郡馮緄❶，字鴻卿，初為議郎❷，發綬笥❸，有二赤蛇，可長二尺，分南北走。大用憂怖。許季山孫憲，字寧方，得其先

❶ 車騎將軍：將軍的名號。掌管京師及皇宮的安保。

❷ 議郎：官職名，掌管光祿勳的顧問應對。

❸ 綬笥（ㄕㄡˋ ㄙˋ）：盛印綬的箱子。

人秘要，緄請使卜。云：「此吉祥也。君後三歲，當為邊將，東北四五里，官以東為名。」後五年，從大將軍南征，居無何，拜尚書郎，遼東太守，南征將軍。

【譯文】

車騎將軍巴郡人馮緄，字鴻卿。當初他擔任議郎，打開裝印綬的箱子，發現裡面有兩條赤色的蛇，約二尺長，分別往南、北方向爬走。他相當憂慮又害怕。許季山的孫子許憲，字寧方，掌握前輩方術的秘訣要義，馮緄請他占卜。他說：「這是吉祥的徵兆。你過後三年會任駐守邊關的將領，在東北方四、五千里的地方，官名用東字稱呼。」過後五年，馮緄隨同大將軍南征。之後，拜為尚書郎、遼東太守、南征將軍。

張顥得金印

常山張顥❶，為梁州牧。天新雨後，有鳥如山鵲，飛翔入市，忽然墜地，人爭取之，化為圓石。顥椎破之，得一金印，文曰：「忠孝侯印。」顥以上聞，藏之秘府❷。後議郎汝南樊衡夷上言：「堯舜時舊有此官，今天降印，宜可復置。」顥後官至太尉。

❶常山：郡名，行政中心位於今河北正定。
❷秘府：古代皇宮中藏秘笈的地方。

【譯文】

常山郡人張顥，當上了梁州牧。有天剛下過雨，有一隻像山鵲的鳥，飛進街市，忽然墜落到地上，人們都爭著去撿它，它卻變成了圓圓的石頭。張顥用錘子把它打破，得到一枚金印，印上有文字，是「忠孝侯印」。張顥把這件事向上作了匯報，這枚金印便被收藏在秘府之中。後來議郎汝南郡人樊衡夷上奏說：「堯、舜時代曾經有過這種官職，現在上天降下這個官印，應該再設置這個官職。」張顥後來做官一直做到太尉。

張氏傳鉤

京兆長安有張氏❶，獨處一室，有鳩自外入，止於床。張氏祝曰：「鳩來，為我禍也，飛上承塵；為我福也，即入我懷。」鳩飛入懷。以手探之，則不知鳩之所在，而得一金鉤。遂寶之。自是子孫漸富，資財萬倍。蜀賈至長安，聞之，乃厚賂婢，婢竊鉤與賈。張氏既失鉤，漸漸衰耗！而蜀賈亦數罹窮厄❷，不為己利。或告之曰：「天命也。不可力求。」於是賚鉤以反張氏❸，張氏復昌。故關西稱張氏傳鉤云。

❶京兆：指今陝西西安以東至華縣之間地區。
❷罹：遭遇。
❸賚（ㄌㄞˋ）：送。

【譯文】

國都長安有一位張氏，獨自住在一間屋子裡，有一隻鳩鳥從外面飛進來，落在床上。張氏禱告說：「鳩鳥飛來，若是帶給我災禍，就飛上天花板去；若是帶給我福運，就立即飛進我懷裡。」說完鳩鳥就飛進了她懷裡。她用手去摸，卻發現鳩鳥不見蹤影，而摸到一隻金鉤。於是把金鉤當作寶貝。從此，她的子孫開始逐漸富裕起來，財富增加了一萬倍。蜀郡一個商人來到長安，聽說這事後，就拿很多錢財賄賂張氏的婢女，婢女把金鉤偷給商人。張氏因為丟失了金鉤，家業逐漸衰敗。而蜀郡那個商人也遭遇到窮困，沒有得到什麼好處。有人告訴商人說：「這是天命，不可強求。」於是商人帶著金鉤去還給張氏。張氏又重新昌盛起來。因此關西地方就有「張氏傳鉤」的傳說。

魏舒詣野王

魏舒字陽元❶，任城樊人也❷。少孤，嘗詣野王❸，主人妻夜產，俄而聞車馬之聲，相問曰：「男也？女也？」曰：「男。」「書之，十五以兵死。」復問：「寢者為誰？」曰：「魏公。」舒後十五載，詣主人，問所生兒何在，曰：「因條桑❹，為斧傷而死。」舒自知當為公矣。

❶ 魏舒：西晉大臣。
❷ 任城：郡國名，國都位於今山東微山。樊：縣名，位於今山東滋陽。
❸ 野王：古縣名，即今河南沁陽。
❹ 條（ㄊ一ㄠ）桑：採桑。

【譯文】

魏舒，字陽元，任城郡樊縣人。從小就失去了父母。有一次他到野王縣去，房主的妻子正好在那天夜裡分娩，一會兒聽見車馬的聲音，有人相互問話說：「男孩？還是女孩？」另一人回答說：「是男孩，你寫下來吧，這孩子十五歲時會被斧頭砍傷而死。」又問：「睡覺的人是誰？」回答說：「是魏公。」過了十五年，魏舒又到那個房主人家去，問當年生下的孩子在什麼地方。房主人回答說：「因為整修桑樹，被斧頭砍死了。」魏舒便知道自己就要官至三公了。

賈誼與鵩鳥

賈誼為長沙王太傅❶，四月庚子日，有鳥飛入其舍，止於坐隅，良久，乃去。誼發書占之，曰：「野鳥入室，主人將去。」誼忌之，故作《鳥賦》，齊死生而等禍福，以致命定志焉。

❶賈誼：西漢文學家，政治家。有《過秦論》、《弔屈原賦》等文傳世。

【譯文】

賈誼被貶為長沙王太傅，四月庚子那天，有一隻鳥飛進他的房裡，停在座位的旁邊，很久才飛走。賈誼打開符書來占卜，說：「野鳥飛進房內，主人將要死去。」賈誼很忌諱此事，所以他寫了《鳥賦》，將死和生、禍和福看作同等的東西，以此來表達即使捨棄生命，也要堅定自己的志向。

狗齧鵝群

王莽居攝❶，東郡太守翟義，知其將篡漢，謀舉義兵。兄宣，教授諸生，滿堂。群鵝雁數十在中庭，有狗從外入，齧之，皆死。驚救之，皆斷頭。狗走出門，求，不知處。宣大惡之。數日，莽夷其三族❷。

❶ 居攝：由於皇帝年幼無法親自理政而由大臣代理政務，則為「居攝」。
❷ 夷：誅殺。

【譯文】

王莽攝政，東郡太守翟義知道他要謀朝篡位，計畫興起義兵討伐他。翟義的哥哥翟宣，是傳道授業的先生，弟子很多。他家裡有幾十隻鵝，養在庭院中，有一條狗從外面進來，把鵝都咬死了。家裡人慌忙去救鵝，鵝都被咬斷了頭。狗跑出門去，找不到牠去了哪兒。翟宣感到非常厭惡。幾天後，王莽就誅滅了他家三族。

公孫淵數怪

魏司馬太傅懿平公孫淵❶，斬淵父子。先時，淵家數有怪：一犬著冠幘❷，絳衣，上屋。欻有一兒❸，蒸死甑中。襄平北市❹，生肉，長圍各數尺，有頭、目、口、喙，

❶ 公孫淵：三國時魏國遼東太守。後自立為燕王，被司馬懿所滅。
❷ 幘：古代的頭巾。
❸ 欻（ㄒㄩ）：忽然。
❹ 襄平：古縣名，位於今遼寧遼陽。

無手、足，而動搖。占者曰：「有形不成，有體無聲，其國滅亡。」

【譯文】

魏大將軍太傅司馬懿平定公孫淵，斬殺公孫淵父子。先前，公孫淵家裡屢次出現怪事：一條狗穿戴著帽子、頭巾、紅衣服，爬上房屋。忽然有一個小孩蒸死在甑子裡。襄平縣北面集市生出肉團來，周長各有幾尺，有頭，有眼睛，有嘴巴，沒有手腳卻會搖動。占卜的人說：「有人形卻不成人，有身體卻沒有聲音，這個國家將要滅亡。」

諸葛恪被殺

吳諸葛恪征淮南❶，歸，將朝會之夜，精爽擾動，通夕不寐。嚴畢趨出，犬銜引其衣。恪曰：「犬不欲我行耶？」出，仍入坐，少頃，復起，犬又銜衣。恪令從者逐之。及入，果被殺。其妻在室，語使婢曰：「爾何故血臭？」婢曰：「不也。」有頃，愈劇。又問婢曰：「汝眼目瞻視，何以不常？」婢蹶然起躍，頭至於棟，攘臂切齒

❶諸葛恪：三國時吳國大將，曾輔立孫亮，執掌國政。為諸葛亮之兄諸葛瑾的長子。

而言曰❷：「諸葛公乃為孫峻所殺。」於是大小知恪死矣。而吏兵尋至。

❷攘臂：捋起袖子，露出胳膊。形容情緒激昂。

【譯文】

東吳諸葛恪征伐淮南郡回來，將要朝見君王的頭一天晚上，精神不安，整夜睡不著覺。他穿戴好衣帽出門，狗銜著他的衣服拖住他。諸葛恪說：「這條狗不想讓我走。」出門又回家去坐下。一會兒再起身，狗又銜住他的衣服。諸葛恪命令隨從人員把狗趕走。等到他進入宮廷，果然被殺死。他的妻子在房間裡，對婢女說：「妳身上怎麼有血腥氣味？」婢女說：「沒有呀。」過了一會兒，血腥氣味更濃。她又問婢女：「妳眼睛東張西望，怎麼跟平常不同？」婢女一下子跳起來，頭撞到屋樑上，挽起手臂咬牙切齒地說：「諸葛公竟然被孫峻殺死了。」於是，一家大小都知道諸葛恪死了，來搜捕的官吏和士兵不久就到了。

鄧喜射人頭

吳戍將鄧喜殺豬祠神❶，治畢，懸之。忽見一人頭，往食肉。喜引弓射中之，咋咋作聲❷，繞屋三日。後人白喜謀叛，合門被誅。

❶戍將：負責戍守邊疆的將領。

❷咋咋：狀聲詞。形容呼叫聲、咬牙聲等。

【譯文】

東吳戍將鄧喜，殺豬祭祀廟神，把豬收拾好懸掛起來。忽然看見一個人頭去吃豬肉。鄧喜拉弓放箭射去，射中那個人頭，人頭發出「咋咋」的感嘆聲，這聲音環繞房屋，響了三天三夜，後來有人告發鄧喜謀反，他全家都被誅殺了。

庾亮廁中見怪

庾亮字文康❶，鄢陵人❷，鎮荊州，登廁，忽見廁中一物，如方相❸，兩眼盡赤，身有光耀，漸漸從土中出。乃攘臂，以拳擊之。應手有聲，縮入地。因而寢疾。術士戴洋曰：「昔蘇峻事公❹，於白石祠中祈福，許賽其牛❺。從來未解❻。故為此鬼所考，不可救也。」明年，亮果亡。

❶庾亮：東晉人，晉明帝皇后之兄。
❷鄢陵：今河南鄢陵西北。
❸方相：古代傳說中驅除疫鬼和山間精靈的神靈。
❹蘇峻：東晉將領。
❺賽：祭祀以酬神。
❻解：祈神以還願。

【譯文】

庾亮字文康，是鄢陵人，鎮守荊州，他如廁時，忽然看見廁所中有一個怪物，樣子像方相那樣兇狠又可怕，兩隻眼睛都是紅的，身上閃著光，它漸漸從泥土裡冒出來。庾亮就挽起衣袖，伸出手臂揮拳打它。隨著拳頭被擊打的響聲，它就縮進地下去了。然後庾亮就生病臥床了。術士戴洋說：「這是以前蘇峻作亂時候的事，你在白石的祠廟裡祈神賜福，許願用牛祭祀酬神，後來一直沒有還願，所以被這個鬼怪懲罰，無法解救。」第二年，庾亮果然就死了。

劉寵軍敗

東陽劉寵❶，字道弘，居於湖熟❷，每夜，門庭自有血數升，不知所從來。如此三四。後寵為折衝將軍❸，見遣北征，將行，而炊飯盡變為蟲。其家人蒸粆❹，亦變為蟲。其火愈猛，其蟲愈壯。寵遂北征，軍敗於壇邱，為徐龕所殺❺。

❶東陽：郡名，行政中心位於今浙江金華。
❷湖熟：縣名，位於今江蘇湖熟。
❸折衝將軍：古時將軍的名號。
❹粆（ㄔㄠˇ）：一種乾糧，為稻米或麥粒炒熟後磨成粉末而成。
❺徐龕：晉太山太守，曾投降石勒，後又降晉。

【譯文】

東陽郡人劉寵，字道弘，住在湖熟縣，每天夜裡，他門前的空地上總有幾升血，不知道是從什麼地方來的。像這樣的事發生了三、四次。後來，劉寵任折衝將軍，被派往北方打仗。將要出發的時候，他燒的飯都變成了蟲子。他家裡的人做乾糧，也都變成了蟲子。那火愈猛，那蟲子就愈壯。劉寵就到北方去打仗了，結果部隊在壇邱吃了敗仗，他也被徐龕所殺。

卷十

鄧皇后夢登天

漢和熹鄧皇后❶，嘗夢登梯以捫天❷，體蕩蕩正清滑，有若鐘乳狀❸。乃仰噏飲之❹。以訊諸占夢。言：「堯夢攀天而上，湯夢及天舐之，斯皆聖王之前占也。吉不可言。」

❶漢和熹鄧皇后：東漢和帝的皇后鄧綏。
❷捫：摸。
❸鐘乳：古鐘面隆起的飾物。在鐘帶間，其狀似乳，故稱。
❹噏（ㄒㄧ）：吮吸。

【譯文】

漢和熹鄧皇后曾經夢見自己登著梯子去摸天，那天體平坦寬廣，十分清涼滑爽，有點像鐘乳石的樣子。她就仰頭吸進那清新的空氣。醒後她向占夢的人詢問夢的吉凶，占夢者說：「堯曾經夢見自己抓著天向上爬，湯曾經夢見自己碰到了天而舔它，這都是當聖王的預兆。妳的夢非常吉利。」

孕而夢月日入懷

孫堅夫人吳氏❶，孕而夢月入懷。已而生策。及權在孕，又夢日入懷。以告堅曰：「妾昔懷策，夢月入懷；今又夢日，何也？」堅曰：「日月者，陰陽之精，極貴之象，吾子孫其興乎。」

❶孫堅：孫權之父，曾任長沙太守。其子稱帝後被追尊為武烈皇帝。

【譯文】

孫堅的夫人吳氏，懷孕後夢見月亮進入懷中，後來便生下孫策。到了懷孫權，又夢見太陽進入懷中。她把這件事告訴孫堅，說：「我過去懷孫策，夢見月亮入懷；如今又夢見太陽入懷，這是怎麼回事？」孫堅說：「月亮太陽，是陰陽二氣的精華，是非常高貴的象徵。是我們的子孫將要興旺發達了吧。」

夢取梁上穗

漢蔡茂字子禮，河內懷人也❶。初在廣漢❷，夢坐大殿，極上有禾三穗。茂取之，得其中穗，輒復失之。以問主簿郭賀。賀曰：「大殿者，官府之形象也。極而有禾，人臣之上祿也。取中穗，是中台之象也❸。於字，『禾』『失』為『秩』，雖曰失之，乃所以祿也。袞職中闕❹，君其補之。」旬月，而茂徵焉。

❶ 河內：漢時置郡，行政中心位於懷縣，即今河南武陟西南。
❷ 廣漢：漢置郡名，行政中心位於今四川廣漢。
❸ 中台：相當於司徒或司空。
❹ 袞職：代指三公。

【譯文】

漢代蔡茂，字子禮，是河內懷邑人。他起先在廣漢時，夢見自己坐在一間大屋子裡，屋樑上有一株三個穗的禾苗。蔡茂去取它，得到正中的一個穗，接著又丟失了。他拿這個夢去詢問主簿郭賀，郭賀說：「大屋子，是官府的象徵；屋樑上有禾苗，是表示大臣的最高俸祿；取得正中的一個穗，是任中台的徵象。從字來看，『禾』字『失』字合起來是『秩』字，雖說有『失』字，還是表示俸祿官職的意思。皇帝有未盡職的地方，你去彌補它。」一個月後，蔡茂便得到任命。

張奐妻之夢

後漢張奐為武威太守，其妻夢帝與印綬，登樓而歌。覺以告奐。奐令占之，曰：「夫人方生男，後臨此郡命終此樓。」後生子猛，建安中，果為武威太守殺刺史，邯鄲商州兵圍急，猛耻見擒，乃登樓自焚而死。

【譯文】

東漢時張奐任武威郡太守，他的妻子夢見自己帶著張奐的官印，登上城樓去歌唱。她醒來把這個夢告訴張奐，張奐叫人占卜，占卜人說：「夫人將生一個兒子，今後他將管理這一郡，而且在這座樓上死去。」後來她生了個兒子張猛。漢獻帝建安年間，張猛果然任武威太守，他殺死州刺史邯鄲商，州軍隊激烈圍攻武威，張猛恥於被俘，就登上城樓自焚而死。

靈帝夢桓帝怒

漢靈帝夢見桓帝怒曰：「宋皇后有何罪過❶？而聽用邪孽，使絕其命！渤海王悝，既已自貶，又受誅斃。今宋氏及悝，自訴於天，上帝震怒，罪在難救。」夢殊明察。帝既覺而恐，尋亦崩。

❶宋皇后：漢靈帝的皇后。中常侍王甫謀害渤海王劉悝及其妃子宋氏，宋氏為宋皇后姑母，王甫怕宋皇后對他不利，於是誣陷宋皇后下蠱詛咒靈帝，靈帝遂收回宋皇后璽綬，宋皇后憂憤而死。

【譯文】

漢靈帝夢見漢桓帝發怒說：「宋皇后有什麼罪過？你卻聽信邪佞小人的話，致使她喪命！渤海王劉悝既然已被貶謫，又被誅殺，如今宋皇后和劉悝各自向天帝申訴，天帝非常憤怒，你有罪難以挽救。」夢境特別清楚。漢靈帝醒來後感到恐懼，不久就死了。

呂石夢

吳時嘉興徐伯始病❶，使道士呂石安神座❷。石有弟子戴本、王思二人，居住海鹽❸。伯始迎之以石助。晝臥，夢上天北斗門下，見外鞍馬三匹，云：「明日當以一迎石，一迎

❶嘉興：今浙江嘉興。
❷神座：神像的座位或牌位。
❸海鹽：古縣名，其地在今浙江平湖東南。

本，一迎思。」石夢覺，語本、思云：「如此，死期。可急還，與家別。」不卒事而去。伯始怪而留之。曰：「懼不得見家也。」間一日，三人同時死。

【譯文】

吳國的時候，嘉興縣的徐伯始生了病，讓道士呂石來安放神座。呂石有兩個徒弟戴本和王思，住在海鹽縣。徐伯始把他們接了來幫助呂石。呂石白天睡覺，夢見自己上天來到北斗門下，看見小吏給三匹馬配好鞍座，並說：「明天要用一匹來迎接呂石，另一匹來迎接戴本，最後一匹來迎接王思。」呂石從夢中醒來，對戴本、王思說：「如果真像我夢中所見到的這樣，那麼我們的死日到了。你們可以趕快回家，和家裡的人告別。」於是他們沒把事做完就走了。徐伯始覺得奇怪而挽留他們。他們說：「再不走，就怕來不及見到自己的家人了。」過了一天，三個人就同時死去了。

謝郭二人同夢

會稽謝奉與永嘉太守郭伯猷善❶，謝忽夢郭與人於浙江上爭樗蒲錢❷。因為水神所責，墮水而死。已營理郭凶事。及覺，即往郭許❸，共圍棋，良久，謝云：「卿知吾來意否？」因說所夢。郭聞之，悵然

❶永嘉：郡名，行政中心位於今浙江溫州。
❷浙江：此處指錢塘江。樗蒲：古代一種賭博遊戲。
❸許：處所。

云：「吾作夜亦夢與人爭錢，如卿所夢，何期太的也？」須臾，如廁，便倒，氣絕。謝為凶具❹，一如其夢。

❹ 凶具：指棺材等喪葬用品。

【譯文】

會稽人謝奉與永嘉太守郭伯猷關係很好，一天，謝奉忽然夢見郭伯猷與別人在浙江船上爭賭博的錢。於是被水神譴責，掉進水中淹死，由自己來操辦郭伯猷的喪事。謝奉醒來立即到郭伯猷家裡，和他一起下圍棋。過了很久，謝奉說：「你知道我的來意嗎？」於是把自己做的夢告訴了他。郭伯聽了十分惆悵，說：「我昨天晚上也夢見自己和別人爭錢，和夢見的一樣。為什麼這個夢這麼清楚呢！」一會兒，郭伯猷上廁所，就倒在地上斷了氣。謝奉給他籌辦棺材等喪葬用具，就如同那個夢裡的情景一樣。

徐泰夢中祈請

嘉興徐泰，幼喪父母，叔父隗養之，甚於所生。隗病，泰營侍甚勤。是夜三更中，夢二人乘船持箱，上泰床頭，發箱，出簿書示曰：「汝叔應死。」泰即於夢中叩頭祈請。良久，二人曰：「汝縣有同姓名人否？」泰思得，語二人云：「張隗，不姓徐。」二人云：「亦可強逼。念汝能事❶叔父，當為汝活之。」遂不復見。泰覺，叔病乃差❷。

❶事：侍奉。
❷差：指疾病消除。

【譯文】

嘉興縣的徐泰，年幼就失去了父母，由叔父徐隗撫養他，叔父待他比對親生的兒子還周到。徐隗病了，徐泰照料服侍也很殷勤。有一夜三更時分，徐泰夢見兩個人乘了船拿著箱子來到自己床頭，他們打開箱子，拿出簿籍給他看，並對他說：「你叔父的死期到了。」徐泰在夢中向他們磕頭求情。過了很久，那兩個人說：「你縣裡有沒有與你叔父姓名相同的人？」徐泰想到了，便告訴這兩個人說：「只有一個張隗，不姓徐。」那兩個人說：「那也差不多相近。我們顧憐你能服侍你叔父，就替你救活他。」說完他們就不見了。徐泰醒來後，叔父的病就痊癒了。

卷十一

熊渠子射石

楚熊渠子夜行見寢石❶，以為伏虎，彎弓射之。沒金鎩羽❷。下視，知其石也。因復射之，矢摧，無跡。漢世復有李廣，為右北平太守，射虎，得石，亦如之。劉向曰：「誠之至也，而金石為之開，況於人乎！夫唱而不和，動而不隨，中必有不全者也。夫不降席而匡天下者，求之己也。」

❶熊渠：西周後期楚國國君。寢石：橫陳著的石頭。
❷金：指箭頭。鎩羽：指箭尾上的羽毛掉了。

【譯文】

楚國熊渠子夜間巡行，看見有塊橫陳著的石頭，以為是趴在地上的老虎，便拉弓射它。結果箭頭陷進石頭裡面，連箭杆上的羽毛都掉下來了。他下馬仔細一看，才知道那是石頭，接著又射它，箭被折斷了，石頭上也沒有留下什麼痕跡。漢代又有個李廣，擔任右北平太守，他以為自己是在射老虎，結果射到的卻是石頭。也像熊渠子的情況一樣。劉向說：「精誠所至，金石為開，更何況是人呢！你倡議而別人不回應，你行動而別人不追隨，那麼你內心深處一定有不完善的地方。不離開座席就能匡正天下，要從修養自身去求得。」

由基更羸善射

楚王游於苑，白猿在焉；王令善射者射之，矢數發，猿搏矢而笑；乃命由基❶，由基撫弓，猿即抱木而號。及六國時，更羸謂魏王曰❷：「臣能為虛發而下鳥。」魏王曰：「然則射可至於此乎？」羸曰：「可。」有頃聞雁從東方來，更羸虛發而鳥下焉。

❶ 由基：古代著名射箭手養由基。
❷ 更羸：同為著名射箭手。

【譯文】

楚王在園林遊獵時，碰見一隻白猿，便命令好射手射擊牠，一連射了好幾箭，都被白猿用手抓著箭取笑；楚王於是命令百步穿楊的神射手養由基來射白猿，養由基拿起弓箭，白猿就抱著樹枝哭叫起來。到戰國時候，更羸對楚王說：「我能夠虛拉弓，不放箭，就能讓飛鳥掉下來。」魏王說：「難道射技可以達到這種精湛的水準嗎？」更羸說：「能。」一會兒，聽到大雁從東方飛來的聲音，更羸虛拉一下弓，一隻大雁就從天上掉了下來。

古冶子殺黿

齊景公渡於江、沅之河❶，黿銜左驂❷，沒之。眾皆驚惕；古冶子於是拔劍從之，邪行五里，逆行三里，至於砥柱之下，殺之，乃黿也，左手持黿頭，右手拔左驂，燕躍鵠踴而出，仰天大呼，水為逆流三百步。觀者皆以為河伯也。

❶ 江、沅之河：指長江和沅江。一說齊景公未曾到過長江，此事應發生在黃河。
❷ 黿（ㄩㄢˊ）：爬行動物，外形像龜，生活在水中，短尾，背甲暗綠色，近圓形，長有許多小疙瘩。驂（ㄘㄢ）：駕著馬車時位於兩邊的馬。

【譯文】

齊景公渡黃河，有一隻大黿咬著他車駕左邊的馬，將其拖進河中，大家都驚慌失措。古冶子於是拔出寶劍去追趕大黿，他斜著追趕了五里，又逆水追趕了三里，來到中流砥柱的石島，古冶子殺死了牠，才知道牠是一隻大黿，他左手提著黿頭，右手挾著那匹邊馬，像燕子、天鵝一樣飛出水面來，他仰頭朝天大吼一聲，河水被震動得倒流了三百步，觀看的人都以為他是河伯。

三王墓

楚干將、莫邪為楚王作劍❶，三年乃成，王怒，欲殺之。劍有雌雄，其妻重身❷，當

❶ 干將、莫邪：春秋時期善於鑄劍的一對夫婦，後人多以其名命名雌雄雙劍。
❷ 重身：懷孕。

產，夫語妻曰：「吾為王作劍，三年乃成；王怒，往，必殺我。汝若生子，是男，大，告之曰：『出戶，望南山，松生石上，劍在其背。』」於是即將雌劍往見楚王。王大怒，使相之：「劍有二，一雄，一雌，雌來，雄不來。」王怒，即殺之。

莫邪子名赤，比後壯，乃問其母曰：「吾父所在？」母曰：「汝父為楚王作劍，三年乃成，王怒，殺之。去時囑我：『語汝子：出戶，往南山，松生石上，劍在其背。』」於是子出戶，南望，不見有山，但睹堂前松柱下石砥之上，即以斧破其背，得劍。日夜思欲報楚王。

王夢見一兒，眉間廣尺，言欲報仇。王即購之千金。兒聞之，亡去，入山，行歌。客有逢者。謂：「子年少。何哭之甚悲耶？」曰：「吾干將莫邪子也。楚王殺吾父，吾欲報之。」客曰：「聞王購子頭千金，將子頭與劍來，為子報之。」兒曰：「幸甚。」即自刎，兩手捧頭及劍奉之，立僵。客曰：「不負子也。」於是屍乃僕。客持頭往見楚王，王大喜。客曰：「此乃勇士頭也。當於湯鑊煮之❸。」王如其言。煮頭三日，三夕，不爛。頭踔出湯中❹，躓目大怒。客曰：「此兒頭不爛，願王自往臨視之，是必爛也。」王即臨之。客以劍擬王，王頭隨墮湯中；客亦自擬己頭，頭複墮湯中。三首俱爛，不可識別。乃分其湯肉葬之。故通名三王墓。今在汝南北宜春縣界。

❸湯鑊（ㄏㄨㄛˋ）：煮著滾水的大鍋。古代常作刑具，用來烹煮罪人。
❹踔（ㄔㄨㄛ）：跳躍。

【譯文】

楚國的干將、莫邪夫婦給楚王鑄劍，花了三年才鑄成，楚王很生氣，想殺死他們。寶劍有雌雄二劍，當時干將的妻子懷有身孕，將要分娩，丈夫對妻子說：「我替楚王鑄劍，三年才鑄成；楚王會生氣，我去見他，他一定會殺我。妳如果生了男孩，等他長大了就告訴他：『出門望著南山，看見一棵松樹長在石頭上，寶劍就藏在樹背上。』」於是干將就帶著雌劍去見楚王。楚王非常生氣，叫人仔細察看，說：「寶劍共有兩把，一把雄劍，一把雌劍，雌劍送來了，雄劍還沒有送來。」楚王發怒了，立即殺死了干將。

莫邪的兒子名叫赤比，等到他長大了，就問母親：「我的父親在哪裡？」母親說：「你父親給楚王鑄劍，三年才鑄成，楚王發怒把他殺了。他離家時囑咐我：『告訴我兒子：出門望著南山，看見一棵松樹長在石頭上，寶劍就藏在樹背上。』」於是兒子出門望向南方，不見有山，只看見堂前有一根松木簷柱，立在石砥上面。兒子便用斧頭劈破松柱的背，得到了寶劍。他日思夜想，要向楚王報仇。

楚王夢見一個男孩，兩條眉毛之間寬一尺，說要報仇。楚王就懸賞千金捉拿他。男孩聽到消息，急忙逃走，躲進深山，他一邊走著一邊悲哀地唱歌。有一個俠客遇見他，問他：「你年紀還小，為什麼哭得如此悲傷呢？」男孩說：「我是干將、莫邪的兒子。楚王殺死了我的父親，我要向他報仇！」俠客說：「聽說楚王懸賞千金要你的腦袋，把你的寶劍和腦袋拿來，我為你報仇。」男孩說：「太好了！」於是他就割下了自己的頭，兩隻手捧著頭和寶劍交給俠客，身子僵硬地站立著。俠客說：「我不會辜負你的。」說完男孩的屍體才倒下去。俠客帶著人頭去見楚王，楚王十分高興。俠客說：「這是勇士的頭顱，應當用大湯鍋來煮它。」楚王依照他的話去做。男孩的頭煮了三天三夜都沒有煮爛，頭在滾水中跳出水面，瞪著眼睛，充滿憤怒。俠客說：「這個小孩的頭煮不爛，希望大王親自到湯鍋邊去看著它，這樣一定就能煮爛了。」楚王就走到湯鍋邊上去看。俠客趁機用寶劍向楚王的頭砍去，楚王的腦袋隨即掉進滾水中。俠客也揮劍砍斷自己的頭，他的頭也掉進滾水之中。三顆人頭都煮得稀爛，無法分辨出是誰的人頭。於是，群臣只好把那鍋裡的湯肉分成三份埋葬，所以統稱為「三王墓」。如今這墓在汝南郡北宜春縣境內。

東方朔灌酒消患

漢武帝東游，未出函谷關，有物當道，身長數丈，其狀象牛，青眼而曜睛❶，四足入土，動而不徙。百官驚駭。東方朔乃請以酒灌之。灌之數十斛，而物消。帝問其故。答曰：「此名為患，憂氣之所生也。此必是秦之獄地，不然，則罪人徒作之所聚。夫酒忘憂，故能消之也。」帝曰：「籲！博物之士，至於此乎！」

❶曜（一幺ˋ）：明亮。

【譯文】

漢武帝在東方巡遊，還沒有走出函谷關，就有一頭怪物擋在路上，怪物身長好幾丈，它的形狀像牛，青色的眼睛，眼珠閃閃發光，四隻腳站進土裡，腳在動卻沒有走開。隨行的百官都又驚又怕。東方朔於是請求用酒來灌它。灌了它幾十斛酒，這個怪物就不見了。漢武帝問是什麼緣故，東方朔回答：「這個怪物名叫患，是憂鬱之氣所產生的。這個地方一定是秦朝的監獄，不然，就是犯罪人集中服勞役的場所。酒能忘憂，所以能用酒消除它。」漢武帝說：「啊！知識淵博的人，才有這樣的本事呀！」

何敞消災

何敞，吳郡人❶，少好道藝❷，隱居，里以大旱，民物憔悴，太守慶洪遣戶曹掾致謁，奉印綬，煩守無錫。敞不受。退，嘆而言曰：「郡界有災，安能得懷道！」因跋涉之縣，駐明星屋中，蝗蝝消死❸，敞即遁去。後舉方正❹、博士❺，皆不就，卒於家。

❶吳郡：郡名，行政中心位於今江蘇蘇州。
❷道藝：指道士、方士修煉之術。
❸蝝（ㄩㄢˊ）：蝗蟲的幼蟲。
❹方正：漢時選賢舉薦的科目之一，指人的品行端正。
❺博士：學官名，負責傳授經學。

【譯文】

何敞，吳郡人，年輕時喜歡道術，隱居，鄉里因為大旱，老百姓生活十分貧困，郡太守慶洪派遣戶曹掾送上名帖，拿著印章綬帶，請他去擔任無錫縣令。何敞不接受。告退後，他嘆息說：「郡中有災荒，我怎麼能夠懷有道術不用？」於是他步行到縣裡，用道術將太白金星停留在屋子裡，蝗蟲死亡消滅後，何敞就悄悄離開了。後來選舉他做方正、博士，他都沒有去任職，最後老死在家中。

蝗蟲避徐栩

後漢徐栩，字敬卿，吳由拳人❶。少為獄吏，執法詳平。為小黃令。時屬縣大蝗，野無生草，過小黃界❷，飛逝不集。刺史行部，責栩不治。栩棄官，蝗應聲而至。刺史謝，令還寺舍。蝗即飛去。

❶由拳：古縣名，位於今浙江嘉興以南。
❷小黃：古縣名，位於今安徽亳州。

【譯文】

東漢時的徐栩，字敬卿，吳郡由拳縣人。他年輕時當過管理監獄的小吏，執行法律謹慎公平。後來他當陳留郡小黃縣縣令的時候，相鄰各縣大鬧蝗災，田野裡連青草都長不起來，但蝗蟲經過小黃縣境時，卻徑直飛過去而不聚集在那裡。刺史巡視部屬來到小黃縣，責備徐栩不治蝗災。徐栩辭去了官職，蝗蟲便聞聲趕到。於是刺史向徐栩道歉，叫他回到官府上任，蝗蟲就又飛走了。

白虎墓

王業字子香，漢和帝時，為荊州刺史。每出行部，沐浴齋素，以祈於天地，當啟佐愚心，無使有枉百姓。在州七年，惠風大行，苛慝不作❶，山無豺狼。卒於枝江❷。有二白虎，低頭曳尾，宿衛其側。及喪去，虎逾州境，忽然不見。民共為立碑，號曰「湘江白虎墓」。

❶苛慝（ㄊㄜˋ）：暴虐邪惡。
❷枝江：縣名，即今湖北枝江。

【譯文】

王業，字子香，漢和帝時擔任荊州刺史。他每次巡視部屬時，都會沐浴吃素，潔淨身心，從而向天地祈求幫助啟發自己愚笨的心，別讓自己做出辜負百姓的事情來。他在荊州任職七年，仁愛的風氣盛行，殘酷罪惡的事情沒發生過，連山中都沒有了豺狼。他後來在枝江過世。有兩隻白虎，低著頭拖著尾巴，守衛在他的身邊。等到他的喪事完畢，那兩隻老虎便越過荊州州界，忽然不見了。人們一起給王業與老虎立了塊碑，稱為「湘江白虎墓」。

葛祚去民累

吳時，葛祚為衡陽太守，郡境有大槎橫水❶，能為妖怪，百姓為立廟，行旅禱祀，槎乃沈沒；不者，槎浮，則船為之破壞。祚將去官，乃大具斧斤，將去民累。明日當至，其夜聞江中洶洶有人聲，往視之，槎乃移去，

❶槎（ㄔㄚˊ）：樹枝。

沿流下數里，駐灣中。自此行者無復憂覆之患。衡陽人為祚立碑，曰：「正德祈禳，神木為移。」

【譯文】

三國吳時，葛祚任衡陽太守。郡境內有一根斜砍的大木頭橫在江上，能興妖作怪。老百姓給它建立祠廟。過路的人去禱告祭祀，木頭就沉入水底；不然的話，木頭浮上來，行船就會被它撞壞。葛祚將要辭官的時候，就準備了許多斧頭，要為老百姓除掉這個禍害。他們第二天要到江上去。當天夜裡他們聽見江中有喧嘩的人聲，到江上去看，木頭竟然自己移走，沿江流下幾里，停在江灣中。從此以後，行人不再擔憂行船翻覆沉沒。衡陽的老百姓為葛祚立碑，說是：「端正德行，祈禱消災，神木因此移走。」

曾子孝感萬里

曾子從仲尼在楚而心動❶，辭歸問母，母曰：「思爾，齧指。」孔子曰：「曾參之孝，精感萬里。」

❶曾子：曾參，孔子的學生，以孝聞名。仲尼：孔子。

【譯文】

曾子跟隨孔子在楚國遊歷，心裡有所感應，他告辭回家問候母親。母親說：「我想念你的時候，就咬自己的指頭。」孔子知道這件事後說：「曾子的孝心，神通萬里之外。」

周暢立義塚

周暢，性仁慈。少至孝，獨與母居。每出入，母欲呼之，常自齧其手，暢即覺手痛而至。治中從事未之信，候暢在田，使母齧手，而暢即歸。元初二年❶，為河南尹，時夏大旱，久禱無應。暢收葬洛陽城旁客死骸骨萬餘，為立義塚❷。應時澍雨❸。

❶元初二年：東漢安帝年號，西元十五年。
❷義塚：掩埋無主屍首的公墓。
❸澍（ㄕㄨˋ）雨：暴雨。

【譯文】

周暢的性情仁愛慈善，年少時就極其孝順，當時他一個人和母親居住。每次出門，母親想叫他來，就常常咬一下她自己的手，周暢就會感覺到手痛，便馬上回來了。治中從事不相信這種事，等周暢在田間幹活的時候，就讓他母親咬手指，而周暢真的馬上回來了。元初二年，周暢出任河南尹，那年夏天大旱，人們祈雨很久都沒有應驗。周暢把洛陽城旁一萬多流民的死屍骸骨收起來埋葬，給他們建造了公墓，天上隨即便下起了傾盆大雨。

王祥剖冰

王祥，字休徵，琅邪人，性至孝，早喪親，繼母朱氏不慈，數譖之❶，由是失愛於父。

❶譖（ㄗㄣˋ）：說別人的壞話。

每使掃除牛下。父母有疾，衣不解帶。母常欲生魚，時天寒，冰凍，祥解衣將剖冰求之，冰忽自解，雙鯉躍出，持之而歸。母又思黃雀炙，復有黃雀數十，入其襆，復以供母。鄉里驚嘆，以為孝感所致。

【譯文】

王祥，字休徵，琅邪郡人。生性非常孝順。他從小母親就過世了，繼母朱氏不喜歡他，經常說他的壞話，於是他也失去了父親的愛護。每次都叫他去打掃牛棚。父母生病，他日夜侍候，不脫衣睡覺。繼母想吃活魚，當時天寒地凍，王祥脫下衣服，準備破冰去捉魚。冰忽然自動裂開，兩條鯉魚從水中跳出來，王祥拿著魚回了家。繼母想吃烤熟的黃雀肉，又有幾十隻黃雀飛進王祥的帳子裡，他又拿去侍奉母親。同鄉的人都驚奇讚嘆，認為這是王祥的孝心感動上天的結果。

王延叩淩求魚

王延性至孝。繼母卜氏，嘗盛冬思生魚，敕延求而不獲，杖之流血。延尋汾❶，叩淩而哭。忽有一魚，長五尺，躍出冰上。延取以進母。卜氏食之，積日不盡。於是心悟，撫延如己子。

❶汾：汾河。

【譯文】

王延生來就極其孝順。他的繼母卜氏，曾經在隆冬季節想吃鮮魚，命令王延去尋覓，結果王延沒有弄到魚，繼母就用棍棒打他，把他打得鮮血直淌。王延到汾河上，敲著冰面大哭，忽然有一條魚，長五尺，跳到冰上。王延提去獻給繼母。卜氏吃這條魚，吃了幾天都沒吃完。於是卜氏心裡有點領悟到這是神靈在護佑著王延，從此，她對待王延就像對待自己的親生兒子一樣了。

楚僚臥冰

楚僚，早失母，事後母至孝，母患癰腫❶，形容日悴，僚自徐徐吮之，血出，迨夜即得安寢❷。乃夢一小兒，語母曰：「若得鯉魚食之，其病即差，可以延壽。不然，不久死矣。」母覺而告僚，時十二月，冰凍，僚乃仰天嘆泣，脫衣上冰，臥之。有一童子，決僚臥處，冰忽自開，一雙鯉魚躍出。僚將歸奉其母，病即癒。壽至一百三十三歲。蓋至孝感天神，昭應如此。此與王祥、王延事同。

❶ 癰腫：毒瘡膿腫。
❷ 迨：等到。

【譯文】

楚僚從小母親就過世了，侍候後母十分孝順，後母患毒瘡膿腫，形體日漸憔悴，楚僚就親自用嘴幫她慢慢吸出膿瘡、膿血，到了晚上，她才能安穩地睡覺。後母夢見一個小孩子對她說：「如果妳得到鯉魚來吃，妳的病馬上會好，還可以延長壽命。不然的話，過不了多久就會死亡。」後母醒來，把這個夢告訴楚僚。當時是十二月，冰凍天氣，楚僚於是仰頭向天長嘆哭泣，脫下衣服在冰上臥下。有一個小孩子，來挖楚僚臥冰的地方，冰忽然自己裂開，一對鯉魚從河裡跳出來。楚僚拿著魚回家給後母吃，後母的病立即痊癒。她活到一百三十三歲。這大概是他非常孝順感動了天神，才有這樣明顯的應驗。這跟王祥、王延的故事相同。

顏含尋蛇膽

顏含字宏都，次嫂樊氏因疾失明，醫人疏方，須蚺蛇膽❶，而尋求備至，無由得之。含憂嘆累時，嘗晝獨坐，忽有一青衣童子，年可十三四，持一青囊授含，含開視，乃蛇膽也。童子逡巡出戶❷，化成青鳥飛去。得膽，藥成，嫂病即癒。

❶ 蚺（ㄖㄢˊ）蛇：蟒蛇。
❷ 逡巡：此處為倒退而行之意。

【譯文】

顏含字宏都，他的二嫂樊氏，因病雙目失明。醫生開的處方，必須用蟒蛇的膽配藥，而到處去尋找也無法找到蟒蛇。顏含憂慮嘆息了好長時間。有一次，他白天獨自一人坐在家裡，忽然有一個穿青衣的小孩，年齡

十三、四歲，拿着一只青色口袋送給他。顏含打開口袋一看，正是蛇膽。小孩很快就走出門去，變成青鳥飛走了。得到蛇膽配齊藥，他嫂嫂的病就立即痊癒了。

郭巨埋兒得金

郭巨，隆慮人也❶，一雲河內溫人❷，兄弟三人，早喪父，禮畢，二弟求分，以錢二千萬，二弟各取千萬，巨獨與母居客舍，夫婦傭賃以給公養。居有頃，妻產男，巨念舉兒妨事親，一也；老人得食，喜分兒孫，減饌，二也；乃於野鑿地，欲埋兒，得石蓋，下有黃金一釜❸，中有丹書，曰：「孝子郭巨，黃金一釜，以用賜汝。」於是名振天下。

❶ 隆慮：古縣名，位於今河南林縣。
❷ 溫：縣名，位於今河南焦作溫縣。
❸ 釜：古代量器，亦作炊具。

【譯文】

郭巨，隆慮縣人，又有人說是河內溫縣人，兄弟三人早年父親過世了，喪禮結束後，兩個弟弟要求分家，家產有兩千萬，兩個弟弟各分得一千萬，郭巨獨自與母親居住在客店裡，他和妻子給人家當雇傭來供養母親。住了一段時間，他妻子生下一個男孩，郭巨考慮撫養兒子會影響侍候母親，這是其一；老人得到食物，喜歡分給兒孫，就會減少她的食物，這是其二，於是他到野外去挖坑，想把兒子埋掉。他挖到一塊石頭蓋板，蓋板下面有一罐黃金，罐裡面有一張丹砂寫的文書，上面寫著：「孝子郭巨，黃金一罐，拿來賞賜你。」於是郭巨的名聲便傳遍天下。

楊伯雍種玉

楊公伯雍，洛陽縣人也。本以儈賣為業❶，性篤孝。父母亡，葬無終山❷，遂家焉。山高八十里，上無水，公汲水，作義漿於阪頭，行者皆飲之。三年，有一人就飲，以一斗石子與之，使至高平好地有石處種之，云：「玉當生其中。」楊公未娶，又語云：「汝後當得好婦。」語畢不見。乃種其石。數歲，時時往視，見玉子生石上，人莫知也。有徐氏者，右北平著姓❸，女甚有行，時人求，多不許。公乃試求徐氏。徐氏笑以為狂，因戲云：「得白璧一雙來，當聽為婚。」公至所種玉田中，得

❶ 儈：牙儈，古時候買賣的中間人。
❷ 無終山：位於今河北玉田西北。
❸ 著姓：望族，有顯著名聲的世家。

白璧五雙，以聘。徐氏大驚，遂以女妻公。天子聞而異之，拜為大夫。乃於種玉處，四角作大石柱，各一丈，中央一頃地，名曰「玉田」。

【譯文】

楊伯雍，洛陽縣人。他本來以做牙儈為業，天性忠誠孝順。他的父母死了，葬在無終山，他就把家安在那裡。無終山高八十里，山上沒有水，他就打來了水，燒好免費供應的茶水放在山坡上，讓過路的人來喝。三年後，有一個人來喝水，拿了一斗石子給他，叫他到高而平坦的好田，找個有石頭的地方把它種下，並對他說：「寶玉會從這裡面長出來。」楊伯雍當時還沒有娶妻，那人又對他說：「你以後會娶到一個好媳婦。」那人說完話就不見了。楊伯雍種下了那些石子。幾年中，他經常去查看，只見小寶玉長在石頭上，卻沒一個人知道此事。有一個姓徐的，是右北平郡的名門。他的女兒很有德行，當時的人紛紛來求婚，姓徐的都沒有答應。楊伯雍就試著去向徐家求婚。姓徐的譏笑他，認為他太狂妄了，便戲弄他說：「如果你能弄到一雙白璧來，我就同意你娶我的女兒。」楊伯雍來到他種玉的田中，收到了五雙白璧，便將它們作為聘禮。姓徐的大吃一驚，只好將女兒嫁給了他。皇帝聽說了這件事，覺得楊伯雍這個人很奇特，就任命他為大夫。還在種玉的地方，四角立起了大石柱。每根石柱各有一丈高，這中央的一頃地，就被命名為「玉田」。

衡農夢虎齧足

衡農，字剽卿，東平人也❶。少孤，事繼母至孝。常宿於他舍，值雷風，頻夢虎齧

❶東平：西漢時為東平國，晉時改為郡，行政中心位於今山東東平。

其足，農呼妻相出於庭，叩頭三下。屋忽然而壞，壓死者三十餘人，唯農夫妻獲免。

【譯文】

衡農，字剽卿，東平人。他小時候母親就過世了，便十分孝順地伺候繼母。有一天，他住在別人家的房舍裡，遇到打雷颳風，他不斷夢見老虎咬他的腳。衡農喊起妻子，一同走到庭院裡，磕了三個頭。房屋忽然就倒塌了，壓死了三十多人，只有衡農夫婦倖免。

羅威為母溫席

羅威字德仁，八歲喪父，事母性至孝。母年七十，天大寒，常以身自溫席，而後授其處。

【譯文】

羅威，字德仁。他八歲時父親就過世了，侍奉母親極其孝順。母親已經七十歲了，天氣十分寒冷的時候，他常用自己的身體把席子睡暖，然後再請母親去睡。

王裒泣墓

王裒❶，字偉元，城陽營陵人也❷。父儀，為文帝所殺。裒廬於墓側，旦夕常至墓所拜跪，攀柏悲號，涕泣著樹，樹為之枯。母性畏雷，母沒，每雷，輒到墓曰：「裒在此。」

【譯文】

王裒，字偉元，是城陽營陵縣人。他父親王儀被晉文帝所殺。王裒在墓旁結廬，居喪守孝，早晚常到墓地拜跪，扶著柏樹悲哀號哭。眼淚灑在樹上，柏樹因此而枯萎。他母親生性害怕打雷，母親死後，每當打雷的時候，他就到她墓地來說：「王裒在這裡。」

❶ 王裒（ㄆㄡˊ）：司馬昭安東司馬王儀之子。
❷ 城陽：郡名，行政中心位於今山東莒縣。營陵：縣名，位於今山東昌樂。

白鳩郎

鄭弘遷臨淮太守❶。郡民徐憲，在喪致哀，有白鳩巢戶側。弘舉為孝廉❷，朝廷稱為「白鳩郎」。

❶ 臨淮：郡名，行政中心位於今江蘇盱眙（ㄒㄩ ㄧˊ）。
❷ 孝廉：漢時選賢舉能的科目之一，指孝悌清廉之士。

【譯文】

鄭弘升任臨淮郡太守。郡民徐憲在家守喪致哀時，有隻白鳩在他家門邊築巢。鄭弘推薦徐憲為孝廉，朝廷則稱徐憲為「白鳩郎」。

東海孝婦

漢時，東海孝婦養姑甚謹❶，姑曰：「婦養我勤苦，我已老，何惜餘年，久累年少。」遂自縊死。其女告官云：「婦殺我母。」官收，繫之。拷掠毒治❷，孝婦不堪苦楚，自誣服之。時于公為獄吏，曰：「此婦養姑十餘年，以孝聞徹，必不殺也。」太守不聽。于公爭不得理，抱其獄詞哭於府而去。自後郡中枯旱，三年不雨。後太守至，于公曰：「孝婦不當死，前太守枉殺之，咎當在此。」太守即時身祭孝婦冢，因表其墓，天立雨，歲大熟。長老傳云：「孝婦名周青，青將死，車載

❶東海：郡名，行政中心位於今山東郯城北。

❷拷掠毒治：嚴刑拷打。

十丈竹竿，以懸五旗，立誓於眾曰：『青若有罪，願殺，血當順下；青若枉死，血當逆流。』既行刑已，其血青黃緣旛竹而上❸，極標，又緣旛而下云。」

❸ 旛：旌旗，有垂下的長條幅的旗子。

【譯文】

漢朝的時候，東海郡有一個孝順的媳婦，侍奉婆婆十分謹慎，婆婆說：「媳婦奉養我勤勞辛苦。我已經老了，何必吝惜剩下的年月，長久連累年輕人呢？」於是就上吊自殺了。她的女兒到官府告狀說：「是媳婦殺死了我母親。」官府於是拘捕了媳婦，對其嚴刑拷打。孝婦受不了酷刑的折磨，被迫供認被誣陷的罪名。當時于公當獄吏，說：「這個婦人奉養婆婆十多年，因為孝順，名聲傳遍四方，一定不會殺害婆婆。」太守不聽他的意見，于公爭辯，意見得不到採納，他抱著定案的文書，從官府裡哭著離開了。從此以後，東海郡遭受大旱災，三年不下雨。後任太守到職，于公說：「孝婦不應該死，前任太守冤枉殺了她，災禍的根源就在這裡。」太守立即親自去祭奠孝婦的墳墓，還在她的墓上設立標誌作為表彰。天上立刻下起雨來，這一年莊稼獲得大豐收。當地老人傳說：「孝婦名叫周青。周青臨死時，車上插著十丈長的竹竿，竹竿上懸掛著五面幡旗。她當眾發誓說：『我周青若是有罪，情願被殺，我的血就會順著竹竿流下來；我周青如果死得冤枉，血就會順著竹竿倒流上去。』行刑的時候，她的血呈青黃色，沿著旗竿倒流上頂端，又順著旌旗流下來。」

投水尋父屍

犍為叔先泥和❶，其女名雄，永建三年❷，泥和為縣功曹，縣長趙祉遣泥和拜檄❸，謁巴郡太守，以十月乘船，於城湍墮水死，屍喪不得。雄哀慟號咷❹，命不圖存，告弟賢及夫人，令勤覓父屍，若求不得，吾欲自沈覓之。時雄年二十七，有子男貢，年五歲，貰，年三歲，乃各作繡香囊一枚，盛以金珠環，預嬰二子，哀號之聲，不絕於口，昆族私憂。至十二月十五日，父喪不得，雄乘小船於父墮處，哭泣數聲，竟自投水中，旋流沒底。見夢告弟云：「至二十一日，與父俱出。」至期，如夢，與父相持並浮出江。縣長表言郡太守，肅登承上尚書，乃遣戶曹掾為雄立碑，圖像其形，令知至孝。

❶犍（ㄑㄧㄢˊ）為：古郡名，行政中心位於今四川宜賓。叔先：複姓。
❷永建三年：東漢順帝年號，西元一二八年。
❸檄（ㄒㄧˊ）：文體。古時用以徵召、聲討的文書。後來也泛指信函。
❹哀慟（ㄊㄨㄥˋ）：悲痛至極。號咷（ㄊㄠˊ）：即嚎啕，放聲大哭。

【譯文】

犍為郡人叔先泥和，他的女兒名叫叔先雄，東漢順帝永建三年，叔先泥和任縣功曹，縣長趙祉派他奉送公文去拜見巴郡太守，他於十月出發，在城邊急流中落水死亡，找不到屍體埋葬。叔先雄悲痛嚎啕大哭，不想活下去了，她告訴弟弟叔先賢和弟媳，叫他們盡力尋找父親的屍體，說如果找不到，我要自沉水中去尋找。當時叔先雄二十七歲，有一個兒子名叫貢，五歲；一個兒子名叫貰，三歲。她就各做一個繡花香囊，裝著金珠環，預先繫在兩個兒子頸上。她哀哭的聲音一直沒有停止過，同族的人私下都很擔憂。到了十二月十五月，父親的屍體還是找不到。叔先雄乘坐小船來到父親落水的地方，哭泣了幾聲，竟然跳進水裡，隨後漂流沉入水底。她托夢給弟弟，告訴他說：「到二十一日，我將與父親一起浮出水面。」到那一天，像夢中所說的一樣，她和父親互相扶持，一起浮出水面。縣長寫文書上報此事，郡太守肅登轉報尚書，於是派戶曹掾為叔先雄立碑，畫上她的像，讓大家知道她非常孝順。

樂羊子妻

河南樂羊子之妻者，不知何氏之女也。躬勤養姑。嘗有他舍雞謬入園中，姑盜殺而食之。妻對雞不食而泣。姑怪問其故。妻曰：「自傷居貧，使食有他肉。」姑竟棄之。後盜有欲犯之者，乃先劫其姑，妻聞，操刀而出。盜曰：「釋汝刀。從我者，可全；不從我者，則殺汝姑。」妻仰天而嘆，刎頸而死❶。盜亦不殺姑。太守聞之，捕殺盜賊，賜妻縑帛❷，以禮葬之。

❶ 刎頸：割脖子，自殺。
❷ 縑（ㄐㄧㄢ）帛：絹類的絲織物。古時亦可作為貨幣使用。

【譯文】

河南郡人樂羊子的妻子，不知是誰家的女兒，她親自操勞奉養婆婆。曾經有別人家裡的雞誤入她家園子裡，婆婆偷偷把雞殺來吃。樂羊子的妻子對著雞肉不吃而哭泣。婆婆覺得奇怪便問她哭泣的原因。她說：「我傷心家裡貧窮，致使食物中有別人家裡的雞肉。」婆婆聽了，於是把雞肉扔掉了。後來有個強盜要淩辱她，就先劫持了她的婆婆，樂羊子的妻子聽到響聲，拿著刀衝出來。強盜說：「放下妳的刀。順從我，可以保全性命；不順從我的話，就殺死妳婆婆！」樂羊子的妻子仰頭朝天嘆息，割斷自己的脖子死了。那強盜也沒有殺她的婆婆。郡太守聽說這件事，把強盜抓起來殺了，賞賜樂羊子的妻子許多絹帛，按照隆重禮儀把她安葬了。

庾袞不畏疫

庾袞，字叔褒。咸寧中大疫❶，二兄俱亡，次兄毗復殆，癘氣方盛❷，父母諸弟皆出次於外，袞獨留，不去。諸父兄強之，乃曰：「袞性不畏病。」遂親自扶持，晝夜不眠。間復撫柩哀臨不輟❸。如此十餘旬，疫勢既退，家人乃返。毗病得差，袞亦無恙。

❶ 咸寧：晉武帝年號。
❷ 癘（ㄌㄧˋ）：疫病。
❸ 哀臨：古時皇帝死後，集眾舉哀。後也泛指弔喪舉哀。

【譯文】

庾袞，字叔褒。晉武帝咸寧年間鬧瘟疫，他的兩個哥哥都病死了，他的二哥庾毗又病得很嚴重。瘟疫正盛行，他父母和幾個弟弟都離家外出居住，庾袞獨自留下不走。父兄們硬要他離開，他就說：「我向來不怕病。」於是他親自照顧二哥，白天晚上都不睡覺。這期間又在靈柩旁邊祭奠，哀傷哭弔死者不停，像這樣過了一百多天。瘟疫退了以後，家裡人才回來。庾毗的病好了，庾袞也平安無事。

相思樹

宋康王舍人韓憑娶妻何氏❶，美，康王奪之。憑怨，王囚之，論為城旦❷。妻密遺憑書，繆其辭曰：「其雨淫淫❸，河大水深，日出當心。」既而王得其書，以示左右，左右莫解其意。臣蘇賀對曰：「其雨淫淫，言愁且思也。河大水深，不得往來也。日出當心，心有死志也。」俄而憑乃自殺。其妻乃陰腐其衣，王與之登臺，妻遂自投台，左右攬之，衣不中手而死。遺書於帶曰：「王利其生，妾利其

❶宋康王：戰國時宋國國君，暴虐無道。
❷城旦：古代刑罰名稱，築城四年的勞役。
❸淫淫：形容雨下個不停的樣子。

死，願以屍骨賜憑合葬。」王怒，弗聽，使里人埋之，冢相望也。王曰：「爾夫婦相愛不已，若能使冢合，則吾弗阻也。」宿昔之間，便有大梓木，生於二冢之端，旬日而大盈抱，屈體相就，根交於下，枝錯於上。又有鴛鴦，雌雄各一，恒棲樹上，晨夕不去，交頸悲鳴，音聲感人。宋人哀之，遂號其木曰「相思樹」。「相思」之名，起於此也。南人謂：此禽即韓憑夫婦之精魂。今睢陽有韓憑城❹，其歌謠至今猶存。

❹睢陽：古縣名，位於今河南商丘。

【譯文】

宋康王的舍人韓憑，娶了一個妻子姓何，長得很美，宋康王搶佔了她。韓憑心裡怨恨，宋康王就把他囚禁起來，判他四年築城的徒刑。韓憑的妻子偷偷地給韓憑寫信，言辭隱諱地說：「其雨淫淫，河大水深，日出當心。」接著宋康王也見到了這封信，拿給左右的人看，左右的人不知道信是什麼意思。大臣蘇賀解釋說：「其雨淫淫，是說憂愁而且思念。河大水深，是說不能互相往來。日出當心，是說心裡有了尋死的打算。」

不久，韓憑就自殺了。他的妻子暗地把自己的衣服弄腐爛。宋康王和韓憑的妻子登上高臺，韓憑的妻子往台下跳，左右的人去拉她，衣服已經腐爛，沒有拉住，就摔死了。她的衣服裡有遺書說：「大王願意我活著，我願意自己死去。希望將我的屍骨，賜予韓憑合葬。」宋康王大怒，不照她的話辦，他叫當地人分別埋葬他們，兩座墳墓分離相望。宋康王說：「你們夫婦相愛不斷，如果能叫兩座墳墓合在一起，那麼我就不阻攔了。」旦夕之間，就有兩棵大梓樹分別從兩個墳頭長出來，十來天長得有一抱多大，樹幹彎曲互相靠攏，樹根在地下交接，樹枝在上空交錯。又有兩隻鴛鴦，一雌一雄，總是棲息在樹上，早晚都不離開，依偎著悲哀地鳴叫，聲音令人感動。宋國人同情他們，於是稱這兩棵樹為「相思樹」。「相思」的名稱，是從這時候開始的。南方人說：鴛鴦這種鳥就是韓憑夫婦的靈魂。如今睢陽縣有韓憑城，關於韓憑夫婦的歌謠至今還在那裡流傳。

飲水生子

漢末，零陽郡太守史滿有女❶，悅門下書佐❷，乃密使侍婢取書佐盥手殘水飲之，遂有妊。已而生子。至能行，太守令抱兒出，使求其父。兒匍匐直入書佐懷中。書佐推之，僕地化為水。窮問之，具省前事，遂以女妻書佐。

❶ 零陽：古縣名。此處郡名當作「零陵」。
❷ 書佐：負責文書的小吏。

【譯文】

漢朝末年，零陵郡太守史滿有個女兒，愛上了府上的文書，偷偷地叫她的婢女把文書的洗手水拿來喝了，於是懷孕了。不久生了個孩子。到孩子會走路了，太守便叫人把小孩抱出來，讓他找自己的父親。這小孩徑直爬進文書的懷裡，文書把他推掉，他便倒在地上變成了水。太守追問自己的女兒，女兒把過去的事都講了，太守就把女兒嫁給了文書。

望夫岡

鄱陽西有望夫岡。昔縣人陳明與梅氏為婚，未成，而妖魅詐迎婦去。明詣卜者，決云：「行西北五十里求之。」明如言，見一大穴，深邃無底。以繩懸入，遂得其婦。乃令婦先出，而明所將鄰人秦文，遂不取明。其婦乃自誓執志，登此岡首而望其夫，因以名焉。

【譯文】

鄱陽縣西邊有一座望夫岡。從前，這個縣裡的人陳明與姓梅的女子訂婚，還沒有成親，未婚妻就被妖怪詐騙接走了。陳明去請教占卜的人，占卦者說：「往西北走五十里就能找到她。」陳明照他的話去尋找，發現一個大洞，深不見底。他用繩子吊著下去，就在洞內找到了未婚妻。陳明就叫人先拉未婚妻出洞，但他帶去的鄰居秦文，卻不再把他拉上來。陳明的未婚妻發誓保持自己的節操，每天登上這座山岡，盼望自己的未婚夫，因此人們把這座山岡叫「望夫岡」。

鄧元義妻改嫁

後漢，南康鄧元義❶，父伯考，為尚書僕射，元義還鄉里，妻留事姑，甚謹。姑憎之，幽閉空室，節其飲食，羸露❷，日困，終無怨言。時伯考怪而問之，元義子朗，時方數歲，言：「母不病，但苦饑耳。」伯考流涕曰：「何意親姑反為此禍！」遣歸家，更嫁，為華仲妻。仲為將作大匠❸，妻乘朝車出，元義於路旁觀之，謂人曰：「此我故婦，非有他過，家夫人遇之實酷，本自相貴。」其子朗，時為郎，母與書，皆不答，與衣裳，輒以燒之。母不以介意。母欲見之，乃至親家李氏堂上，令人以他詞請朗。朗至，見母，再拜涕泣，因起出。母追謂之曰：「我幾死。自為汝家所棄，我何罪過，乃如此耶？」因此遂絕。

❶南康：郡名，行政中心位於今江西於都。
❷羸露：瘦弱。
❸將作大匠：官職名，掌管宮室宗廟的土木建設。

【譯文】

東漢南康郡人鄧元義，他的父親鄧伯考擔任尚書僕射，鄧元義回家鄉時，他妻子留下來侍候婆婆，十分謹慎。婆婆不喜歡她，把她囚禁在空房子裡，限制她的飲食，她瘦得剩皮包骨，一天天疲憊不堪，但她始終沒有怨言。當時鄧伯考覺得奇怪去詢問，鄧元義的兒子鄧朗當時才幾歲，說她母親沒有病，只是苦於饑餓而已。鄧伯考流淚說：「為什麼侍候婆婆反而遭到這樣的禍害？」送她回娘家，改嫁給應華仲做妻子。應華仲後來擔任將作大匠，他妻子乘坐朝廷的車子出門。鄧元義在路邊上看見她，對人說：「這個人是我原來的妻子，沒有別的過錯，我母親對待她實在太殘酷了。她本來相貌就有富貴相。」她的兒子鄧朗，當時擔任郎官，母親寫信給他，他都不回信；送衣服給他，他就把衣服燒掉。母親並不介意這些事。母親想見兒子，就到姓李的親家內堂裡，叫人用其他話請他來。鄧朗見到了母親，哭泣著下拜了兩次，就起身走出去。母親追上去對他說：「我差點被餓死。自己被你家拋棄，我有什麼罪過，你竟然這樣？」從此就斷絕了來往。

嚴遵破案

嚴遵為揚州刺史，行部，聞道傍女子哭聲不哀。問所哭者誰，對云：「夫遭燒死。」遵敕吏舁屍到❶，與語訖，語吏云：「死人自道不燒死。」乃攝女❷，令人守屍，云：「當有枉。」吏曰：「有蠅聚頭所。」遵令披視，得鐵錐貫頂。考問，以淫殺夫。

❶舁（ㄩˊ）：抬。
❷攝：拘捕。

【譯文】

嚴遵任揚州刺史，有一次到所屬郡縣巡視，聽見路旁一個女子在哭，哭聲卻不悲哀，就問她為誰哭泣，那女子回答說：「是我的丈夫，他被火燒死了。」嚴遵命令差役們把屍體抬來，他與屍體說完話，就對差役們說：「死人自己說他不是被燒死的。」於是就逮捕了那女子，並叫人看守屍體，說：「這裡面一定有冤情。」差役報告說：「有蒼蠅聚集在屍體頭部。」嚴遵便叫人撥開頭髮察看，發現有一根鐵錐貫穿了那屍體的腦袋。於是就拷問那女子，原來是那女子與別人通姦而殺死了自己的丈夫。

山陽死友傳

漢范式，字巨卿，山陽金鄉人也❶，一名氾❷。與汝南張劭為友，劭字元伯。二人並遊太學，後告歸鄉里，式謂元伯曰：「後二年，當還。將過拜尊親，見孺子焉。」乃共克期日。後期方至，元伯具以白母，請設饌以候之。母曰：「二年之別，千里結言，爾何相信之審耶！」曰：「巨卿信士，必不乖違。」母曰：「若然，當為爾醞酒。」至期，果到。升堂，拜飲，盡歡而別。

❶山陽：郡國名，行政中心位於今山東巨野。金鄉：位於今山東濟寧。

❷氾：音「ㄈㄢˋ」。

後元伯寢疾，甚篤，同郡郅君章、殷子征晨夜省視之。元伯臨終，嘆曰：「恨不見我死友❸。」子征曰：「吾與君章盡心於子，是非死友，復欲誰求？」元伯曰：「若二子者，吾生友耳❹。山陽范巨卿，所謂死友也。」尋而卒。式忽夢見元伯，玄冕，垂纓，屣履，而呼曰：「巨卿！吾以某日死，當以爾時葬。永歸黃泉。子未忘我，豈能相及！」式恍然覺悟，悲嘆泣下。便服朋友之服，投其葬日，馳往赴之。未及到而喪已發引。既至壙❺，將窆❻，而柩不肯進。其母撫之曰：「元伯！豈有望耶？」遂停柩移時，乃見素車白馬，號哭而來。其母望之，曰：「是必范巨卿也。」既至，叩喪，言曰：「行矣元伯！死生異路，永從此辭。」會葬者千人，咸為揮涕。式因執紼而引柩。於是乃前。式遂留止塚次，為修墳樹，然後乃去。

❸死友：指摯友，生死不渝的朋友。
❹生友：指普通朋友。
❺壙（ㄎㄨㄤˋ）：墳墓。
❻窆（ㄅㄧㄢˇ）：下葬。

【譯文】

漢代人范式，字巨卿，是山陽金鄉縣人，又叫范氾。他和汝南郡人張劭是好朋友。張劭，字元伯。他們兩人一起在太學念書，後來他們回鄉，范式對張元伯說：「過兩年我要回來，將去拜訪你的父母，看看你的孩子。」於是他們共同約定會見日期。後來約定的日期快到了，張元伯把這事告訴母親，請她準備酒菜等候范式。母親說：「分別兩年了，當時你們在千里之外口頭上許諾的話，你怎麼能當真呢？」張元伯說：「范巨卿是信守諾言的人，一定不會違背諾言的。」母親說：「如果是這樣，我就為你釀酒準備。」到了約定的那一天，范式果然到來。他登上廳堂拜見張劭家人，他們一起飲酒，盡興歡樂才告別。

後來張元伯生病，病情十分嚴重，同郡人郅君章、殷子征早晚都來看他。張元伯臨死時，感嘆說：「遺憾不能見到我的摯友。」殷子征說：「我和郅君章盡心對待你，這不是摯友，還想見誰呢？」張元伯說：「你們二位，只是我的生友。山陽郡范巨卿，才是我說所的摯友。」不久張元伯死了。范式忽然夢見張元伯，戴著黑禮帽，帽檐掛著飄帶，趿著鞋子，匆匆忙忙呼喊說：「巨卿！我在某日死了，將在某個時候埋葬，永歸黃泉之下。你沒有忘記我，怎麼能夠趕上見最後一面呢？」范式恍然醒悟過來，悲嘆流淚，就穿上為朋友服喪的服裝，趕著張元伯下葬的日子，往他家奔馳而來。范式還沒有趕到，靈柩已經啟行送葬。到了墓地，將要落柩下葬，棺材卻不肯進入墓穴。張元伯的母親撫摸著棺材說：「元伯，難道還要等誰嗎？」於是停下棺材，過了一會兒，就看見一輛駕著白馬的馬車，車上有人嚎啕大哭而來。張元伯的母親遠遠望見，說：「這一定是范巨卿。」范式來到，向著靈柩叩頭弔唁說：「你走了，元伯！死與生不能同路，從此永別了！」當時送葬的有上千人，都為此情此景流下眼淚。范式於是拉著繩索引柩，棺材這時才往前移動。范式就留在墓地，修好墳，種上樹，然後才離開。

卷十二

五氣變化論

天有五氣❶，萬物化成：木清則仁，火清則禮，金清則義，水清則智，土清則思：五氣盡純，聖德備也。木濁則弱，火濁則淫，金濁則暴，水濁則貪，土濁則頑：五氣盡濁，民之下也。

中土多聖人，和氣所交也。絕域多怪物，異氣所產也。苟稟此氣，必有此形；苟有此形，必生此性。故食穀者智能而文，食草者多力而愚，食桑者有絲而蛾，食肉者勇慠而悍❷，食土者無心而不息，食氣者神明而長壽，不食者不死而神。

大腰無雄❸，細腰無雌❹；無雄外接，無雌外育。三化之蟲❺，先孕後交；兼愛之獸❻，自為牝牡❼。寄生因夫高木❽，女蘿托乎

❶ 五氣：指五行之氣，即火、水、木、金、土五種元氣。
❷ 慠：指氣勢強盛。
❸ 大腰：指龜類動物。
❹ 細腰：指蜂類動物。
❺ 三化之蟲：指蠶。
❻ 兼愛之獸：指《山海經》中記載的一種叫做「類」的動物，據說牠雌雄同體，人若吃了牠就不會再有嫉妒之心，因此稱「兼愛之獸」。
❼ 牝牡：動物的雌雄。
❽ 寄生：此指「蔦蘿」，一年生草本植物，莖細長而纏繞。

茯苓[9]，木株於土，萍植於水，鳥排虛而飛，獸蹠實而走[10]，蟲土閉而蟄，魚淵潛而處。本乎天者親上，本乎地者親下，本乎時者親旁：各從其類也。千歲之雉，入海為蜃[11]；百年之雀，入海為蛤；千歲龜黿[12]，能與人語；千歲之狐，起為美女；千歲之蛇，斷而復續；百年之鼠，而能相卜：數之至也。春分之日，鷹變為鳩；秋分之日，鳩變為鷹：時之化也。故腐草之為螢也，朽葦之為蛬也[13]，稻之為蛪也[14]，麥之為蝴蝶也；羽翼生焉，眼目成焉，心智在焉：此自無知化為有知，而氣易也。隺之為獐也[15]，蛇之為鱉也，蛬之為蝦也，不失其血氣，而形性變也。若此之類，不可勝論。應變而動，是為順常；苟錯其方，則為妖眚[16]。故下體生於上，上體生於下：氣之反者也。人生獸，獸生人：

[9] 女蘿：松蘿，地衣類植物。茯苓：寄生在松樹根上的真菌，狀如甘薯。
[10] 蹠（ㄓˊ）：腳掌。
[11] 蜃：大蛤。
[12] 黿（ㄩㄢˊ）：大鱉。
[13] 蛬（ㄍㄨㄥˇ）：蟋蟀。
[14] 蛪：米中的小黑蟲。
[15] 隺（ㄏㄜˋ）：同「鶴」。
[16] 妖眚（ㄕㄥˇ）：災禍異象。

氣之亂者也。男化為女，女化為男：氣之貿者也⓱。

魯牛哀得疾，七日化而為虎，形體變易，爪牙施張。其兄啟戶而入，搏而食之。方其為人，不知其將為虎也；方有為虎，不知其常為人也。故晉太康中⓲，陳留阮士瑀，傷於虺⓳，不忍其痛，數嗅其瘡，已而雙虺成於鼻中。

元康中⓴，曆陽紀元載客食道龜㉑，已而成瘕㉒，醫以藥攻之，下龜子數升，大如小錢，頭足殼備，文甲皆具，惟中藥已死。夫妻非化育之氣，鼻非胎孕之所，享道非下物之具㉓。從此觀之，萬物之生死也，與其變化也，非通神之思，雖求諸已，惡識所自來。然朽草之為螢，由乎腐也；麥之為蝴蝶，由乎濕也。爾則萬物之變，皆

⓱貿：錯雜，交錯。
⓲太康：晉武帝的年號。
⓳虺（ㄏㄨㄟˇ）：古書上說的一種毒蛇。
⓴元康：晉惠帝的年號。
㉑曆陽：郡縣名，位於今安徽和縣。
㉒瘕（ㄐㄧㄚˇ）：腹中結塊的病症。
㉓享道：古時指人的消化道。

有由也。農夫止麥之化者，漚之以灰㉔；聖人理萬物之化者，濟之以道：其然與；不然乎？

㉔漚：淤積。

【譯文】

天有金、木、水、火、土五行元氣，萬物由此變化而生，木氣純淨就產生仁愛，火氣純淨就產生禮節，金氣純淨就產生正義，水氣純淨就產生聰明，土氣純淨就產生誠實。五氣都純淨，聖人的品德就具備了。木氣混濁就產生虛弱，火氣混濁就產生淫穢，金氣混濁就產生暴虐，水氣混濁就產生貪婪，土氣混濁就產生頑固。五氣都混濁，就成為下流之人。

中原地區有很多聖人，是因為中和之氣互相交融。邊遠地區有很多怪物，是因為怪異之氣所產生。如果秉承某種元氣，一定具有某種形體；如果具有某種形體，一定產生某種性質。所以吃穀物的聰明而有文采，吃草類的力大而愚昧，吃桑葉的吐絲而變成蛾蟲，吃肉類的勇猛而強悍，吃泥土的沒有心思而不休息，吃元氣的聖明而長壽，不吃東西的人不死而成為神仙。

龜鼉類動物沒有雄性，蜂類動物沒有雌性；沒有雄性的與其他動物交配，沒有雌性的由其他動物生育。蠶類蟲子，先產卵然後交配；香髦類野獸，自身存在兩種生殖器官。寄生依附於高樹，女蘿托身於茯苓，樹木長在土裡，浮萍生在水中，鳥翅淩空能飛翔，獸足厚實能奔跑，蟲潛伏在泥土裡冬眠，魚躲在深淵中居住。來源於天的親附天上，來源於地的親附地下，來源於時令的親附依傍之物：是依從各自的種類。千年的雉，進入海裡成為蜃；百年的雀，進入海裡成為蛤；千年的龜黿，能夠與人說話；千年的狐狸，能夠變成美女；千年的蛇，身子斷了又能接上；百年的老鼠，能夠占卜吉凶：是氣數已經達到。春分的時候，鷹變成鳩；秋分的時候，鳩變成鷹：是時令的變化。所以腐爛的草變成螢火蟲，朽壞的蘆葦變成蟋蟀，稻子變成黑蟲，麥子變成蝴蝶；生出羽毛翅膀，長出眼睛，有心靈存在：這是從無知覺變為有知覺而元氣變化了。鶴變成獐，蛇變成鱉，蟋蟀變成蝦，沒有失去牠的血氣，而形體性質變化了。像這一類事物，多得說不盡。根據變化而行動，這是順應自然規律；如果違背了牠的規律，就會成為妖禍。因此身體的下部長在上部，上部長在下部，是元氣的逆反；人生出獸，獸生出人，是元氣的紊亂；男人變為女人，女人變為男人，是元氣的變易。

魯人牛哀生病，七天後變成虎，身體發生變化，長出虎爪虎牙。他哥哥開門進去，被老虎咬死吃掉。當他是人的時候，不知道他要變成虎；當他是虎的時候，不知道他曾經是人。因此晉武帝太康年間，陳留人阮士瑀被虺蟲毒傷，忍受不了蟲毒的痛苦，多次嗅毒瘡，後來發現有兩條虺蟲長在鼻子裡。

元康年間，曆陽人紀元載，吃了得道的神龜，後來生了瘕病，醫生用藥給他治病，排泄出幾升小烏龜，一個個有小銅錢那樣大，頭、腳、浮甲都齊備，浮甲上都有花紋和角質層，只是中了藥性已經死了。夫婦不是化育的元氣，鼻子不是懷胎受孕的場所，祭神的東西不是一般人可以吃的。由此觀之，萬物的生死及其變化，如果不是神奇的思維，即使從它自身去推究，怎麼知道是從哪裡來的呢？然而朽爛的草變成螢火蟲，是由於草腐爛；麥子變成蝴蝶，是由於土地潮濕。那麼萬物的變化，都是有原因的。農夫制止麥子的變化，用灰去漚它；聖人治理萬物的變化，用「道」去接濟它。難道不是如此嗎？

山精傒囊

吳諸葛恪為丹陽太守❶，嘗出獵，兩山之間，有物如小兒，伸手欲引人。恪令伸之，乃引去故地。去故地即死。既而參佐問其故，以為神明。恪曰：「此事在《白澤圖》

❶丹陽：郡名，行政中心位於今安徽宣城。

內❷，曰：『兩山之間，其精如小兒，見人則伸手欲引人，名曰「傒囊」。引去故地則死。』無謂神明而異之，諸君偶未見耳。」

❷《白澤圖》：記載鬼神之事的圖籍。

【譯文】

吳郡人諸葛恪任丹陽太守時，有一次出去打獵，看見在兩座山之間，有個東西像小孩，伸出手來想要拉人。諸葛恪就讓人把手伸給他，於是那東西就將人引入到它原來居住的地方，那東西一到原來居住的地方就死了。事情過後，部下問諸葛恪這是什麼原因，認為他像神一樣能通達事理。諸葛恪說：「這事在《白澤圖》內有記載，《白澤圖》上說：『兩座山之間，有隻精怪像小孩，看見人就伸出手來想拉人，它的名字叫做傒囊。把人引到它原來居住的地方，它就會死去。』你們不要認為我神通廣大而感到奇怪，各位只是碰巧沒有見到罷了。」

池陽小人景

王莽建國四年，池陽有小人景❶，長一尺餘，或乘車，或步行，操持萬物，大小各自相稱，三日乃止。莽甚惡之。自後盜賊日甚，莽竟被殺。管子曰：「涸澤數百歲，谷之不徙，水之不絕者，生『慶忌』。『慶

❶池陽：縣名，位元於今陝西涇陽地區。此處指漢代池陽宮。景：影子。

忌』者，其狀若人，其長四寸，衣黃衣，冠黃冠，戴黃蓋，乘小馬，好疾馳，以其名呼之，可使千里外一日反報。」然池陽之景者，或「慶忌」也乎。又曰：「涸小水精，生『蚳』❷。『蚳』者，一頭而兩身，其狀若蛇，長八尺，以其名呼之，可使取魚鱉。」

❷蚳（ㄔˊ）：傳說中一種水中動物。

【譯文】

王莽建國後四年，池陽宮有小人的影子出現，高一尺多，有的乘車，有的步行，他們拿著各種東西，東西的大小與各個小人相稱，三天以後就消失了。王莽十分厭惡這事。那以後盜賊一天比一天厲害，最後王莽竟也被他們所殺。《管子》說：「水澤乾涸要經過幾百年，山谷不遷徙，水分不斷絕的，就會產生慶忌。慶忌，它的模樣像人，身長四寸，穿黃衣，戴黃帽，頂著黃頭蓋，騎著小馬，喜歡飛快地奔馳。用它的名字呼喚它，可以使它到千里之外去，一天就回來報告情況。」那麼池陽宮的影子，或許就是慶忌嗎？《管子》又說：「乾涸的小水澤有精靈，生成蚳。蚳，一個頭兩個身子，它的樣子像蛇，長八尺。用它的名字呼喚它，可以叫它到水裡去捕捉魚鱉。」

霹靂落地

晉扶風楊道和❶，夏於田中值雨，至桑樹下，霹靂下擊之，道和以鋤格，折其股，遂落地，不得去。唇如丹，目如鏡，毛角長三寸餘，狀似六畜，頭似獮猴。

❶扶風：縣名，位於今陝西寶雞以東。

【譯文】

晉時扶風郡的楊道和，夏天在田間幹活時遇上下雨，就到桑樹下躲雨，霹靂神下來打他，楊道和就用鋤頭來抵抗，打斷它的大腿，它就倒在地上，不能離去。這霹靂神嘴唇像丹砂，眼睛像鏡子，長毛的角長三寸多，形體像家畜，頭像獮猴。

落頭民

秦時，南方有「落頭民」，其頭能飛。其種人部有祭祀，號曰「蟲落」，故因取名焉。吳時，將軍朱桓，得一婢，每夜臥後，頭輒飛去。或從狗竇❶，或從天窗中出入，以耳為翼，將曉，復還。數數如此，傍人

❶狗竇：狗洞。

怪之，夜中照視，唯有身無頭，其體微冷，氣息裁屬❷。乃蒙之以被。至曉，頭還，礙被不得安，兩三度，墮地。噫吒甚愁❸，體氣甚急，狀若將死。乃去被，頭復起，傅頸。有頃，和平。桓以為大怪，畏不敢畜，乃放遣之。既而詳之，乃知天性也。時南征大將，亦往往得之。又嘗有覆以銅盤者，頭不得進，遂死。

❷ 裁屬：形容氣息微弱，呼吸困難。
❸ 噫吒：嘆息。

【譯文】

秦朝時，南方有一種「落頭民」，頭能飛起來。這種人的部落有一種祭祀，叫做「蟲落」，所以由此取名。三國東吳時，將軍朱桓得到一個婢女，每天晚上睡下後，她的頭就飛起來。或者從狗洞，或者從天窗中進出，用耳朵做翅膀，快要天亮，頭又飛回來了，常常是這樣。旁邊的人覺得奇怪，夜裡點燈去照看，那婢女只有身子沒有頭，她的身體稍微有一點涼，呼吸勉強接得上。於是他們用被子把婢女的身體蒙住。到天亮時婢女的頭飛回來，被被子阻礙，不能回到身體上安接，兩、三次掉在地上，很憂愁地嘆息，身體的氣息也很急促，像要死去的樣子。人們才去掉被子，婢女的頭又飛起來，附接在頸子上，過了一會兒，氣息就和暢平穩了。朱桓覺得太奇怪了，感到害怕，不敢收留這個婢女，就打發人遣送她走了。後來仔細瞭解，才知道那是她的天性。當時去南方征伐的大將也常常得到這種人。又曾經有人用銅盤去覆蓋在飛走頭的身體上，頭不能進去附接到身體上，人就死了。

人化虎

江漢之域，有貙人❶，其先，廩君之苗裔也❷，能化為虎。長沙所屬蠻縣東高居民，曾作檻捕虎，檻發，明日眾人共往格之，見一亭長，赤幘，大冠，在檻中坐。因問：「君何以入此中？」亭長大怒曰：「昨忽被縣召，夜避雨，遂誤入此中。急出我。」曰：「君見召，不當有文書耶？」即出懷中召文書。於是即出之。尋視，乃化為虎，上山走。

或云：「貙虎化為人，好著紫葛衣，其足無踵❸，虎，有五指者，皆是。」

❶ 貙（ㄔㄨ）：古代分佈於長江、漢水沿岸的部落民族。
❷ 廩（ㄌㄧㄣˇ）君：傳說是巴人的始祖。
❸ 踵：腳後跟。

【譯文】

長江漢水流域，有一種貙人。他們的祖先是廩君的後代，能變成老虎。長沙郡所屬的蠻縣東高口的居民，曾經做木籠捕捉老虎。木籠的機關被觸發了，第二天大家就一齊去打老虎，卻看見一個亭長，包著紅頭巾，戴著大帽子，坐在木籠裡。便問他：「你怎麼落進這個木籠裡面了呢？」亭長很生氣地說：「昨天忽然被縣裡召喚，晚上躲雨，就誤走進這裡面了。趕快放我出來！」大家說：「你被召喚，不是應該有文書嗎？」亭長當即從懷裡取出召喚的文書。於是就把他放了。過了一會兒，再看他，竟然變成老虎，往山上跑了。

有人說：「貙虎變成人，喜歡穿紫色葛衣，他的腳沒有後跟。因此老虎當中有五個腳趾的，都是貙虎。」

猳國馬化

蜀中西南高山之上，有物與猴相類，長七尺，能作人行。善走逐人，名曰「猳國」❶，一名「馬化」，或曰「玃猿」❷。伺道行婦女有美者，輒盜取將去，人不得知。若有行人經過其旁，皆以長繩相引，猶故不免。此物能別男女氣臭，故取女，男不取也。若取得人女，則為家室。其無子者，終身不得還。十年之後，形皆類之，意亦迷惑，不復思歸。若有子者，輒抱送還其家。產子皆如人形。有不養者，其母輒死。故懼怕之，無敢不養。及長，與人不異，皆以楊為姓。故今蜀中西南多諸楊，率皆是猳國馬化之子孫也。

❶猳：音「ㄐㄧㄚ」。
❷玃：音「ㄐㄩㄝˊ」。

【譯文】

蜀國內西南部的高山上，有一種動物，和猴子相似，身高七尺，能像人一樣站起來走路，善於奔跑追人，叫作「猳國」，又叫「馬化」，或者叫「玃猿」。牠們看到路過的婦女有漂亮的，就強搶帶走，人們不知道牠們究竟把這些美女帶到了什麼地方。即使有些過路人經過牠們的旁邊時，都用長繩子互相牽著走，還是不能避免被牠們搶去。這種動物能辨別男女的氣味，所以牠們只搶女的，不搶男的。如果搶到了女子，就把她當作妻子。如果當了妻子不生孩子的，到死也不能回來了。十年以後，這些被搶去的婦女，形體也就和牠們類似了，思想也迷惑了，不再想回家了。至於生了孩子的，牠們總是抱著孩子連同母親送還給她的家。養出來的孩子都像人的模樣，如果回家後不撫養孩子，那麼這孩子的母親就會被殺掉，所以母親們很害怕，沒有敢不撫養的。等到這些小孩長大，和人沒有什麼兩樣，都把「楊」當作他們的姓。所以現在蜀國內西南部多姓楊的人家，他們大概都是猳國、馬化的子孫。

臨川刀勞鬼

臨川間諸山有妖物❶，來常因大風雨，有聲如嘯，能射人。其所著者如蹄，有頃頭腫大，毒有雌雄，雄急而雌緩。急者不過半日間，緩者經宿。其旁人常有以救之，救之少遲則死。俗名曰「刀勞鬼」。故外書云❷：「鬼神者，其禍福發揚之驗於世

❶ 臨川：郡名。三國吳太平二年分豫章郡而置，行政中心位於今江西南城東南。

❷ 外書：佛教徒稱佛經以外的書為外書。

者也。」《老子》曰：「昔之得一者❸：天得一以清；地得一以寧；神得一以靈；谷得一以盈；侯王得一，以為天下貞。」然則天地鬼神，與我並生者也。氣分則性異，域別則形殊，莫能相兼也。生者主陽，死者主陰，性之所托，各安其生。太陰之中，怪物存焉。

❸一：指「道」，即產生和支配萬物的客觀精神。

【譯文】

臨川郡內山上有一種怪物，它們來的時候常常伴隨著狂風暴雨，發出的聲音很悠長，能射人。被它們射中的地方，一會兒就會腫起來，毒性有雌有雄，雄毒性急，雌毒性緩。毒性快的不超過半天時間人就死了，而毒性緩的則可以撐過一夜。那山邊的人常常有辦法搶救被怪物射傷的人，搶救得稍微晚了一點兒，受傷的人就死了。民間都把這種怪物叫作「刀勞鬼」。所以外書上說：「鬼神，是禍福發散並在社會上得到驗證的東西。」《老子》說：「過去得道的：天得道則清爽；地得道則安寧；神得道則靈驗；深谷得道則充盈；侯王得道，就能天下稱王。」這樣看來，那麼天地鬼神，都是和我們並存的東西。氣質有區別那麼天性就不同，地域有區別那麼形體就不同，沒有什麼東西能兼有不同的天性形體。活的東西以陽氣為主，死的東西以陰氣為主，天性所依附的東西，各自安存於它們所生存之處。極盛的陰氣之中，怪物就生存在裡面。

越地冶鳥

越地深山中有鳥，大如鳩，青色，名曰冶鳥，穿大樹，做巢，如五六升器，戶口徑數寸；周飾以土堊❶，赤白相分，狀如射侯❷。伐木者見此樹，即避之去；或夜冥不見鳥，鳥亦知人不見，便鳴喚曰：「咄咄，上去！」明日便宜急上；「咄咄，下去！」明日便宜急下；若不使去，但言笑而不已者，人可止伐也。若有穢惡及其所止者，則有虎通夕來守，人不去，便傷害人。此鳥，白日見其形，是鳥也；夜聽其鳴，亦鳥也；時有觀樂者，便作人形，長三尺，至澗中取石蟹；就火炙之，人不可犯也。越人謂此鳥是「越祝」之祖也。

❶土堊（ㄧㄚˋ）：白土。
❷射侯：箭靶。

【譯文】

越地的深山中有一種鳥，像鳩鳥那麼大，青色羽毛，名叫冶鳥，牠穿通大樹做窩，像容積五、六升的器皿，出口直徑幾寸；周圍用白色塗飾，紅白兩色相間隔，圖案跟箭靶一樣。伐木的人見到這種樹，就會避開不砍。有時天黑看不見冶鳥，冶鳥也知道人看不見牠，便叫喚說：「咄，咄，上去！」第二天就應該趕快到上面去伐木。牠叫喚說：「咄，咄，下去！」第二天就應該趕快到下面去伐木。如果牠不叫喚，只是笑個不停的，人就要停止伐木。若是有污穢不乾淨，以及牠叫停止伐木時，就會有老虎通宵來看守，伐木的人不離開，老虎就會傷害他。這種鳥白天看牠的形狀，是一隻鳥；夜晚聽牠的叫聲，也是一隻鳥。間或有喜歡看熱鬧的，牠就變成人形，長三尺，到水澗中去捕捉螃蟹，放在火上燒烤，人都不可以去侵犯牠。越地的人說這種鳥是越地巫祝的祖先。

禁水鬼彈

漢永昌郡不韋縣有禁水❶，水有毒氣，唯十一月、十二月差可渡涉。自正月至十月不可渡，渡輒病，殺人。其氣中有惡物，不見其形，其作有聲，如有所投擊。中木則折，中人則害，土俗號為鬼彈。故郡有罪人，徙之禁旁，不過十日皆死。

❶ 永昌郡：屬益州，漢明帝時置。不韋縣：位於今雲南保山。

【譯文】

漢代永昌郡不韋縣有條禁水，水中有毒，只有十一月、十二月才勉強可以渡河。從正月到十月，都不可渡河，如果渡河，就會生病，甚至喪命。那毒氣中有一種邪惡的物體，看不見它的形狀，只能聽到聲音，好像有什麼東西在投擲似的。這毒氣中的物體擊中樹木，樹木就會折斷；擊中人，人就會喪命，當地的人們稱它為「鬼彈」。所以永昌郡有了犯人，就把他們押送到禁水邊，不過十天這些犯人就都死了。

蘘荷根攻蠱

余外婦姊夫蔣士❶，有傭客得疾下血。醫以中蠱❷，乃密以蘘荷根布席下❸，不使知。乃狂言曰：「食我蠱者，乃張小小也。」乃呼：「小小亡去。」今世攻蠱，多用蘘荷根，往往驗。蘘荷，或謂嘉草。

❶外婦姊夫：指妻子的姐夫。
❷蠱：相傳是一種人工培養的毒蟲，專用以害人。
❸蘘（ㄖㄤˊ）荷：多年生草本植物，根莖肥厚，圓柱形，淡黃色，根粗壯，可入藥。

【譯文】

我妻子的姐夫蔣士，家裡有個傭人生病便血。醫生認為他中了蠱毒，於是就偷偷地用囊荷的根放在病人的席子下，不讓病人知道。病人就胡言亂語地說：「給我下蠱的，就是張小小。」於是就去叫張小小，張小小已經逃走了。現在治療蠱毒，大多用蘘荷根，往往很靈驗。蘘荷，又叫嘉草。

鄱陽犬蠱

鄱陽趙壽有犬蠱❶。時陳岑詣壽，忽有大黃犬六七群出吠岑。後余相伯婦與壽婦食，

❶犬蠱：傳說是以病犬唾液培養的一種毒蠱。

吐血幾死，乃屑桔梗以飲之而癒❷。蠱有怪物，若鬼，其妖形變化，雜類殊種，或為狗豕，或為蟲蛇，其人皆自知其形狀。行之於百姓，所中皆死。

❷屑：此處作動詞，弄成碎末。桔梗：多年生草本植物。根肉質，圓錐形，可入藥。

【譯文】

鄱陽郡的趙壽養有狗蠱。當時陳岑去拜訪趙壽，忽然有大黃狗六、七群，一起對著陳岑大叫。後來余相伯回家和趙壽的妻子吃飯，吐血吐得差點兒喪命，於是把桔梗研成碎屑飲服了，這才痊癒了。蠱是一種怪物，像鬼，它的妖形變化，有各種不同的類型，有的成為狗、豬，有的成為蟲、蛇，那些養蠱的人自己也不知道自己養的蠱是什麼形狀。他們把這些蠱施行到百姓身上，中毒的人就都會死去。

廖姓蛇蠱

滎陽郡有一家姓廖❶，累世為蠱❷，以此致富。後取新婦，不以此語之。遇家人咸出，唯此婦守舍，忽見屋中有大缸，婦試發之，見有大蛇，婦乃作湯灌殺之。及家人

❶滎陽：三國時置郡，行政中心位於今湖南永州。
❷累世：接連幾代。

歸，婦具白其事，舉家驚惋。未幾，其家疾疫，死亡略盡。

【譯文】

滎陽郡有一家人姓廖，幾代人都養蠱物，靠這一行當發了財。後來他家娶了個新娘子，沒有把這事告訴她。有一次，碰巧家裡的人都出去了，只有這媳婦看家。她忽然看見屋子裡有只大缸，就好奇地把它打開了，看見那缸裡有大蛇，她就燒了開水，把蛇澆死了。等到家裡的人回來，媳婦把這件事情全說了，全家的人都十分吃驚惋惜。沒過多久，這一家人染上了瘟疫，差不多過世了。

卷十三

泰山澧泉

泰山之東有澧泉，其形如井，本體是石也。欲取飲者，皆洗心志❶，跪而挹之❷，則泉出如飛，多少足用，若或汙漫，則泉止焉。蓋神明之嘗志者也。

❶ 洗心志：洗滌意志，比喻去除雜念。
❷ 挹（一丶）：舀。

【譯文】

泰山的東邊有澧泉，它的形狀像口井，本體是石頭。想要取這泉水飲用的人，都必須去除雜念，跪著去舀它，那麼這泉水就會飛也似的噴出來，數量足夠取用。如果心地骯髒，那麼這泉水就不冒出來了。這大概是神靈用來試探人心的東西吧。

巨靈劈華山

二華之山❶，本一山也。當河，河水過之而曲行。河神巨靈，以手擘開其上❷，以足蹈離其下，中分為兩，以利河流。今觀手跡於華嶽上，指掌之形具在。腳跡在首陽山下❸，至今猶存。故張衡作《西京賦》

❶ 二華之山：指太華山和少華山。在今陝西華陰縣。太華山即西嶽華山，少華山在其西邊。
❷ 擘（ㄅㄛ丶）：砍，劈。
❸ 首陽山：又名雷首山，在山西永濟縣南。位於黃河北岸，距華山約二百里。

所稱「巨靈贔屭❹，高掌遠跡，以流河曲」，是也。

❹張衡：東漢科學家、文學家。贔屭（ㄅㄧˋ ㄒㄧˋ）：龍之九子之一，又名霸下。形似龜，好負重，長年累月地馱載著石碑。在廟院祠堂裡，處處可見到這位任勞任怨的大力士。據說觸摸它能給人帶來福氣。

【譯文】

太華山和少華山，本來是一座山，它正對著黃河，黃河水經過時只能繞道而流。於是黃河之神巨靈，就用手劈開山頂，用腳蹬開山麓，使這座山平分為兩座，用來便於黃河通行。現在到華山上去觀看河神的手印，那手指、手掌的痕跡都還保留著；巨靈的腳印在首陽山下，到現在仍然保存著。以前張衡寫了篇《西京賦》，賦裡所說的「巨靈啊猛壯有力，高山上有他的手掌，他的腳印留在遠方。他劈山開路，讓彎曲的黃河水暢流奔放」，指的就是此事。

霍山鑊

漢武徙南嶽之祭於廬江灊縣霍山之上❶，無水。廟有四鑊❷，可受四十斛。至祭時，水輒自滿，用之足了，事畢即空。塵土樹葉，莫之汙也。積五十歲，歲作四祭。後但作三祭，一鑊自敗。

❶灊（ㄑㄧㄢˊ）縣：縣名，位於今安徽霍山。霍山：又叫天柱山，位於今霍山縣西北。

❷鑊（ㄏㄨㄛˋ）：無足之鼎，古代炊具。

【譯文】

漢武帝把南嶽衡山的祭祀遷到廬江郡的灊縣霍山上，那山上沒有水。廟裡有四只大鍋，可容納四十斛水。到祭祀的時候，鍋裡的水總是會自己滿起來，用這些水也就足夠了，祭祀完畢後大鍋內就空了。塵土樹葉，都無法使大鍋變髒。這樣一共用了五十年，每年都有四次祭祀。後來只有三次祭祀了，一只鍋就自己壞掉了。

樊山致雨

樊口之東有樊山❶，若天旱，以火燒山，即至大雨。今往有驗。

❶ 樊口：指今湖北鄂城西北地方。

【譯文】

樊口的東面有座樊山。如果天旱，放火燒山，立即就會天降大雨。至今都靈驗。

孔竇清泉

空桑之地❶，今名為孔竇，在魯南，山之穴外，有雙石，如桓楹起立❷，高數丈。魯人弦歌祭祀，穴中無水，每當祭時，灑掃以告，輒有清泉自石間出，足以周事。既已，泉亦止。其驗至今存焉。

❶ 空桑：又叫「窮桑」，傳說是孔子出生之地。
❷ 桓楹：華表。

【譯文】

空桑這個地方，現在叫孔竇，在魯國南山的山洞裡，它外面有一對山石，像房屋的石柱一樣豎立在那裡，高達數丈。魯國人在這裡歌舞祭祀，山洞裡面沒有水，但每到祭祀的時候，灑掃清潔，禱告神明之後，便有清澈的泉水從山石間溢出，足夠祭祀活動使用。祭祀結束，泉水就自然停止了。這種靈驗，至今依然存在。

湘穴

湘穴中有黑土，歲大旱，人則共壅水以塞此穴，穴淹則大雨立至。

【譯文】

湘地的一個洞穴中有黑土，有一年大旱，人們就一起堵住水道來灌這洞穴，這洞穴被淹沒了，大雨就立刻降臨了。

龜化城

秦惠王二十七年，使張儀築成都城，屢頹❶。忽有大龜浮於江，至東子城東南隅而斃。儀以問巫。巫曰：「依龜築之。」便就，故名龜化城。

❶頹：倒塌。

【譯文】

戰國時，秦惠文王二十七年，惠文王派大臣張儀去築成都城，築了多次，城牆都倒塌了。一天，忽然有一隻大烏龜浮在江面上，但遊到城東的子城東南角就死了。張儀為這事去詢問巫師，巫師回答說：「按照烏龜的外形築城。」依其言，城果然築成了。所以這座城叫做「龜化城」。

城淪為湖

由拳縣❶，秦時長水縣也。始皇時童謠曰：「城門有血，城當陷沒為湖。」有嫗聞之，朝朝往窺。門將欲縛之，嫗言其故。後門將以犬血塗門，嫗見血，便走去。忽有大水，欲沒縣。主簿令幹入白令，令曰：「何忽作魚？」幹曰：「明府亦作魚。」遂淪為湖。

❶由拳縣：位於今浙江嘉興南。

【譯文】

由拳縣，是秦代的長水縣。秦始皇時，有童謠唱道：「城門有血，城當陷沒為湖。」有個老婦人聽到後，就天天到城門來悄悄觀看。守城的將吏要抓她，於是老婦人就說明了前來偷看的原因。後來，守城將吏就將狗血塗在城門上。老婦人看到城門上果真有血，就跑開了。一天，忽然漲大水，縣城即將被淹沒。縣裡的主簿派主管府吏去報告縣令。縣令看見前來報告的府吏，問道：「你怎麼忽然變成魚的樣子了？」府吏說：「大人，您也變成魚的樣子了！」就這樣，這個縣陷落成湖泊了。

馬邑

秦時築城於武周塞內❶，以備胡。城將成而崩者數焉。有馬馳走，周旋反覆。父老異之。因依馬跡以築城，城乃不崩，遂名「馬邑」。其故城今在朔州❷。

❶武周塞：古代軍事要塞。位於今山西大同。
❷朔州：今山西朔縣。

【譯文】

秦朝時，曾在武周塞內築城，用來防備匈奴的侵略。好幾次城快築成了卻又崩塌了。後來有一匹馬繞著城飛快地奔跑著，來回不斷，人們都覺得很奇怪，就按照馬跑的腳印來築城，然後城牆就不再崩塌了，於是就把這城命名為「馬邑」。那故城現在在朔州。

天地劫灰

漢武帝鑿昆明池❶，極深，悉是灰墨，無復土。舉朝不解，以問東方朔。朔曰：「臣愚，不足以知之。可試問西域人。」帝以朔不知，難以移問。至後漢明帝時，西域道人入來洛陽。時有憶方朔言者，乃試以

❶昆明池：長安古水池。古時開鑿於長安西南郊野。

武帝時灰墨問之。道人云：「經云：『天地大劫將盡，則劫燒。』此劫燒之餘也。」乃知朔言有旨。

【譯文】

漢武帝開掘昆明池，挖到很深的地方，全是灰墨，不再有泥土。整個朝廷的人都不明白這是怎麼回事，漢武帝就去問東方朔。東方朔說：「臣愚笨，也不知道它是怎麼回事。皇上可以去問問西域來的人。」漢武帝覺得連東方朔都不知道，很難再拿這件事來問別人了。到東漢明帝的時候，西域的僧人來到洛陽。當時有人回想起東方朔的話，就嘗試用漢武帝時出現灰墨的事來問他。那僧人說：「佛經上說：『天地在大劫將要結束的時候，就會有毀滅世界的大火燃燒。』這灰墨就是那大火燒之後的灰燼。」人們才知道東方朔的話是有一定深意的。

丹砂井

臨沅縣有廖氏❶，世老壽。後移居，子孫輒殘折❷。他人居其故宅，復累世壽。乃知是宅所為。不知何故。疑井水赤。乃掘井左右，得古人埋丹砂數十斛。丹汁入井，是以飲水而得壽。

❶臨沅：位於今湖南常德西。
❷殘折：夭折。

【譯文】

臨沅縣有一戶姓廖的人家，世代都長壽。後來，這家人移居別處，子孫的壽命縮短了。別的人家遷到廖家老宅居住，也是世代長壽。這才知道是這個宅院使人長壽，但不清楚具體原因。懷疑與井水是紅色的有關，於是挖掘井房左右兩邊，發現有古人埋藏的幾十斛朱砂。朱砂經水浸濕的汁液滲入井裡，所以飲用這口井水的人就能長壽。

江東餘腹

江東名餘腹者。昔吳王闔閭江行❶，食膾，有餘，因棄中流，悉化為魚；今魚中有名吳王膾餘者，長數寸，大者如箸，猶有膾形。

❶闔閭：春秋後期吳國國君，姬姓，名光。一種說法認為闔閭為「春秋五霸」之一。

【譯文】

江東有一種名叫餘腹的魚，是從前吳王闔閭巡遊長江宴飲時，丟棄到江裡的剩下的魚肉塊變化而成的；現在有一種名叫吳王膾餘的魚，長約幾寸，像筷子一樣大小，還可見魚肉塊的形狀。

蟛蜞長卿

蟛蜞，蟹也。嘗通夢於人，自稱「長卿」。今臨海人多以「長卿」呼之。

【譯文】

蟛蜞，是一種蟹。它曾托夢給人，自己稱自己為「長卿」。現在臨海郡的人還多以「長卿」來稱呼它。

青蚨還錢

南方有蟲，名蟔蝺❶，一名蝍蠋❷，又名青蚨。形似蟬而稍大。味辛美，可食。生子必依草葉，大如蠶子。取其子，母即飛來，不以遠近。雖潛取其子，母必知處。以母血塗錢八十一文，以子血塗錢八十一文，每市物，或先用母錢，或先用子錢，皆復飛歸，輪轉無已。故《淮南子術》以之還錢，名曰「青蚨」。

❶ 蟔蝺：音「ㄉㄨㄣˊ ㄩˊ」。
❷ 蝍蠋：音「ㄗㄟˊ ㄓㄨˊ」。

【譯文】

南方有一種蟲，名叫蟔蝺，又叫蝍蠋，也叫青蚨。形狀像蟬又比蟬稍大一些。牠的味道辛辣鮮美，可以食用。它生下來的小蟲必須依附在草葉上，大小像小蠶。誰去捉牠的小蟲，那母蟲就會馬上飛來，不管牠是在近處還是遠處。即使是偷偷地去捉牠的小蟲，母蟲也一定知道那小蟲在哪裡。用母蟲的血塗八十一枚銅錢，用小蟲的血塗八十一枚銅錢，每當買東西的時候，或者先用塗了母蟲血的錢，或者先用塗了小蟲血的錢，花出去的錢都會自己飛回來，這樣可以輪流使用而用不完。因此《淮南萬畢術》就記載了這種使錢返回的方法，稱它為「青蚨」。

蜾蠃

土蜂，名曰蜾蠃❶，今世謂蜬蝓，細腰之類。其為物純雄而無雌，不交，不產；常取桑蟲或阜螽子育之，則皆化成己子。亦或謂之螟蛉。《詩》曰：「螟蛉有子，果蠃負之」，是也。

❶ 蜾蠃（ㄍㄨㄛˇ ㄌㄨㄛˇ）：寄生蜂的一種。亦名蒲盧。腰細；體青黑色，長約半寸，以泥土築巢於樹枝或壁上，捕捉螟蛉等害蟲，為其幼蟲的食物，古人誤以為收養幼蟲。

【譯文】

有一種野蜂，名叫蜾蠃，現在叫作蜬蝓，屬於細腰蜂一類。作為生物，牠卻只有雄蟲，沒有雌蟲，不交配，不產子。牠常常捕捉桑蟲或阜螽的幼蟲來養育，把牠們都當作自己產的幼蟲。也有人稱它們為螟蛉。《詩經》上說：「螟蛉有了幼蟲，蜾蠃來餵養。」就是說的這個。

木蠹

木蠹生蟲❶，羽化為蝶。

❶ 木蠹（ㄉㄨˋ）：蛀蝕木頭的蟲子。

【譯文】

木頭被蛀蝕，生成蟲子，蟲子長出翅膀變化成蝴蝶。

火浣布

昆侖之墟❶，地首也。是惟帝之下都，故其外絕以弱水之深，又環以炎火之山。山上有鳥獸草木，皆生育滋長於炎火之中，故有火浣布❷。非此山草木之皮枲❸，則其鳥獸之毛也。漢世，西域舊獻此布，中間久絕。至魏初時，人疑其無有。文帝以為火性酷裂，無含生之氣，著之《典論》❹，明其不然之事，絕智者之聽。及明帝立，詔三公曰：「先帝昔著《典論》，不朽之格言，其刊石於廟門之外及太學，與石經並以永示來世❺。」至是西域使人獻火浣布袈裟，於是刊滅此論，而天下笑之。

❶昆侖：指傳說中的仙山。
❷火浣布：指石棉布，傳說將其置於火中即可浣洗乾淨。
❸枲（ㄒㄧˇ）：雄株大麻。
❹《典論》：曹丕著書，亡佚。
❺石經：指刻在石上的儒家經典。

【譯文】

崑崙山，是大地的端首。這裡是天帝設在人間的都城，所以它的外圍用深深的弱水來隔絕，又用火焰山環繞包圍。那火焰山上有鳥獸草木，都在火焰之中繁殖生長，那裡還出產一種火浣布，它不是用這火焰山上的草木外皮纖維織成，就是用那山上的鳥獸之毛織成。漢朝的時候，西域曾經進貢過這種布，但有很長一段時間絕跡了。所以到曹魏初年，人們懷疑這種布是不是存在。魏文帝認為火的性質嚴酷猛烈，不含有生命的元氣，便把這東西寫進了《典論》，說明這是不可能有的事，來杜絕那些有學識人的傳聞。到魏明帝即位，下詔書給三公說：「過世的父皇過去寫的《典論》，都是不朽的格言。它被刻在太廟門外及太學的石碑上，和石經並列，以便永遠昭示後代。」恰在這時，西域派人獻上了用火浣布做成的袈裟，於是駁倒了《典論》中關於火浣布不存在的言論，遭到天下人的嘲笑。

金燧

夫金之性一也，以五月丙午日中鑄為陽燧❶。以十一月壬子夜半鑄，為陰燧❷。（言丙午日鑄為「陽燧」，可取火；壬子夜鑄為「陰燧」，可取水也。）

❶ 陽燧：古代從太陽光取火的器具，為銅製的圓形凹面鏡。
❷ 陰燧：古代在月下取水的器具，為方形的銅盆。

【譯文】

金的性質是穩定一致的。但在五月丙午日的中午鑄造，就成為陽燧；在十一月壬子日的半夜鑄造的，就成為陰燧。言丙午日那白天鑄成的陽燧可取火；壬子那晚鑄成的陰燧可取水。

焦尾琴

漢靈帝時，陳留蔡邕以數上書陳奏❶，忤上旨意，又內寵。惡之，慮不免，乃亡命江海，遠跡吳會❷。至吳，吳人有燒桐以爨者❸，邕聞火烈聲，曰：「此良材也。」因請之，削以為琴，果有美音。而其尾焦，因名「焦尾琴」。

❶陳留：郡名，行政中心位於陳留即今河南開封陳留。蔡邕：東漢末年文學家。
❷吳會：東漢時分會稽郡為吳、會稽二郡，並稱吳會。
❸爨（ㄘㄨㄢˋ）：燒火煮飯。

【譯文】

漢靈帝時，陳留郡的蔡邕，因為多次上書陳述自己的政見，違背了皇帝的旨意，又因為得寵的宦官憎恨他，他為了免予遭到毒害，於是就流亡於江河湖海之中，足跡遠達吳郡、會稽郡。他來到吳郡時，吳郡人燒桐木來做飯，蔡邕聽見火勢猛烈的聲音，就說：「這是塊好木料啊！」因而請求把桐木給他，他把這段桐術削製成琴，果然能彈出十分優美悅耳的聲音。但是琴的尾部已經燒焦，因而就將琴取名為「焦尾琴」。

柯亭笛

蔡邕嘗至柯亭❶，以竹為椽，邕仰盼之，曰：「良竹事。」取以為笛，發聲遼亮。一云，

❶柯亭：古地名，位於今浙江紹興西南。產良竹。

邕告吳人曰：「吾昔嘗經會稽高遷亭，見屋東間第十六竹椽可為笛。」取用，果有異聲。

【譯文】

蔡邕曾經來到柯亭，那裡的人用竹子做屋椽。蔡邕抬頭打量那竹椽，說：「好竹子啊！」便拿來把它做成笛子，這笛子吹奏起來發音嘹亮。一種說法是，蔡邕對吳郡的人說：「我過去曾經路過會稽郡高遷亭，看見房子東頭第十六根竹椽可以做笛。拿下來做成笛子，果然能吹出奇異的音質。」

卷十四

蒙雙氏

昔高陽氏❶，有同產而為夫婦，帝放之於崆峒之野。相抱而死。神鳥以不死草覆之，七年，男女同體而生。二頭，四手足，是為蒙雙氏。

❶高陽氏：顓頊（ㄓㄨㄢㄒㄩˋ），傳說中的上古帝王，五帝之一。

【譯文】

古時高陽氏的時候，有兩個同一母親生下來的人成了夫妻，顓頊帝把他們流放到崆峒山邊的原野上，兩人互相抱著死了。仙鳥用不死之草覆蓋了他們，七年後，這兩位男女長在同一個身體上，又活了。兩個頭，四隻手，四隻腳，這就是蒙雙氏。

盤瓠子孫

高辛氏❶，有老婦人，居於王宮，得耳疾歷時，醫為挑治，出頂蟲❷，大如繭。婦人去，後置以瓠籬❸，覆之以盤，俄爾頂蟲乃化為犬。其文五色。因名盤瓠，遂畜之。

❶高辛氏：帝嚳（ㄎㄨˋ），傳說中上古的帝王。《史記・五帝本紀》中記載：「帝嚳高辛者，黃帝之曾孫也。」

❷頂蟲：畲族《狗皇歌》作「金蟲」，傳說中生於頭顱中的蟲。

❸瓠（ㄏㄨˋ）蘺：剖開葫蘆而成的瓢一類的器具。

時戎吳強盛❹，數侵邊境，遣將征討，不能擒勝。乃募天下有能得戎吳將軍首者，贈金千斤，封邑萬戶，又賜以少女。後盤瓠銜得一頭，將造王闕。王診視之，即是戎吳。為之奈何？群臣皆曰：「盤瓠是畜，不可官秩❺，又不可妻。雖有功，無施也。」少女聞之，啟王曰：「大王既以我許天下矣。盤瓠銜首而來，為國除害，此天命使然，豈狗之智力哉？王者重言，伯者重信，不可以女子微軀，而負明約於天下，國之禍也。」王懼而從之。令少女從盤瓠。盤瓠將女上南山，草木茂盛，無人行跡。於是女解去衣裳，為僕豎之結❻，著獨力之衣，隨盤瓠升山，入谷，止於石室之中。

王悲思之，遣往視覓，天輒風雨，嶺震雲晦，往者莫至。蓋經三年，產六男，六女。盤瓠

❹戎吳：戎族的一個部落。
❺官秩：封官賜爵。
❻僕豎之結：奴僕的髮髻。

死，後自相配偶，因為夫婦。織績木皮，染以草實。好五色衣服，裁製皆有尾形，後母歸，以語王，王遣使迎諸男女，天不復雨。衣服褊褳⑦，言語侏㒧⑧，飲食蹲踞，好山惡都。王順其意，賜以名山廣澤，號曰蠻夷。蠻夷者，外癡內黠，安土重舊，以其受異氣於天命，故待以不常之律。田作賈販，無關繻⑨、符傳⑩、租稅之賦。有邑君長皆賜印綬。冠用獺皮，取其游食於水。今即梁、漢、巴、蜀、武陵、長沙、廬江郡夷是也。用糝雜魚肉⑪，叩槽而號，以祭盤瓠，其俗至今。故世稱：「赤髀橫裙⑫，盤瓠子孫。」

⑦ 褊褳（ㄅㄧㄢˇ ㄌㄧㄢˊ）：相當於「斑斕」，形容色彩豐富鮮豔。
⑧ 侏㒧：指方言怪異，難以聽懂。
⑨ 關繻：出入關隘的通行證。
⑩ 符傳：朝廷傳達命令或調兵遣將的憑證。
⑪ 糝（ㄙㄢˇ）：米飯。
⑫ 髀（ㄅㄧˋ）：大腿。

【譯文】

高辛氏時，有個住在宮裡的老婦人，患有耳病一段時間了，醫生給她診治時，從耳朵裡挑出一隻像繭那樣大的蟲。老婦人走後，醫生把蟲放在瓠裡，用盤子蓋上。一會兒這隻蟲變成了一條狗，身上有五顏六色的花紋，因此把它叫作「盤瓠」，養了起來。

那時，北方戎族中的吳部很強盛，多次侵犯邊境。帝王派兵征討，但未能獲勝擒敵。於是他向天下發佈招募令，承諾誰能獲取吳戎部將軍的首級，即賞黃金千斤，封食邑萬戶，並把自己的小女兒嫁給他。後來，盤瓠銜著一顆人頭，送到王宮。帝王仔細查看，確認這就是吳戎部將軍的人頭。這事該怎麼辦呢？大臣們都說：「盤瓠是畜生，不能封官職，給俸祿，又不能娶人為妻，所以即使牠有功勞，也不能按招募令賞賜。」帝王的小女兒聽說這事後，啟稟帝王：「大王已經用我向天下承諾，盤瓠確實銜得敵將首級來，為國家除了大害，這是上天的安排，哪裡是狗的智力能辦到的呢！稱王的君主重守諾言，稱霸的君主重守信用，不能因為輕微的小女，違背公開向天下許下的諾言，那樣將是國家的禍患。」帝王害怕背棄諾言的後果，就順從了女兒的意願，叫她跟隨盤瓠去了。盤瓠帶著帝王的小女兒上了南山，山上草木茂盛，荒無人煙。於是帝女脫去原來的衣服，像奴僕一樣穿上幹粗活的衣服，跟著盤瓠登山穿谷，最後住在山石洞裡。

後來帝王悲傷地思念女兒，曾派人前去打探尋找。但是，人一去，就風雨交加，地動山搖，天昏地暗，沒有人能到達他們那裡。三年過後，他們生育了六個男孩和六個女孩。盤瓠死後，兒女們自相婚配，結為夫妻。他們用樹皮織成布，用草籽染上色，製成衣服。他們喜歡色彩斑斕的衣服，縫製的衣服都有尾巴的樣子。後來，他們的母親回到王宮，將這些情形告訴了帝王，帝王派人接回這些人。去時，天上再沒有下雨了。這些人衣服短小，言語難懂，蹲在地上吃飯，喜歡山野，厭惡都市。帝王依順他們的意願，賜予名山大川，把他們稱為「蠻夷」。蠻夷人表面愚笨，內心狡黠，安心鄉土，看重舊俗。因為他們接受了上天賦予的特有氣質，所以就要用特殊的法律來對待他們。他們事農經商，都不需關卡憑證和繳納稅賦。對他們的首領，都授予一定官職。他們的帽子用獺皮製成，這是取他們在水裡生產生活的意思。現在的梁山、漢中、巴、蜀、武陵、長沙、廬江等郡的夷人就是這樣。他們吃的米飯裡摻雜有魚肉，用敲打木槽為節奏，高聲呼喊的方式來祭祀盤瓠，這種習俗流傳至今。所以人們說：「裸露大腿、腰繫短裙的人，是盤瓠的子孫。」

夫餘王

槁離國王侍婢有娠❶，王欲殺之，婢曰：「有氣如雞子❷，從天來下，故我有娠。」後生子，捐之豬圈中❸，豬以喙噓之；徙至馬櫪中❹，馬復以氣噓之，故得不死。王疑以為天子也，乃令其母收畜之，名曰東明。常令牧馬。東明善射，王恐其奪己國也，欲殺之。東明走，南至掩施水❺，以弓擊水，魚鱉浮為橋，東明得渡。魚鱉解散，追兵不得渡。因都王夫餘❻。

❶ 槁離：古時北夷國。
❷ 雞子：雞蛋。
❸ 捐：丟棄，扔。
❹ 馬櫪：馬槽，關牲畜的地方。
❺ 掩施：水名。
❻ 夫餘：古國名，位於今東北地區。

【譯文】

槁離國國王的隨身婢女懷孕了，國王要殺她，婢女說：「有一團像雞蛋一樣的氣，從天上降下來，然後我就懷孕了。」國王因此就沒有殺她。後來她生了個孩子，被扔到了豬圈裡，豬用嘴巴向孩子哈氣；這孩子被移至馬廄中，馬又向孩子哈氣，因此這孩子得以活了下來。國王懷疑這孩子是上天的兒子，於是就叫他母親收養他，並給他取了個名字叫東明，經常讓他去放馬。東明善於射箭，國王怕他奪了自己的江山，於是就想殺掉他。東明便逃跑了，向南逃到掩施水邊，用弓拍打水面，魚鱉便浮出水面架成橋，好讓東明渡過河去。他過河後魚鱉便散去，追兵就無法過河了。東明就在夫餘國建都稱王。

鵠蒼銜卵

古徐國宮人娠而生卵，以為不祥，棄之水濱。有犬，名鵠蒼，銜卵以歸。遂生兒，為徐嗣君。後鵠蒼臨死，生角而九尾，實黃龍也。葬之徐里中。見有狗壟在焉。

【譯文】

古徐國的一個宮女懷孕後，生下一顆蛋，她認為這是不祥的徵兆，把它丟到了河邊。有一條名叫「鵠蒼」的狗，把這個蛋銜了回來。這個蛋孵化出一個男孩，他長大後成為徐國的太子。後來鵠蒼臨死之時，頭上生出角，身上長出九條尾巴，原來，實際它就是一條黃龍。它死後埋葬在徐國的鄉村裡，至今還能看見一座狗墓在那裡。

谷烏菟

斗伯比父早亡❶，隨母歸在舅姑之家。後長大，乃妘子之女，生子文。其妘子妻恥女不嫁而生子❷，乃棄於山中。妘子遊獵，見虎乳一小兒，歸與妻言。妻曰：「此是我女與

❶斗伯比：春秋時楚人，是楚國國君若敖之子。

❷妘（ㄩㄣˊ）子：妘國國君。

伯比私通，生此小兒。我恥之，送於山中。」妘子乃迎歸養之，配其女與伯比。楚人因呼子文為谷烏菟。仕至楚相也。

【譯文】

斗伯比很早就死了父親，他跟著母親回到舅舅家住。後來他長大了，便和妘國國君妘子的女兒私通，生下了子文。那妘子的妻子覺得女兒沒有出嫁就生子是很丟臉的事，就把子文丟在山裡。妘子去打獵，看見一隻老虎在給一個小孩餵奶，回家後就告訴了他的妻子。妻子說：「這是我女兒與斗伯比私通而生下的小孩。我覺得很丟臉，所以就把他扔到了山中。」妘子就把子文接了回來加以撫養，並把自己的女兒嫁給了斗伯比。楚國人因而稱呼子文做谷烏菟，後來他做官一直做到楚國的令尹。

齊頃公無野

齊惠公之妾蕭同叔子❶，見御有身。以其賤，不敢言也。取薪而生頃公❷。於野，又不敢舉也。有狸乳而鸇覆之❸。人見而收，因名曰「無野」。是為頃公。

❶齊惠公：齊桓公之子，在位十年。
❷頃公：齊惠公之子，在位十七年。
❸鸇（ㄓㄢ）：一種猛禽，類似鷂鷹。

【譯文】

齊惠公的小妾蕭同叔子，侍候齊惠公而有了身孕。因為她的地位低下，所以不敢說出來。她拿了一些柴草把頃公生在郊野之中，又不敢撫養他。有隻野貓來餵奶，鸇鳥又來為他遮風擋雨。有人看見了就把他收養起來，於是就給他取名為「無野」。他就是齊頃公。

羌豪袁釰

袁釰者，羌豪也❶，秦時拘執為奴隸❷，後得亡去，秦人追之急迫，藏於穴中，秦人焚之，有景相如虎來為蔽，故得不死。諸羌神之，推以為君。其後種落熾盛❸。

❶羌豪：羌人的首領。
❷拘執：抓捕。
❸熾盛：繁盛。

【譯文】

袁釰是羌族部落首領。從前，他曾經被秦國抓捕當作奴隸，後來逃跑了。逃跑時，被秦國人追得很急，他就躲進一個山洞中，秦人用火燒山洞，這時有一個外形輪廓像老虎的動物，為他遮擋了火焰，因而沒有被燒死。羌族人把他當作神，推舉他為首領。從此以後，羌族部落繁盛起來。

竇氏蛇

後漢定襄太守竇奉妻生子武❶，並生一蛇。奉送蛇於野中，及武長大，有海內俊名。母死，將葬未窆，賓客聚集，有大蛇從林草中出，徑來棺下，委地俯仰❷，以頭擊棺，血涕並流，狀若哀慟，有頃而去。時人知為竇氏之祥。

❶ 定襄：郡名，行政中心位於今內蒙古和林格爾。
❷ 委地：蜷伏於地。

【譯文】

後漢定襄郡太守竇奉的妻子生兒子竇武時，同時還生下了一條蛇，竇奉把蛇送到了野外。竇武長大後，在國內享有美名。他母親去世了，親朋好友都來送葬，就在將要下葬時，有一條大蛇從林間草叢爬出，直接來到棺木下，頭一上一下地擺動，還用頭撞擊棺木，血淚並流，那樣子好像非常悲哀痛苦，過了一會兒才離去。當時，人們都覺得這是竇氏家族的吉祥徵兆。

金龍池

晉懷帝永嘉中，有韓媼者，於野中見巨卵，持歸育之。得嬰兒，字曰撅兒。方四歲，劉淵築平陽。城不就，募能城者。撅兒應募，因變為蛇，令媼遺灰志其後。謂媼曰：「憑灰築城，城可立就。」竟如所言。淵怪之，遂投入山穴間，露尾數寸，使者斬之，忽有泉出穴中，匯為池，因名「金龍池」。

【譯文】

晉懷帝永嘉年間，有位姓韓的老婦人在野外中發現一個大蛋，就把它拿回家孵化。得到一個嬰兒，老婦便給他取了個名字叫撅兒。撅兒四歲的時候，劉淵因為修築平陽城總是不成功，因此就招募能築城的人。撅兒應募，然後他變成了一條蛇，他在前面爬行，叫韓老太跟在他的後面撒上一些灰作為標記。他對韓老太婆說：「在撒灰的地方築城，城可以馬上築成。」結果真的如他所說。劉淵覺得這條蛇很奇特，就派人把牠丟進了山洞之中，蛇的尾巴還露在洞口外幾寸，派去的人就把尾巴斬斷了，忽然有股泉水從山洞中流了出來，彙聚成一個水池，人們就將其命名為「金龍池」。

羽衣人

元帝永昌中❶，暨陽人任谷因耕息於樹下❷。忽有一人，著羽衣，就淫之。既而不知所在。谷遂有妊。積月將產，羽衣人復來，以刀穿

❶ 永昌：晉元帝年號。

❷ 暨陽：古縣名，位於今江蘇江陰市東南長壽鎮南。

其陰下，出一蛇子，便去。谷遂成宦者，詣闕自陳，留於宮中。

【譯文】

晉元帝永昌年間，暨陽縣人任谷，因為耕種累了在樹下休息。忽然有一個人，穿著羽毛的衣服，過來姦淫了任谷。然後那人不知到哪兒去了，任谷於是有了身孕。妊期滿月將要分娩時，那穿羽毛衣服的人又來了，他用刀刺破了任谷的下陰，取出一條小蛇就走了。任谷於是成了閹人，他到宮中陳述了這些情況，於是被留在宮裡。

馬皮蠶女

舊說：太古之時，有大人遠征，家無餘人，唯有一女，牡馬一匹，女親養之。窮居幽處，思念其父，乃戲馬曰：「爾能為我迎得父還，吾將嫁汝。」馬既承此言，乃絕韁而去。徑至父所。父見馬，驚喜，因取而乘之。馬望所自來，悲鳴不已。父曰：「此馬無事如此，我家得無有故乎？」亟乘以歸❶。為畜生有非常之情，故厚加芻養。馬不肯食。每

❶亟（ㄐㄧˊ）：急切。

見女出入，輒喜怒奮擊。如此非一。父怪之，密以問女，女具以告父：「必為是故。」父曰：「勿言。恐辱家門。且莫出入。」於是伏弩射殺之。暴皮於庭。父行，女以鄰女於皮所戲，以足蹙之曰❷：「汝是畜生，而欲取人為婦耶！招此屠剝，如何自苦！」言未及竟，馬皮蹶然而起，卷女以行。鄰女忙怕，不敢救之。走告其父。父還求索，已出失之。後經數日，得於大樹枝間，女及馬皮，盡化為蠶，而績於樹上。其繭綸理厚大，異於常蠶。鄰婦取而養之。其收數倍。因名其樹曰桑。桑者，喪也。由斯百姓競種之，今世所養是也。言桑蠶者，是古蠶之餘類也。

案《天官》，辰為馬星。《蠶書》曰❸：「月當大火，則浴其種。」是蠶與馬同氣也。《周禮》馬質職掌「禁原蠶者」注云：「物莫能

❷蹙：同「蹴」，踢。

❸《蠶書》：講述養蠶的書，又稱《蠶經》。

兩大，禁原蠶者，為其傷馬也。」漢禮皇后親採桑祀蠶神，曰：「菀窳婦人❹，寓氏公主。」公主者，女之尊稱也。菀窳婦人，先蠶者也。故今世或謂蠶為女兒者，是古之遺言也。

❹菀窳（ㄩˇ）婦人：漢代對蠶神的稱呼。又稱「寓氏公主」。

【譯文】

過去傳說，在遙遠的古代，有一戶人家，家長遠征到前方，家裡沒有別的人，只有一個女兒，還有一匹公馬，由女兒飼養。由於家處偏僻之地，該女子感到很孤獨，十分思念父親，於是逗弄馬，說：「你能為我接回父親，我就嫁給你。」馬聽了這話後，就掙斷韁繩，徑直跑到她父親的駐地。馬主人看見馬非常驚喜，牽過來就騎上。可是馬朝著來的方向，不停地悲鳴。馬主人說：「這馬無緣無故地這樣悲鳴，是不是我家有什麼變故啊？」於是急忙騎著馬回到家裡。這匹馬雖是畜生卻通人性，所以主人對牠待遇特別優厚，給牠的草糧特別充足，可是馬卻不太肯吃。每當見到女兒進出，就喜怒無常，興奮跳躍，這樣已不只一兩次了。父親覺得很奇怪，就悄悄問女兒，女兒把自己曾與馬說玩笑話的事告訴了父親，認為一定是這個原因。父親對女兒說：「不要對外人說，不然會有辱自家的名聲。妳暫時不要再進進出出。」於是主人躲在暗處，用弓箭射死這匹馬，把馬皮曬在院裡。父親外出，女兒與鄰居女孩子在院子裡玩耍時，用腳踢著馬皮說：「你這個畜生，還想娶人為妻嗎？你被這樣屠殺剝皮，不是自討苦吃嗎？」話還沒說完，馬皮突然飛揚，捲起她就飛起來。鄰居女孩慌亂害怕，不敢相救，跑去告訴女兒父親。父親回來，四處尋找，但馬皮早已飛走，不見蹤影了。過了幾天後，父親才在一棵大樹的枝椏間發現，女兒和馬皮都變成了蠶，在樹上吐絲作繭，那個蠶繭絲十分粗大，不同於普通蠶繭。鄉鄰農婦取下來飼養，收穫的蠶絲，比普通蠶繭多幾倍。因此把那種樹叫做「桑」。桑，就是喪的意思。從此人們都種植桑樹了。這就是現在養蠶的樹。叫它桑蠶，因為它是古蠶留下來的種類。

按《天官》所說，辰是馬星。《蠶書》說：「月亮位在大火星時，就要選蠶種。」這裡蠶與馬是同樣的氣質。《周禮》「馬質」職掌「禁飼二次蠶」，注釋說：「兩樣同樣氣質的特種，不能同時增長。禁飼二次蠶，是因為害怕它會損傷馬。」漢代的禮制是，皇后親自採桑祭祀蠶神，稱作「菀窳婦人」和「寓氏公主」。公主，是對那個變為蠶的女兒的尊稱；菀窳婦人，是最先教人養蠶的人。因此，現在有人把蠶叫為女兒，這是古代流傳下來的說法。

嫦娥奔月

羿請無死之藥於西王母，嫦娥竊之以奔月，將往，枚筮之於有黃❶。有黃占之曰：「吉。翩翩歸妹，獨將西行。逢天晦芒❷，毋恐毋驚。後且大昌。」嫦娥遂托身於月，是為蟾蠩❸。

❶ 枚筮：古時一種不告何事而占卜的方法。有黃：卜卦者名。
❷ 晦芒：陰暗。
❸ 蟾蠩：蟾蜍。因此傳說，後人即用蟾蜍代指月亮。

【譯文】

后羿從西王母處求得長生不老的仙藥，后羿的妻子嫦娥偷吃了仙藥後飛奔月宮。嫦娥動身之前，曾讓巫師有黃占卜，有黃占卜後說：「吉利。輕快飛翔的妹妹，將要獨自西行。如遇陰暗天氣，也不用害怕驚慌，以後就會昌盛。」於是嫦娥飛入月宮，她就是月宮裡的蟾蜍。

帝女化草

舌埵山❶，帝之女死，化為怪草，其葉鬱茂，其華黃色，其實如兔絲❷。故服怪草者，恒媚於人焉。

❶舌埵（ㄉㄨㄛˇ）山：傳說中的神山。
❷兔絲：菟絲子，又稱女蘿。

【譯文】

舌埵山，赤帝的女兒在那裡過世，變成了一種怪草，它的葉子十分茂盛，花呈黃色，果實像菟絲子。所以服食這種怪草的人，常常會長得比別人嫵媚。

蘭岩雙鶴

滎陽縣南百餘里❶，有蘭岩山，峭拔千丈，常有雙鶴，素羽皦然❷，日夕偶影翔集。相傳云：「昔有夫婦隱此山，數百年，化為雙鶴，不絕往來。忽一旦，一鶴為人所害，其一鶴歲常哀鳴。至今響動岩谷，莫知其年歲也。」

❶滎陽：秦置縣名，位於今河南鄭州邙山區。
❷皦（ㄐㄧㄠˇ）然：潔白光亮的樣子。

【譯文】

滎陽縣南面一百多里處，有座蘭岩山，筆直陡峭，高千丈。山中常見一對羽毛特別漂亮的白鶴，雙飛雙棲，終日形影不離。相傳說：「從前，有對夫妻隱居在這山裡，幾百年後，變成一對白鶴，仍然長年廝守在一起。忽然一天早晨，一隻鶴被人害死，另一隻鶴長年在那裡哀叫。至今叫聲還在山谷震盪，沒有人知道有多少年了。」

羽衣女

豫章新喻縣男子[1]，見田中有六七女，皆衣毛衣，不知是鳥。匍匐往得其一女所解毛衣，取藏之，即往就諸鳥。諸鳥各飛去，一鳥獨不得去。男子取以為婦。生三女。其母後使女問父，知衣在積稻下，得之，衣而飛去，後復以迎三女，女亦得飛去。

[1] 豫章：郡名，行政中心位於今江西南昌。新喻：今江西新餘。

【譯文】

豫章郡新喻縣有一個男子，看見田野裡有六、七個女子，都穿著羽毛做的衣裳，他不知道這些女子都是鳥。就伏在地上偷偷爬過去，拿過一個女子脫下的羽毛衣裳藏了起來。之後他又向其他鳥爬去，那些鳥都各自飛走了，只有一隻鳥無法飛走。男子就娶她為妻，生下三個女兒。後來母親讓女兒探問父親，得知羽毛衣藏在稻穀堆裡，她找到羽毛衣，穿上就飛走了。過後她又來接三個女兒，女兒們也跟她一起飛走了。

黃母化黿

漢靈帝時，江夏黃氏之母浴盤水中❶，久而不起，變為黿矣。婢驚走告。比家人來，黿轉入深淵。其後時時出見。初，浴，簪一銀釵，猶在其首。於是黃氏累世不敢食黿肉。

❶江夏：郡名，行政中心位於今湖北武漢新洲區。盤水：河名，位於湖北房縣。

【譯文】

漢靈帝時，江夏郡有一戶黃姓人家的母親在盤水河裡沐浴，很久沒有起來，結果變成一隻黿。同去的婢女慌忙跑回去報告，等到家人來到時，這隻黿已經到了深潭。之後這隻黿時常浮現，當初黃母洗澡時頭上別的一支銀釵，還在黿頭上。因此黃姓家人連續幾代都不敢吃黿肉。

宋母化鱉

魏黃初中❶，清河宋士宗母❷，夏天於浴室裡浴，遣家中大小悉出，獨在室中良久。家人不解其意，於壁穿中窺之，不見人體，見盆水中有一大鱉。遂開戶，大小悉入，了不與人相承。嘗先著銀釵，猶在頭上。相與守之

❶黃初：魏文帝年號（西元二二〇年——二二六年）。
❷清河：郡名，行政中心位於今山東臨清東。

啼泣，無可奈何。意欲求去，永不可留。視之積日，轉懈。自捉出戶外❸，其去甚駛，逐之不及，遂便入水。後數日，忽還。巡行宅舍，如平生，了無所言而去。時人謂士宗應行喪治服。士宗以母形雖變，而生理尚存，竟不治喪。此與江夏黃母相似。

❸ 捉：同「促」，突然。

【譯文】

曹魏黃初年間，清河郡宋士宗的母親，夏天在浴室中洗澡，將家裡大大小小全都打發出門，只留她獨自一個人在浴室中，過了很久。家裡的人不明白她的用意，就從牆洞中偷偷察看，結果看不見人體，只發現浴盆的洗澡水中有一隻大鱉。於是大家就打開了浴室的門，一家老小全湧了進去，但那大鱉無法和他們說話。宋母洗澡前戴上去的銀釵還在頭上。家裡人都守在她周圍哭，誰都沒有辦法。看那大鱉的意思，是想求大家讓它出去，再也不能留在這兒了。大家看護她好幾天，便逐漸有點兒放鬆了，她便趁機溜出門外。她跑得很快，家裡的人追也追不上，然後她就鑽進了河裡。過了幾天，她忽然回來了，還像平時那樣巡視了一下家裡的房屋，一句話也沒講就走了。當時的人勸宋士宗應該為她開喪服孝，宋士宗認為母親的形狀雖然變了，但她的命還在，所以最終也沒有為她辦理喪事。這與江夏郡黃氏的母親情況類似。

宣母化黿

吳孫皓寶鼎元年六月晦❶，丹陽宣騫母❷，年八十矣。亦因洗浴化為黿，其狀如黃氏。騫兄弟四人，閉戶衛之，掘堂上作大坎❸，瀉水其中。黿入坎遊戲。一二日間，恒延頸外望，伺戶小開，便輪轉自躍入於深淵。遂不復還。

❶寶鼎：吳末帝孫皓的年號。寶鼎元年：西元二六六年。晦：農曆每月最後一天。
❷丹陽：郡名，行政中心位於今安徽宣城。
❸坎：坑穴。

【譯文】

東吳孫皓寶鼎元年六月末，丹陽郡人宣騫的母親已經八十歲，也在洗澡時變成了黿，情形與江夏郡黃氏相似。宣騫兄弟四人關上家裡的門守住宅，在廳堂挖一個大坑，放進水。黿爬進水坑遊玩了一兩天，但仍常常伸長脖子向外張望。一天，趁門打開了一點兒就自己跳出去，爬進深潭裡，再也沒有回來。

老翁作怪

漢獻帝建安中，東郡民家有怪；無故，甕器自發訇訇作聲❶，若有人擊。盤案在前，忽然便失，雞生子，輒失去。如是數歲，人

❶訇訇（ㄏㄨㄥ）：形容巨大聲響。

甚惡之。乃多作美食，覆蓋，著一室中，陰藏戶間窺伺之。果復重來，發聲如前。聞，便閉戶，周旋室中，了無所見。乃暗以杖撾之。良久，於室隅間有所中，便聞呻吟之聲，曰：「㕧❷！㕧！宜死。」開戶視之，得一老翁，可百餘歲，言語了不相當，貌狀頗類於獸。遂行推問，乃於數里外得其家，云：「失來十餘年。」得之哀喜。後歲餘，復失之。聞陳留界復有怪如此。時人咸以為此翁。

❷㕧（ㄧㄡˋ）：呻吟之聲。

【譯文】

漢獻帝建安年間，東郡一個老百姓家發生怪事。無緣無故地一只甕會自己產生震動，發出鏗鏗鏗的聲音，好像有人在敲擊。盤子和案桌本來在面前，忽然之間便消失了。雞生了蛋，總是丟失。像這樣已經有好幾年了，人們非常厭惡這些事。於是就燒了很多美味佳餚，把它遮蓋好，放在一個房間裡，這個人便暗中潛伏在門背後，偷偷地等待著。那怪物果然又來了，發出的聲音還是像過去那樣。這潛伏著的人一聽見這聲音就馬上把門關上，但在房間裡周旋了好半天，什麼也沒看見。於是這人就在暗中用棍子到處亂打，過了很長一段時間，才感覺在牆角邊有什麼東西被打著了，接著便聽見呻吟的聲音說：「唉喲，哎喲，要死了！」開門一看，發現一個老頭，有一百多歲，但說起話來卻一點兒也不相稱，他的容貌形態很像野獸。於是就去打聽查詢，結果在幾里以外找到了他的家，他家裡的人說：「他已失散了十多年。」家裡找到了他又悲傷又高興。過了一年多，家中又不見他回來了。聽說陳留郡的邊界上又出現了像上面所說的那種怪事，當時的人都認為就是這個老頭弄的。

卷十五

王道平妻

秦始皇時，有王道平，長安人也。少時，與同村人唐叔偕女，小名父喻，容色俱美，誓為夫婦。尋王道平被差征伐，落墮南國，九年不歸。父母見女長成，即聘與劉祥為妻。女與道平言誓甚重，不肯改事。父母逼迫不免，出嫁劉祥。經三年，忽忽不樂，常思道平，忿怨之深，悒悒而死❶。死經三年，平還家，乃詰鄰人：「此女安在？」鄰人云：「此女意在於君，被父母淩逼，嫁與劉祥。今已死矣。」平問：「墓在何處？」鄰人引往墓所。平悲號哽咽，三呼女名，繞墓悲苦，不能自止。平乃祝曰：「我與汝立誓天地，保其終身。豈料官有牽纏，致令乖隔，使汝父母與劉祥；既不契於初心，生死永訣。然

❶悒悒：憂愁鬱悶。

汝有靈聖，使我見汝生平之面。若無神靈，從茲而別。」言訖，又復哀泣。逡巡，其女魂自墓出，問平：「何處而來？良久契闊❷。與君誓為夫婦，以結終身，父母強逼，乃出聘劉祥，已經三年，日夕憶君，結恨致死，乖隔幽途。然念君宿念不忘，再求相慰，妾身未損，可以再生，還為夫婦。且速開塚破棺，出我即活。」平審言，乃啟墓門，捫看其女，果活。乃結束隨平還家。其夫劉祥，聞之驚怪，申訴於州縣。檢律斷之，無條，乃錄狀奏王。王斷歸道平為妻。壽一百三十歲。實謂精誠貫於天地，而獲感應如此。

❷ 契闊：許久不見，久別。

【譯文】

秦始皇的時候，有個叫王道平的人，長安人氏。他少年時，曾和本村人唐叔偕的女兒立誓結為夫妻。唐叔偕的女兒小名叫父喻，頗為美貌。不久，王道平應征去打仗，流落南方，九年沒有回來。父喻的父母看到女兒已長大成人，就把她許配給了劉祥，女兒因為與王道平訂婚時誓言堅定，所以不肯改嫁他人。在父母一再強迫下，她無可奈何，只得嫁給了劉祥。此後三年，她整天精神恍惚，憂愁鬱悶，常常思念王道平，悲憤至極，最終憂鬱而死。父喻死後三年，王道平回到家中，就問鄰居：「那位姑娘在哪兒？」鄰居說：「這姑娘的心在你身上，但遭到她父母親的欺淩威逼，只得嫁給了劉祥。如今早已死了。」王道平問：「她的墳墓在什麼地方？」鄰居便把王道平帶到了墓地。王道平痛哭失聲，連連呼喚著姑娘的名字，繞著墳墓痛苦不已。王道平祝禱說：「我與妳曾對天發誓，要廝守一生。怎料被公事拖累，以致使我們生離死別，讓妳父母把妳嫁給了劉祥。這樣做，既不合我們當初的心意，又使我們永世不得相見。但是妳如果有神靈的話，就讓我再看一下妳生前的容貌。如果妳沒有神靈，我們就只好從此永別了。」說完，便又悲哀地抽泣著。不一會兒，那姑娘的魂魄從墳墓中走了出來，問王道平說：「你從哪裡回來的？我們分別已經這麼久了。我曾和你立誓結成夫妻，長相廝守。後來我父母強迫我，我才嫁給了劉祥，三年之中，我日夜想你，以至於怨憤鬱結而死，才讓冥間把我們隔開。但是我想到你不忘舊情，再來尋求相互安慰，因此我想告訴你，我的身體並沒有損壞，還可以重新活過來，再和你做夫妻。請你趕快挖開墳墓，撬開棺材，讓我復活。」王道平仔細考慮了她的話後，就打開墳墓棺蓋，撫摸細看那姑娘，她果然就活了過來，於是裝束打扮，跟著王道平回家了。她的丈夫劉祥，聽到此事十分驚奇，便向州縣衙門申訴，要求領回父喻。州縣官員查看法律來斷案，卻沒有相應的條文，便將此事寫下來上奏皇上。皇上將父喻斷給王道平做妻子。王道平最終活到了一百三十歲。這實在是他的真心誠意感動了天地，才得到這樣的感應啊。

河間女

晉惠帝世❶，河間郡有男女私悅❷，許相配適。尋而男從軍，積年不歸。女家更欲適之。女不願行，父母逼之，不得已而去。尋病死。

❶ 晉惠帝：原文為「晉武帝」，根據正文「秘書郎王導」推斷，當為晉惠帝。

❷ 河間：郡國名，行政中心位於今河北河間。

其男戍還，問女所在。其家具說之。乃至塚，欲哭之盡哀，而不勝其情。遂發塚開棺，女即甦活，因負還家。將養數日，平復如初。後夫聞，乃往求之。其人不還，曰：「卿婦已死，天下豈聞死人可復活耶？此天賜我，非卿婦也。」於是相訟。郡縣不能決，以讞廷尉❸。秘書郎王導奏❹：「以精誠之至，感於天地，故死而更生。此非常事，不得以常禮斷之。請還開塚者。」朝廷從其議。

❸ 讞（ㄧㄢˋ）：上報案情。
❹ 秘書郎：官名。掌圖書典籍，屬秘書省。

【譯文】

晉惠帝時，河間郡有一對青年男女相愛，私定終身。不久男的去服兵役，好幾年沒能回家，女家想把女兒改嫁。女兒不肯，父母便強迫她，她沒有辦法只好嫁走，不久就病死了。她的男人服兵役回來，問這姑娘在什麼地方，他家裡的人就把事情經過告訴了他。於是他來到姑娘的墳墓上，想對她大哭，來傾訴自己的悲傷，但還是表達不盡他的情意。於是就挖開墳墓撬開棺材，這姑娘立即就活了過來，他便把她揹回了家。調養了幾天，這姑娘又恢復得像過去那樣。她的後夫聽說了，就去要求姑娘跟自己回家。那男人不肯還給他，對他說：「你的妻子已經死了，天底下哪裡聽說過死人可以復活的呢？這是老天恩賜給我的女人，並不是你的妻子。」於是兩人去打官司。郡、縣的官吏都不知該如何判決，就把這樁官司上交給朝廷的最高法官廷尉審理。秘書郎王導上奏說：「因為這男子精誠到了極點，感動了天地，所以這姑娘才得以死而復生。這是非比尋常的事情，不能用普通的禮法來斷案。我請求把這姑娘還給掘開墳墓的男子。」最終朝廷聽從了王導的處理意見。

賈偶

漢獻帝建安中，南陽賈偶❶，字文合，得病而亡。時有吏將詣太山❷，司命閱簿❸，謂吏曰：「當召某郡文合，何以召此人？可速遣之。」時日暮，遂至郭外樹下宿。見一年少女獨行，文合問曰：「子類衣冠❹，何乃徒步？姓字為誰？」女曰：「某三河人❺，父見為弋陽令❻，昨被召來，今卻得還。遇日暮，懼獲瓜田李下之譏。望君之容，必是賢者，是以停留，依憑左右。」文合曰：「悅子之心，願交歡於今夕。」女曰：「聞之諸姑，女子以貞專為德，潔白為稱。」文合反覆與言，終無動志。天明各去。文合卒已再宿，停喪將殮，視其面有色，捫心下稍溫，少頃卻甦。後文合欲驗其實，遂至弋陽，修刺謁令，因問曰：「君女寧卒而卻蘇耶？」

❶ 南陽：郡名，行政中心位於今河南南陽。
❷ 太山：泰山。
❸ 司命：泰山府君下掌管人間生死的官吏。
❹ 衣冠：指士族，大戶人家。
❺ 三河：漢代稱河東、河內、河南三郡地區，位元於今山西南部、河南中部。
❻ 弋陽：縣名，行政中心位於今河南潢川西。

具說女子姿質服色、言語相反覆本末。令人問女，所言皆同。乃大驚嘆，竟以此女配文合焉。

【譯文】

漢獻帝建安年間，南陽郡有個賈偶，字文合，生病死了。當時有一個陰間小吏就把他的魂魄帶到泰山，判官查閱了生死簿，對小吏說：「應該召來某某郡的文合，為什麼把他召來了？趕快把他送回去！」這時候太陽已經下山，於是賈文合的魂魄就到城外的樹下過夜。這時他看見一個年輕的女子獨自一人走來，賈文合問道：「妳好像是大戶人家的姑娘，為什麼卻在步行？妳姓什麼，又叫什麼？」姑娘說：「我是三河人氏，父親現任弋陽縣令。昨天我被陰府召來，今天卻可以重返陽間。現在碰上天黑，怕有瓜田李下之嫌。看你的容貌舉止，一定是個賢人，因此停留下來，依靠於你。」賈文合說：「我很喜歡妳的心意，希望今晚就和妳結為夫妻之好。」姑娘說：「我曾聽母輩們說過，女子應該把有貞操不事二夫當作美德，把潔身清白當作名譽。」賈文合反覆和她說情，她始終沒有動搖自己的心意。天亮以後，兩人便各奔前程了。賈文合死了已經兩夜，舉喪完畢就要入棺了，家裡的人卻看見他的臉上有了血色，摸摸他的心口，也微微有點兒熱氣，不一會兒他甦醒過來。後來賈文合想要驗證一下他昨晚碰到的事情是否屬實，就來到弋陽縣。他置備了名片，報上姓名拜見了縣令，便問縣令說：「你的女兒是否死了卻又復活了？」他還詳細地敘述了那姑娘的天資品德與服飾打扮，以及他們談話的始末。縣令進閨房問女兒，女兒說的話與賈文合說的完全相同。縣令大為震驚，讚嘆不絕，最後便把自己的女兒許配給了賈文合。

史姁

漢陳留考城史姁❶，字威明，年少時，嘗病，臨死，謂母曰：「我死當復生。埋我，以竹杖柱於瘞上❷，若杖折，掘出我。」及死埋之，柱如其言。七日往視，杖果折。即掘出之，已活，走至井上浴，平復如故。後與鄰船至下邳賣鋤，不時售。云：「欲歸。」人不信之，曰：「何有千里暫得歸耶？」答曰：「一宿便還。」即書取報，以為驗實。一宿便還，果得報。考城令江夏郭賈和姊病在鄰里，欲急知消息，請往省之，路遙三千，再宿還報。

❶考城：縣名，行政中心位於今河南蘭考固陽。姁：音「ㄒㄩˇ」。

❷瘞（ㄧˋ）：埋葬，此處指墳墓。

【譯文】

漢代陳留郡考城縣人史姁，字威明，他年少時曾患重病，臨死時，他對母親說：「我死後會復活。妳埋我的時候，請拿一根竹竿豎在我的墳上，如果竹竿折斷了，就把我挖出來。」等他死了，母親就埋葬了他，按他的吩咐栽了竹竿。七天後他母親去看，竹竿果然折斷了。於是他母親就把他挖了出來，他果然復活了，跑到井邊洗了個澡，便恢復得像過去一樣。後來他搭鄰居的船到下邳縣去賣鋤。沒有按時賣完，卻說要回家。人們不相信他，說：「哪有千里迢迢一下子就回家的呢？」他卻回答說：「我住一夜便回來。」大家就給家裡寫信要他帶來回信，以此作為驗證。他過了一夜便回來了，果然帶來了回信。考城縣的縣令江夏郡鄳縣人賈和的姐姐在家鄉生病，他急著想知道姐姐的情況，便請史姁前去看望她，考城縣距他姐姐家遠達三千里，他過了兩夜就回來彙報了情況。

賀瑀

會稽賀瑀，字彥琚，曾得疾，不知人，惟心下溫，死三日，復甦。云：「吏人將上天，見官府。入曲房❶，房中有層架。其上層有印，中層有劍，使瑀惟意所取。而短不及上層，取劍以出。門吏問何得，云：『得劍。』曰：『恨不得印，可策百神。劍惟得使社公耳。』」疾癒，果有鬼來，稱社公。

❶曲房：密室。

【譯文】

會稽郡的賀瑀，字彥琚，曾經染病，神志不清，只有心口還有餘溫，死後三天，他卻又醒過來了。並說：「陰間的差役帶我上天，我看見有一座官府。進了那深邃幽隱的密室，房中擺著多層架子，那架子的上層有印，中層有劍，差役讓我隨便拿個什麼東西。但是我個頭矮，手搆不著上層，就把劍拿了出來。看門的人問我拿到了什麼，我說：『我拿到了把劍。』看門人說：『真遺憾你沒拿印，印可以指揮百神。而劍就只能指使土地神罷了。』」賀瑀的疾病痊癒後，果然有鬼來見，自稱是土地神。

戴洋

戴洋，字國流，吳興長城人❶。年十二，病死，五日而甦，說：「死時，天使其酒藏吏❷，授符策，給吏從幡麾，將上蓬萊、崑崙、積石❸、太室❹、廬、衡等山。既而遣歸。」妙解占候，知吳將亡，託病不仕，還鄉里。行至瀨鄉，經老子祠，皆是洋昔死時所見使處，但不復見昔物耳。因問守藏應鳳曰：「去二十餘年，嘗有人乘馬東行，經老君祠而不下馬，未達橋，墜馬死者否？」鳳言有之。所問之事，多與洋同。

❶長城：縣名，屬吳興郡，行政中心在今浙江長興東。
❷酒藏吏：官名。掌管官府的公酒儲藏。
❸積石：山名，在甘肅臨夏西北。
❹太室：山名，即嵩山。在河南登封市北。

【譯文】

戴洋，字國流，吳興郡長城縣人氏。他十二歲的時候就病死了，過了五天又活了過來，他說：「我死的時候，天帝讓我當酒藏吏，授給我符篆，隨從都跟在我的大旗後面，行進經了蓬萊山、崑崙山、積石山、太室山、廬山、衡山等地，然後就打發我回來了。」戴洋善於根據天象變化來預測吉凶，他知道吳國即將滅亡，就推託自己有病而不去做官，回鄉去了。他走到瀨鄉，經過老子的祠廟，原來這裡都是戴洋過去死時被他使喚過的地方，只是現在已不能再見到過去的那些東西了。於是他就詢問守藏史應鳳說：「二十多年前，曾經有個人騎了馬向東走，經過老子的祠廟而不下馬，還沒有到達橋上，就從馬背上掉下來摔死了。是否有這回事呢？」應鳳說是有這回事。而應鳳詢問的事情，也多與戴洋所經歷的相同。

柳榮張悌

吳臨海松陽人柳榮❶，從吳相張悌至揚州❷。榮病死船中二日，軍士已上岸，無有埋之者。忽然大叫言：「人縛軍師！人縛軍師！」聲甚激揚，遂活。人問之，榮曰：「上天北斗門下，卒見人縛張悌，意中大愕，不覺大叫言：『何以縛軍師！』門下人怒榮，叱逐使去。榮便怖懼，口餘聲發揚耳。」其日悌即戰死。榮至晉元帝時猶存。

❶ 松陽：縣名，位於今松陽縣西。
❷ 張悌：字巨先，襄陽人。原為吳國軍師，後為丞相。

【譯文】

吳國臨海郡松陽縣人柳榮，跟著吳國相張悌來到揚州。柳榮病死在船中兩天了，但士兵都已經上岸，沒有人去埋葬他。他忽然大叫道：「有人綁軍師！有人綁軍師！」這喊聲十分響亮，於是他就活了過來。別人問他到底是怎麼回事，柳榮說：「我登上天界來到北斗門邊，突然看見有人在綁張悌，心裡吃驚，就不覺大叫道：『為什麼綁軍師！』那門邊的人對我很生氣，大聲斥責我，趕我走。我就十分恐懼，但嘴巴卻把那沒說完的話喊了出來。」那一天張悌就陣亡了。柳榮到晉元帝的時候還活著。

馬勢婦

吳國富陽人馬勢婦❶，姓蔣。村人應病死者，蔣輒恍惚熟眠經日，見病人死，然後省覺。覺則具說，家中人不信之。語人云：「某中病，我欲殺之，怒強魂難殺，未即死。我入其家內，架上有白米飯，幾種鮭❷。我暫過灶下戲，婢無故犯我，我打其脊，使婢當時悶絕，久之乃甦。」其兄病，有烏衣人令殺之。向其請乞，終不下手。醒乃語兄云：「當活。」

❶ 富陽：縣名。秦置富春縣，晉改富陽，即今浙江富陽。

❷ 鮭（ㄒㄧㄝˊ）：古代對魚類菜肴的總稱。

【譯文】

吳國富陽縣人馬勢的妻子，姓蔣。村裡人該病死的時候，蔣氏總是迷迷糊糊地要熟睡一天，睡夢中看到那病人死了，然後才醒來。醒後她就把詳細情況告訴大家，家裡的人都不相信她。她告訴別人說：「某某病了，我要殺了他，憤怒強壯的靈魂很難殺死，因此他沒有馬上死掉。我到他的家中，他家中的架子上有白米飯，還有幾種魚肉。我到灶邊去玩，他家的婢女竟無緣無故地來冒犯我，我就打了她的背，那婢女當場就昏死過去了，過了好長時間才醒過來。」蔣氏的哥哥病了，有一個穿黑衣服的人叫她去殺哥哥，她向那人請求，最終還是沒下毒手。她醒來後就告訴哥哥說：「你會活的。」

羊祜

羊祜年五歲時❶，令乳母取所弄金鐶。乳母曰：「汝先無此物。」祜即詣鄰人李氏東垣桑樹中，探得之。主人驚曰：「此吾亡兒所失物也。云何持去！」乳母具言之。李氏悲惋。時人異之。

❶羊祜（ㄏㄨˋ）：字叔子，泰山人。晉武帝時為尚書右僕射。

【譯文】

羊祜五歲的時候，叫奶媽去取他玩過的金環。他奶媽驚奇地說：「你過去並沒有這東西啊。」羊祜就到鄰居李家東牆邊的桑樹中，掏到了他要的金環。那李家的主人驚奇地說：「這是我死了的兒子丟過的東西啊。你為什麼拿走呢！」奶媽就詳細地說了事情的前後經過，李家的主人聽了哀嘆惋惜。當時的人都覺得這事不尋常。

西漢宮人

漢末，關中大亂，有發前漢宮人冢者，宮人猶活。既出，平復如舊。魏郭后愛念之❶，錄置宮內，常在左右，問漢時宮中事，說之了了，皆有次緒。郭后崩，哭泣過哀，遂死。

❶郭后：魏文帝曹丕的皇后郭氏。

【譯文】

漢朝末年，關中大亂，有人掘開西漢宮女的墳墓，有個宮女竟然還活著。她出來後，就恢復得像過去一樣了。魏文帝的郭皇后愛憐她，就把她收到宮內，她常在郭皇后身邊侍候，皇后問她漢朝時皇宮內的事情，她說得清清楚楚，頭頭是道。郭皇后逝世的時候，她哭得極度悲傷，以至悲傷過度而死。

棺中活婦

魏時太原發冢❶，破棺，棺中有一生婦人。將出與語，生人也。送之京師，問其本事，不知也。視其冢上樹木，可三十歲。不知此婦人三十歲常生於地中耶？將一朝欻生❷，偶與發冢者會也？

❶太原：郡名，行政中心位於今山西太原西南。
❷欻（ㄒㄩ）：忽然。

【譯文】

曹魏的時候，太原有個人掘開墳墓撬開棺材，發現棺材中有一個活著的婦女。把她扶出來和她說話，的確是活人。於是那人就把她送到京城，問她原來的事情，她什麼都不知道。看看她墳上的樹木，大約有三十年了。不知道這個婦女是三十年一直活在地下呢，還是在這一天忽然活過來，碰巧和掘墳的人相遇呢？

杜錫婢

晉世杜錫❶，字世嘏❷，家葬而婢誤不得出。後十餘年，開塚祔葬❸，而婢尚生。云：「其始如瞑目，有頃漸覺。」問之，自謂：「當一再宿耳。」初婢埋時，年十五六。及開塚後，姿質如故。更生十五六年，嫁之有子。

❶杜錫：晉代名將杜預之子。
❷嘏：音「ㄍㄨˇ」。
❸祔（ㄈㄨˋ）葬：合葬。

【譯文】

晉代的杜錫，字世嘏，家裡的人把他埋葬時，他的婢女誤了時間沒能出來，就也被埋在了墓裡。過了十多年，杜錫的妻子死了，家裡的人掘開墳墓準備與杜錫合葬，發現那個婢女還活著。她說：「那開始的時候好像是閉住了眼睛，過了一會兒就漸漸地醒了。」問她，她自己說不過才過了一兩夜罷了。當初這婢女被埋葬時，有十五、六歲。等到挖開墳墓的時候，她的姿色還和過去一樣。又過了十五、六年，這婢女嫁了人，還生了兒子。

馮貴人

漢桓帝馮貴人病亡❶。靈帝時，有盜賊發塚，七十餘年，顏色如故，但肉小冷。群賊共奸通之，至鬥爭相殺，然後事覺。後竇太后家被誅❷，欲以馮貴人配食。下邳陳公達議❸：「以貴人雖是先帝所幸，屍體穢汙，不宜配至尊。」乃以竇太后配食。

【譯文】

漢桓帝的馮貴人病死了。漢靈帝時，有幾個賊盜她的墓，她已埋了七十多年，但面色還是像過去一樣，只是肌膚稍微冷一些。這幾個賊便一起姦淫她，直到他們互相爭奪殘殺，然後此事才被發覺。後來竇太后一家被誅滅，想讓馮貴人一同享受祭祀於祖廟。下邳縣陳球發表建議說：「我認為馮貴人雖然是桓帝寵愛的妃子，但她的屍體被玷污了，不宜再與皇帝一起享受祭祀。」於是就讓竇太后來作祔祭。

❶ 漢桓帝：劉志，東漢皇帝。
❷ 竇太后：竇妙，東漢桓帝皇后。
❸ 陳公：陳球，字伯真，下邳郡人，靈帝時任廷尉。

廣陵大塚

吳孫休時，戍將於廣陵掘諸塚，取版以治城，所壞甚多。復發一大塚，內有重閣，戶扇皆樞轉，可開閉，四周為徼道❶，通車，其高可以乘馬。又鑄銅人數十，長五尺，皆大冠朱衣，執劍，侍列靈坐。皆刻銅人背後面壁，言殿中將軍，或言侍郎、常侍，似公侯之塚。破其棺，棺中有人，髮已斑白，衣冠鮮明，面體如生人。棺中雲母厚尺許❷，以白玉璧三十枚藉屍。兵人輩共舉出死人，以倚塚壁。有一玉，長尺許，形似冬瓜，從死人懷中透出，墮地。兩耳及孔鼻中，皆有黃金，如棗許大。

❶徼道：巡行警戒的道路。

❷雲母：鉀、鋁、鎂、鐵、鋰等層狀結構鋁矽酸鹽的總稱。雲母通常呈六方形或菱形的板狀、片狀、柱狀晶形。古人以為是雲的根，故有此稱。可入藥。

【譯文】

吳國孫休在位的時候，守將們在廣陵發掘了很多墳墓，取那棺材板來修築城郭，被扒壞的墳墓很多。後來又發掘一座大墳，內有樓閣，門扇都靠門樞來轉動，可以打開，可以關閉，四周是供巡察用的道路，可以通車，高度可以供人騎入。還鑄有幾十個銅人，身高五尺，都戴著大帽子，穿著紅袍，手持寶劍，守衛排列在棺材的邊上。每個銅人背後的石壁上都刻著他們的官爵，有的刻著殿中將軍，有的刻著侍郎、常侍，像是王侯的墳墓。打開那棺材，棺中有一個人，頭髮已經花白了，衣帽華美，面色軀體卻都像活人一樣。棺材中的雲母石有一尺左右厚，還用白玉璧三十枚襯墊在屍體底下。士兵們一起抬出屍體，把他靠在墓壁上。發現有一塊玉，長一尺左右，像冬瓜一樣，從屍體的懷裡掉出來落到地上。屍體的雙耳及鼻孔中，都有黃金，跟棗子一樣大。

欒書塚

漢廣川王好發塚❶。發欒書塚❷，其棺柩盟器❸，悉毀爛無餘。唯有一白狐，見人驚走。左右逐之，不得，戟傷其左足。是夕，王夢一丈夫，鬚眉盡白，來謂王曰：「何故傷吾左足？」乃以杖叩王左足，王覺，腫痛，即生瘡。至死不差。

❶廣川王：漢景帝封其子劉彭祖為廣川王，此處廣川王指漢景帝曾孫劉去。
❷欒書：春秋時晉國名將。
❸盟器：同「明器」，古代殉葬的器物。

【譯文】

漢代廣川王喜歡挖掘墳墓。在挖掘欒書的墳時，棺材和殉葬品全都毀壞腐爛了，只有一隻白色的狐狸，看見人就驚慌地逃跑了。廣川王手下的人去追趕牠，都沒追上，只是用戟刺傷了牠的左腳。這天晚上，廣川王夢見一個男人，鬍鬚眉毛全白了，來到廣川王跟前對他說：「為什麼要刺傷我的左腳？」說完便用手杖敲擊廣川王的左腳。廣川王感到疼痛難忍，當時就生了瘡，一直到死都沒有痊癒。

卷十六

三疫鬼

昔顓頊氏有三子，死而為疫鬼：一居江水，為瘧鬼；一居若水，為魍魎鬼；一居人宮室，善驚人小兒，為小鬼。於是正歲命方相氏帥肆儺以驅疫鬼❶。

❶ 正歲：古代夏曆正月。方相氏：夏時司馬的屬官，掌管驅鬼。儺（ㄋㄨㄛˊ）：古代一種驅鬼迎神的風俗。

【譯文】

從前，顓頊氏有三個兒子，死後都成了使人生病的惡鬼：一個居住在長江裡，是傳播瘧疾的瘧鬼；一個居住在若水中，是魍魎鬼；一個居住在人們的屋子裡，善於驚嚇小孩，是小鬼。於是帝王在正月裡命令方相氏舉行廟會，來驅趕傳播疾病的惡鬼。

挽歌辭

挽歌者，喪家之樂，執紼者相和之聲也❶。挽歌辭有《薤露》、《蒿里》二章❷。漢田橫門人作❸。橫自殺，門人傷之，悲歌，言：人如薤上露，易稀滅；亦謂人死，精魂歸於蒿裡。故有二章。

❶ 執紼者：古時為人送殯之人。

❷ 《薤（ㄒㄧㄝˋ）露》、《蒿里》：漢代挽歌名，最早應為同一首歌謠，後被分為兩章。《薤露》送王公貴族，《蒿里》送庶士大夫。

❸ 田橫：戰國末期齊國貴族。

【譯文】

挽歌，是喪家的哀樂，是送葬人在出殯路上的相互應和聲。挽歌的歌詞有《薤露》、《蒿里》兩章。是漢代貴族田橫的門客所作。田橫自殺身亡後，門客們十分哀傷，就唱起了悲傷的歌謠。歌詞的大意是說：人就如薤葉上的露水那樣，很容易蒸發消失，也就是說人死後，靈魂歸附在蒿草裡。所以就有了這兩首挽歌。

阮瞻見鬼

阮瞻字千里❶，素執無鬼論，物莫能難。每自謂此理足以辨正幽明❷。忽有客通名詣瞻，寒溫畢❸，聊談名理。客甚有才辨。瞻與之言良久，及鬼神之事，反覆甚苦。客遂屈，乃作色，曰：「鬼神古今聖賢所共傳，君何得獨言無？即僕便是鬼。」於是變為異形，須臾消滅。瞻默然，意色太惡。歲餘，病卒。

❶ 阮瞻：晉永嘉中為太子舍人。
❷ 幽明：指陰陽死生之事。
❸ 寒溫：寒暄，問候冷暖。

【譯文】

阮瞻字千里，一向持無鬼論，沒有人能難倒他。他經常自以為這套理論足以用來辨別糾正陰間和陽間之事。忽然有一位客人通報姓名來拜訪阮瞻，寒暄完畢，就談論起事物的是非道理。那位客人口才很好，阮瞻和他談了好久，講到有關鬼神的事情，反覆辯論很激烈。結果那位客人理屈詞窮了，就變了臉色說：「鬼神是古今聖人賢士都傳揚的，你怎麼能標新立異偏要說沒有呢？其實我就是個鬼。」於是客人就變成鬼的模樣，一會兒便消失了。阮瞻沉默了，神色變得很不好看。過了一年多，他就病死了。

黑衣白袷鬼

吳興施續為尋陽督❶，能言論，有門生亦有理意，常秉無鬼論。忽有一黑衣白袷客來❷，與共語，遂及鬼神。移日，客辭屈。乃曰：「君辭巧，理不足。僕即是鬼。何以云無？」問：「鬼何以來？」答曰：「受使來取君。期盡明日食時。」門生請乞，酸苦，鬼問：「有人似君者否？」門生云：「施續帳下都督，與僕相似。」便與俱往，與都督對坐；鬼手中出一鐵鑿，可尺餘，按著都督頭，便舉椎打之。都督云：「頭覺微痛。」向來轉劇，食頃，便亡。

❶ 吳興：郡名，行政中心位於今浙江湖州。尋陽：郡名，行政中心位於今江西九江。

❷ 袷（ㄐㄧㄝˊ）：古代交疊於胸前的衣領。

【譯文】

吳興人施續，是尋陽郡的督軍，擅長言談議論，他有一個學生，也懂得名理之學的理論，主張無鬼論。一天，突然有個黑衣白領的客人來與他交談，自然就談到鬼神之事。第二天，客人說不過他了，就說：「雖然你能言善辯，但是理由並不充足。我就是鬼，怎麼能說沒有呢？」施續的學生問他：「你為什麼來這裡？」鬼回答：「我受指派來索取你的性命，死期在明天吃飯的時候。」施續的學生趕忙向鬼乞求活命，神情非常悲傷痛苦。鬼問他：「這裡有沒有長得像你的人？」這個學生說：「施續的帳下都督，同我相像。」於是鬼和這個學生一起來到都督那裡，鬼和都督相對而坐。鬼拿出一把一尺多長的鐵鑿，放在都督的頭上，然後舉起鐵椎打下去。都督說：「頭感覺有點痛。」後來頭痛得越來越厲害。一頓飯的時間，就死了。

蔣濟亡兒

蔣濟❶，字子通，楚國平阿人也❷。仕魏，為領軍將軍❸。其婦夢見亡兒涕泣曰：「死生異路。我生時為卿相子孫，今在地下為泰山伍伯❹，憔悴困苦，不可復言。今太廟西謳士孫阿見召為泰山令❺，願母為白侯，屬阿令轉我得樂處。」言訖，母忽然驚寤。明日以白濟。濟曰：「夢為虛耳，不足怪也。」

❶ 蔣濟：三國時魏人，《三國志・魏書》有傳。
❷ 平阿：古縣名，位於今安徽懷遠。
❸ 領軍將軍：官職名，統率禁軍。
❹ 伍伯：門卒差役，掌管開路、行杖之事，此為鬼職。
❺ 太廟：天子諸侯的祖廟。

日暮，復夢曰：「我來迎新君，止在廟下。未發之頃，暫得來歸。新君明日日中當發，臨發多事，不復得歸。永辭於此。侯氣強，難感悟，故自訴於母。願重啟侯，何惜不一試驗之？」遂道阿之形狀，言甚備悉。天明，母重啟濟：「雖云夢不足怪，此何太適適❻？亦何惜不一驗之？」濟乃遣人詣太廟下，推問孫阿，果得之，形狀證驗，悉如兒言。濟涕泣曰：「幾負吾兒。」於是乃見孫阿，具語其事。阿不懼當死，而喜得為泰山令，惟恐濟言不信也，曰：「若如節下言，阿之願也。不知賢子欲得何職？」濟曰：「隨地下樂者與之。」阿曰：「輒當奉教。」乃厚賞之。言訖，遣還。濟欲速知其驗，從領軍門至廟下，十步安一人，以傳消息。辰時傳阿心痛，巳時傳阿劇，日中傳阿亡。濟曰：「雖哀吾兒之不幸，且喜亡者有知。」後月餘，兒復來，語母曰：「已得轉為錄事矣❼。」

❻ 適適（ㄉㄧˊ）：通「的的」，明確，清楚。
❼ 錄事：官職名，掌管文書記錄。

【譯文】

蔣濟字子通，楚國平阿縣人。他在魏國做官時，任領軍將軍。他妻子夢見死去的兒子哭著對她說：「死和生真是不同。我活著的時候是將相的子孫，現在在陰間卻只是個泰山縣的差役，苦不堪言。現在太廟西邊唱頌歌的孫阿，被任命為泰山縣令，希望母親替我去告訴當昌陵亭侯的父親，讓他去囑託孫阿，叫孫阿把我調到安逸點的地方。」說完，母親忽然驚醒了。第二天他母親把這夢告訴了蔣濟，蔣濟說：「夢都是假的，不用大驚小怪。」到了晚上，母親又夢見兒子說：「我來迎接新任的縣令孫阿，在太廟裡歇息。現在趁還沒出發之際，暫時可以回來一下。新任的縣令明天中午要出發了，到出發的時候事情繁多，我就不能再回來了。所以和妳就此永別了。父親脾氣倔強，很難讓他明白，所以我獨自向母親妳訴說。希望妳再去開導父親，為什麼不肯花時間去孫阿那裡驗證一下呢？」於是就描述了孫阿的模樣，對孫阿描述得極為詳盡。天亮後，母親又勸導蔣濟：「雖然說夢裡的事情不值得大驚小怪，但這個夢為什麼會這樣巧合?你又為什麼不肯花時間去孫阿那裡驗證一下呢?」蔣濟就派人到太廟邊上去打聽查探孫阿，果然找到了他，驗看他的長相，都和兒子說的一模一樣。蔣濟痛哭流涕地說：「我差一點兒辜負了我的兒子啊！」於是蔣濟就召見了孫阿，詳細地敘述了這件事情。孫阿並不怕自己將要死去，反而為自己能做泰山縣令而感到高興，他只怕蔣濟的話不確實，所以說：「如果真像將軍所說的那樣，實在是我的願望啊。不知道賢子想得到什麼官職？」蔣濟說：「隨便把什麼陰間的美差給他就行了。」孫阿說：「我立即就按你的吩咐去辦。」蔣濟就優厚地獎賞了他。說完，就打發孫阿回去。蔣濟想快一點兒知道這事的結果，便從他的領軍將軍府門直到太廟邊，每十步安置一個人，用來傳遞消息。上午八點鐘左右，傳消息說孫阿心口疼痛，十點鐘左右傳消息說孫阿的心痛加劇，到中午傳言說孫阿死了。蔣濟說：「我雖然為兒子的不幸感到傷心，但也為他死後還有知覺而感到高興。」過了一個多月，兒子又來托夢了，他告訴母親說：「我已經調任錄事參軍了。」

孤竹君棺

漢令支縣有孤竹城❶，古孤竹君之國也。靈帝光和元年❷，遼西人見遼水中有浮棺❸，欲斫破之，棺中人語曰：「我是伯夷之弟❹，孤竹君也。海水壞我棺槨，是以漂流。汝斫我何為？」人懼，不敢斫，因為立廟祠祀。吏民有欲發視者，皆無病而死。

❶令支：古縣名，又作「離支」，位於今河北遷安西。
❷靈帝光和元年：西元一七八年。
❸遼西：郡名。行政中心位於今遼寧義縣西。遼水：遼河，位於遼寧省。
❹伯夷：商末孤竹君的長子。其弟叔齊。起初孤竹君以叔齊為嗣君，孤竹君死，叔齊讓位，伯夷不受。後來二人投奔到周，又反對周武王伐商。武王滅商，二人逃到首陽山，不食周粟而死。

【譯文】

漢代令支縣內有座孤竹城，它是古代孤竹君的封國。漢靈帝光和元年時，遼西郡有人看見遼河中漂浮著一口棺材，想要劈開它，棺材裡的人卻說話道：「我是伯夷的弟弟孤竹君。海水沖壞了我的外棺，因此我漂流在河中。你們砍我的棺材又是為了什麼呢？」人們害怕了，不敢再砍它了，於是給孤竹君建造了廟宇祭祀他。官吏百姓之中有想打開棺材看一下孤竹君的，都沒有生病就死了。

溫序死節

溫序，字公次，太原祁人也❶，任護軍校尉，行部至隴西❷，為隗囂將所劫❸，欲生降之。

❶祁：古縣名，屬太原郡，位於今山西祁縣。
❷隴西：指隴山以西地區。
❸隗（ㄨㄟˇ）囂：西漢末天水人，於討伐王莽時起兵，被擁立為上將軍，割據一方。

序大怒，以節撾殺人❹，賊趨，欲殺序。荀宇止之曰❺：「義士欲死節。」賜劍，令自裁。序受劍，銜鬚著口中，嘆曰：「則令鬚汙土。」遂伏劍死。更始憐之，送葬到洛陽城旁，為築塚。長子壽，為印平侯，夢序告之曰：「久客思鄉。」壽即棄官，上書乞骸骨，歸葬。帝許之。

❹ 撾（ㄓㄨㄚ）：擊打。
❺ 荀宇：隗囂的部將。

【譯文】

溫序，字公次，是太原郡祁縣人，溫序任護軍校尉，到隴西巡察時，被當地豪強勢力隗囂的部將劫擊，並想生擒他。溫序非常憤怒，用節杖打死來抓捕他的人，其餘的賊兵一齊擁上來要殺死溫序，這時，隗囂的副將荀宇阻止賊兵，說：「義士要為名節而死。」並遞過一把劍，讓溫序自刎。溫序接過劍，將鬍鬚銜入口中，說：「不要讓鬍鬚弄髒了泥土。」說罷，就自刎而亡。漢光武帝憐惜他，將他埋葬在洛陽城郊，建立了墳墓。溫序的長子溫壽被封為印平侯。他夢見溫序對他說：「長久客居外地，我很思念家鄉。」於是溫壽立即上書皇上，請求辭去官職，將父親骸骨送回家鄉安葬。皇帝批准了他的請求。

文穎移棺

漢南陽文穎，字叔長，建安中為甘陵府丞❶，過界止宿，夜三鼓時，夢見一人跪前曰：「昔我先人，葬我於此，水來湍墓❷，棺木溺，漬水處半，然無以自溫。聞君在此，故來相依，欲屈明日暫住須臾，幸為相遷高燥處。」鬼披衣示穎，而皆沾濕。穎心愴然，即寤。語諸左右。曰：「夢為虛耳亦何足怪。」穎乃還眠向寐處，夢見謂穎曰：「我以窮苦告君，奈何不相愍悼乎？」穎夢中問曰：「子為誰？」對曰：「吾本趙人，今屬汪芒氏之神❸。」穎曰：「子棺今何所在？」對曰：「近在君帳北十數步水側枯楊樹下，即是吾也。天將明，不復得見，君必念之。」穎答曰：「喏！」忽然便寤。天明，可發，穎曰：「雖曰夢不足怪，此何太適。」左右曰：「亦何

❶甘陵：郡國名，故址位於今山東清河清平鎮。府丞：太守的屬官。
❷湍：沖刷。
❸汪芒：古國名，故址位於今浙江德清武康鎮。

惜須臾，不驗之耶？」穎即起，率十數人將導順水上，果得一枯楊，曰：「是矣。」掘其下，未幾，果得棺。棺甚朽壞，沒半水中。穎謂左右曰：「向聞於人，謂之虛矣；世俗所傳，不可無驗。」為移其棺，葬之而去。

【譯文】

東漢南陽人文穎，字叔長，獻帝建安年間任甘陵府丞，有次，他外出，過了甘陵的地界，住宿下來。半夜三更時分，他夢見一個人跪在面前說：「過去，父親把我安葬在這裡，水沖刷了墳墓，棺材被積水浸沒了一半，可是我自己無法擺脫這樣陰冷的處境。知道你在這裡，所以來求助於你。想委屈你明天暫時停留一會兒，希望你能將我遷移到地勢高的乾燥地方。」這個鬼還掀開衣服讓文穎看，衣服都被浸濕了。文穎見了心裡很難過，隨即醒了過來，把這事告訴身邊的人。身邊的人說：「夢是虛無的，這又有什麼值得奇怪的呢？」於是文穎又回去睡了。剛剛睡著，文穎又夢見那鬼對他說：「我把我的困苦告訴你了，你怎麼不憐憫我呢？」文穎在夢裡問道：「你是誰？」鬼回答說：「我本是趙國人，現在屬於汪芒，是這個地方的神靈。」文穎說：「你的棺材現在在哪裡？」鬼回答：「很近，就在你駐地北面十幾步的地方，水邊一棵枯楊樹下面，那就是我。快天亮了，不能再見你了，你一定要記住這事啊。」文穎回答說：「行。」忽然就醒了。天亮後，要出發了，文穎說：「雖然說夢不值得奇怪，可是這夢為什麼這樣明明白白的呢？」他身邊的人說：「那何不花一點兒時間驗證一下呢？」文穎馬上動身，帶著十多人沿著水溯流而上，果然找到一棵枯楊樹。文穎說：「就是這裡。」挖掘樹下的泥土，不久果然發現一副棺材，棺材朽壞嚴重，一半浸沒在水裡。文穎對身邊的人說：「一直聽人家說有這樣的事，總認為是虛假的，看來，民間的傳說也不是沒有靈驗的。」他們把棺材遷到別的地方，埋葬好後就離開了。

鵠奔亭女鬼

漢九江何敞為交趾刺史❶，行部到蒼梧郡高安縣❷，暮宿鵠奔亭。夜猶未半，有一女從樓下出，呼曰：「妾姓蘇，名娥，字始珠，本居廣信縣❸，脩里人。早失父母，又無兄弟，嫁與同縣施氏。薄命夫死，有雜繒帛百二十疋❹，及婢一人，名致富。妾孤窮羸弱，不能自振，欲之旁縣賣繒，從同縣男子王伯，賃牛車一乘，直錢萬二千，載妾並繒，令致富執轡，乃以前年四月十日，到此亭外。於時日已向暮，行人斷絕，不敢復進，因即留止。致富暴得腹痛，妾之亭長舍，乞漿取火。亭長龔壽，操戈持戟，來至車旁，問妾曰：『夫人從何所來？車上所載何物？丈夫安在？何故獨行？』妾應曰：『何勞

❶九江：郡名，轄地在壽春，位於今安徽壽縣。
❷高安：當作「高要」，即今廣東肇慶。
❸廣信縣：蒼梧郡，行政中心位於今廣西梧州。
❹疋（ㄆㄧˇ）：古代紡織品和騾馬的量詞。相當於「匹」。

問之。』壽因持妾臂曰：『少年愛有色，冀可樂也。』妾懼怖不從。壽即持刀刺脅下，一創立死。又刺致富，亦死。壽掘樓下，合埋妾在下，婢在上，取財物去。殺牛燒車，車釭及牛骨❺，貯亭東空井中。妾既冤死，痛感皇天，無所告訴，故來自歸於明使君。」敞曰：「今欲發出汝屍，以何為驗？」女曰：「妾上下著白衣，青絲履，猶未朽也。願訪鄉里，以骸骨歸死夫。」掘之果然。敞乃馳還，遣吏捕捉，拷問具服。下廣信縣驗問，與娥語合。壽父母兄弟，悉捕繫獄。敞表壽：「常律殺人，不至族誅。然壽為惡首，隱密數年，王法自所不免。令鬼神訴者，千載無一。請皆斬之，以明鬼神，以助陰誅。」上報聽之。

❺釭（ㄍㄤ）：車輪車轂內外的鐵圈，用以穿軸。

【譯文】

漢朝九江郡人氏何敞任交州刺史時，有一次來到蒼梧郡高要縣視察部屬，晚上留宿在鵠奔亭。還沒到半夜的時候，有一個女子從樓下走出來，向他喊冤說：「我姓蘇，名娥，字始珠，本來居住在廣信縣，是修里人氏。我早年就失去了父母，又沒有哥哥弟弟，嫁給了本縣的施家，也是我的命薄，丈夫又死了，但還有各種各樣的絲織品一百二十匹，以及一名叫致富的婢女。我孤苦伶仃，無依無靠，身體瘦弱，不能自謀生計，所以想到鄰縣去賣掉這些絲織品。於是從本縣的一個男人王伯那裡租了一輛牛車，那牛車值一萬二千文錢，載了我和絲織品，叫致富牽了轡繩駕車，就在前年四月十日，來到這鵠奔亭的外面。當時太陽已快下山，路上都沒人了，我不敢再前行，便到這裡留宿。致富突然腹痛，我便到亭長的住處去討一點兒茶水和火種。那亭長龔壽，卻手拿戈戟，來到車邊，問我說：『夫人從什麼地方來？車上裝的是什麼東西？丈夫在哪裡？為何獨自一人趕路？』我回答說：『何必勞駕你問這些事情？』龔壽竟抓住我的胳膊說：『我喜歡漂亮的姑娘，希望妳能讓我樂一下。』我十分害怕，不肯依從他。龔壽便拿起刀刺我的肋下，一刀刺進來我就死了。他又刺致富，致富也死了。龔壽在樓下挖了坑，把我們合埋在裡面，我在下面，我的婢女致富在上面。他取走了財物，殺了牛，燒了車，車軸上的鐵和牛骨，都藏在這亭樓東邊的空井裡。我雖然冤屈而死，但痛切地感到天高皇帝遠，實在沒有地方可以控告申訴，所以便親自來投訴給您這賢明的刺史。」何敞說：「我現在想挖出妳的屍體，用什麼來證明那是妳的屍體呢？」那女子說：「我上下身都穿著白色的衣服，腳上穿著青絲鞋，還沒有腐爛。希望你以後能詢問一下我的鄉鄰，把我的屍骨歸葬到我死去的丈夫那裡。」後來何敞叫人把屍體挖了出來，果然如那女子說的那樣。何敞於是趕著馬回到自己的官府，派遣差役逮捕犯人，拷問審訊以後，犯人們都服了罪。他又到廣信縣查問，也和蘇娥說的話相合。龔壽的父母兄弟，全部被逮捕入獄。何敞給朝廷所寫有關龔壽案的表文說：「按照通常的法律，殺人不至於全家被處死。但龔壽做了罪大惡極的事，家裡人卻隱瞞了好幾年，王法自然不能讓他們免受懲罰。而且，讓鬼神來申訴的事，千年也碰不上一次。所以我請求把他們都殺了，用來顯揚鬼魂的神靈，用來贊助鬼魂對惡人的懲罰。」皇帝批復同意了何敞的意見。

曹公船

濡須口有大船❶，船覆在水中，水小時，便出見。長老云：「是曹公船❷。」嘗有漁人，夜宿其旁，以船繫之，但聞竽笛弦歌之音，又香氣非常。漁人始得眠，夢人驅遣云：「勿近官妓❸。」相傳云曹公載妓船覆於此，至今在焉。

【譯文】

濡須口有一艘大船，船身沉沒在水中，水小的時候就會顯現出來。老人們說：「這是曹操的船。」曾經有一個漁夫在它的旁邊，把自己的船縛在這條大船上，只聽見那船笛、彈撥絲弦以及歌唱的聲音，又有非同尋常的香氣。船夫剛剛入睡，就夢見有人驅趕他說：「別靠近官家的歌妓。」相傳是曹操載運歌妓的船就沉在這裡，直到現在這艘船還在這裡。

❶ 濡須：水名，今稱運漕河，源出安徽巢湖。
❷ 曹公：指曹操。
❸ 官妓：古時官府中的樂妓。

苟奴見鬼

夏侯愷字萬仁，因病死。宗人兒苟奴素見鬼❶。見愷數歸，欲取馬，並病其妻，著平上幘，單衣，入坐生時西壁大床，就人覓茶飲。

❶ 宗人：官職名，掌管宗廟祭祀。

【譯文】

夏侯愷字萬仁，生病過世了。宗人的兒子苟奴能看得見鬼。他看見夏侯愷多次回家，想取走馬，並擔憂他的病妻，他回家時戴著平頭巾，穿著單衣，進屋坐在他在世時經常坐的西牆邊的大床上，向人要茶喝。

產亡點面

諸仲務一女顯姨，嫁為米元宗妻，產亡於家。俗聞產亡者，以墨點面。其母不忍，仲務密自點之，無人見者。元宗為始新縣丞❶，夢其妻來上床，分明見新白妝面上有黑點。

❶ 始新：古縣名，為新都郡行政中心。縣丞：官職名，輔佐令長。

【譯文】

諸仲務有一個女兒叫顯姨，嫁給米元宗做妻子，分娩時在家中過世。當時民間風俗，生小孩而死的要用墨點在臉上。她母親不忍心這樣做，諸仲務就偷偷地自己去給女兒點墨，沒有人看見他這樣做。米元宗任始新縣丞，夢見他妻子來床上，分明看見她那剛用白粉化過妝的臉上有黑點。

弓弩射鬼

晉世新蔡王昭平❶，犢車在廳事上❷，夜無故自入齋室中，觸壁而出。後又數聞呼噪攻擊

❶ 新蔡王昭：一說為新蔡王司馬紹。
❷ 犢車：牛車。

之聲，四面而來。昭乃聚眾，設弓弩戰鬥之備，指聲弓弩俱發，而鬼應聲接矢數枚，皆倒入土中。

【譯文】

晉時新蔡人王昭平的牛車停在廳堂上，晚上，這車子卻無緣無故地自己轉動起來，闖進了官廳旁邊的廂房中，撞破牆壁衝了出去。後來又多次聽到呼喊喧鬧以及攻打的聲音從四面傳來。王昭平就召集很多人，準備好弓箭等戰鬥武器，隨著手指拉弦的聲音，箭都射出去了，而鬼也隨聲挨了好幾箭，都倒在泥土之中。

鬼鼓琵琶

吳赤烏三年❶，句章民楊度至余姚❷，夜行，有一少年，持琵琶，求寄載。度受之。鼓琵琶數十曲，曲畢，乃吐舌，擘目❸，以怖度而去。復行二十里許，又見一老父，自云：「姓王，名戒。」因復載之。謂曰：「鬼工鼓琵琶，甚哀。」戒曰：「我亦能鼓。」即是向鬼。複擘眼，吐舌，度怖幾死。

❶赤烏三年：西元二四〇年。赤烏：孫權年號。
❷句（ㄍㄡ）章：古縣名，位於今浙江余姚。
❸擘目：鼓起眼珠。

【譯文】

三國東吳赤烏三年時，句章縣的一個老百姓叫楊度，他到余姚縣去。夜晚趕路，有一個年輕人抱著琵琶請求讓他搭車，楊度讓他上了車。上車後年輕人彈琵琶，彈了幾十支曲子，彈完後就吐出舌頭，鼓起眼珠來嚇唬楊度，之後離開。楊度又走了二十多里，看見一個老頭兒，他自稱姓王名戒，於是又載上了這老頭兒。楊度對老頭兒說：「鬼很會彈琵琶，彈奏的曲調很哀傷。」王戒說：「我也會彈。」實際上，他就是先前那個鬼。鬼又鼓起眼珠，吐出舌頭，楊度被嚇得差點兒死去。

秦巨伯鬥鬼

琅琊秦巨伯，年六十，嘗夜行飲酒，道經蓬山廟。忽見其兩孫迎之，扶持百餘步，便捉伯頸著地，罵：「老奴，汝某日捶我，我今當殺汝。」伯思惟某時信捶此孫。伯乃佯死，乃置伯去。伯歸家，欲治兩孫。兩孫驚惋，叩頭言：「為子孫，寧可有此？恐是鬼魅，乞更試之。」伯意悟。數日，乃詐醉，行此廟間。復見兩孫來，扶持伯。伯乃急持，鬼動作不得。達家，乃是兩偶人也。伯著火炙之，腹背俱焦坼。出著庭中，夜皆亡去。伯恨不得殺之。後月餘，又佯酒醉夜行，懷刃以去，家不知也。極夜不還，其孫恐又為此鬼所困，乃俱往迎伯，伯竟刺殺之。

【譯文】

琅邪郡人秦巨伯，六十歲了，曾經在夜裡出去喝酒，路過蓬山廟的時候，忽然看見他的兩個孫子來迎接他。但一個孫子攙著他走了一百多步，就掐著他的脖子把他按倒在地，嘴裡罵道：「老奴才！某天你毒打了我，我今天要了你的命！」秦巨伯仔細想了想，那天的確打過這個孫子。秦巨伯就裝死，兩個孫子便扔下秦巨伯走了。秦巨伯回到家中，想要處罰兩個孫子。兩個孫子又驚訝又難過，向他磕頭說：「當子孫的，怎麼會做出這種事呢？恐怕是鬼魅作祟，您不信就再試試。」秦巨伯心中略有所悟。過了幾天，他又假裝喝醉了酒，來到這座廟前。又看見兩個孫子來攙扶他。秦巨伯連忙把他們緊緊挾住，使鬼動彈不得。到家中一看，卻是兩個廟中木偶人。秦巨伯便點了火燒它們，它們的腹部、背部都被烤得枯焦裂開了，然後把它們提出去扔在院子中，到夜裡它們便都逃跑了。秦巨伯後悔自己沒能把它們殺了。一個多月後，秦巨伯又假裝喝醉酒在夜裡外出，他懷裡藏著刀離家，家裡的人卻不知道。夜深了他還沒有回來，他的孫子怕他被鬼纏住，就一起去迎接秦巨伯，結果秦巨伯竟然把自己的兩個孫子當成鬼刺死了。

三鬼醉酒

漢建武元年❶，東萊人姓池❷，家常作酒。一日，見三奇客，共持麵飯至，索其酒飲。飲竟而去。頃之，有人來，云：「見三鬼酣醉於林中❸。」

【譯文】

東漢建武元年，東萊郡有個姓池的人，他家經常釀酒。有天，他看見三個奇怪的客人，一起帶著麵食來他家要酒喝，喝完就走了。過了一會兒，有人來說：「看見三個鬼喝得大醉，睡在樹林裡。」

❶建武元年：西元二十五年。建武：漢光武帝的年號。
❷東萊：郡名，行政中心位於今山東萊州。
❸酣醉：酩酊大醉。

宋定伯賣鬼

南陽宋定伯年少時，夜行，逢鬼，問之。鬼言：「我是鬼。」鬼問：「汝復誰？」定伯誑之，言：「我亦鬼。」鬼問：「欲至何所？」答曰：「欲至宛市❶。」鬼言：「我亦欲至宛市。」遂行。

❶宛市：南陽郡的行政中心，即今河南南陽。

數里，鬼言：「步行太遲，可共遞相擔，何如？」定伯曰：「大善。」鬼便先擔定伯數里。鬼言：「卿太重，將非鬼也。」定伯言：「我新鬼，故身重耳。」定伯因復擔鬼，鬼略無重。如是再三，定伯復言：「我新鬼，不知有何所畏忌？」鬼答言：「惟不喜人唾。」於是共行。

道遇水，定伯令鬼先渡，聽之，了然無聲音。定伯自渡，漕漼作聲❷。鬼復言：「何以有聲？」定伯曰：「新死，不習渡水故耳。勿怪吾也。」行欲至宛市，定伯便擔鬼，著肩上，急執之。鬼大呼，聲咋咋然，索下，不復聽之。徑至宛市中下著地，化為一羊，便賣之，恐其變化，唾之，得錢千五百，乃去。當時石崇有言：「定伯賣鬼，得錢千五。」

❷ 漕漼（ㄘㄨㄟˇ）：狀聲詞，形容水聲。

【譯文】

南陽人宋定伯，年輕時，一次夜裡走路遇到鬼。他問鬼是誰。鬼說：「我是鬼。」鬼問他：「你又是誰？」定伯騙他說：「我也是鬼。」鬼又問：「你要到哪裡去？」定伯回答說：「準備到宛縣的集市去。」鬼說：「我也要到宛縣集市。」於是兩人同行。

他們一起走了好幾里路。後來，鬼說：「步行太慢了，我們替換著扛起走，怎麼樣？」定伯說：「太好了。」鬼先扛起定伯走了幾里說：「你太重了，莫非你不是鬼？」定伯說：「我是新鬼，因此身子重些。」定伯又扛著鬼走，鬼一點兒不重。他們這樣輪換了很多次。定伯問鬼：「我是新鬼，不知道該懼怕忌諱什麼？」鬼回答他：「唯獨不喜歡被人吐口水。」接著兩人又一同趕路。

途中，遇到了一條河，定伯讓鬼先渡河，只見鬼渡河時，悄無聲息。定伯渡河時，都有嘩啦嘩啦的趟水聲。鬼又問：「怎麼有聲音呢？」定伯說：「我才死不久，還不熟悉渡河，所以才這樣，不要責怪我。」快到宛縣集市了，定伯便把鬼扛到肩上，緊緊地抓住。鬼高聲呼喊，哇哇亂叫，要求放它下來。定伯不理它，一直到了宛縣集市上，才把它放到地上。鬼變成了一隻羊，定伯就賣了它。怕它再有什麼變化，就朝它吐了口水。定伯賣羊得了一千五百文錢，就走了。當時石崇說過：「定伯賣鬼，得錢千五。」

紫玉韓重

吳王夫差小女，名曰紫玉，年十八，才貌俱美。童子韓重，年十九，有道術，女悅之，私交信問，許為之妻。重學於齊、魯之間，臨去，屬其父母使求婚。王怒，不與女，玉結氣死，葬閶門之外❶。

❶ 閶門：蘇州城門名。

三年，重歸，詰其父母。父母曰：「王大怒，玉結氣死，已葬矣。」重哭泣哀慟，具牲幣往吊於墓前。玉魂從墓出，見重流涕，謂曰：「昔爾行之後，令二親從王相求，度必克從大願；不圖別後遭命，奈何！」玉乃左顧，宛頸而歌曰：「南山有烏，北山張羅；烏既高飛，羅將奈何！意欲從君，讒言孔多。悲結生疾，沒命黃壚❷。命之不造，冤如之何！羽族之長，名為鳳凰；一日失雄，三年感傷；雖有眾鳥，不為匹雙。故見鄙姿，逢君輝光。身遠心近，何當暫忘。」歌畢，欷歔流涕，要重還冢。重曰：「死生異路，懼有尤愆❸，不敢承命。」玉曰：「死生異路，吾亦知之；然今一別，永無後期。子將畏我為鬼而禍子乎？欲誠所奉，寧不相信。」重感其言，送之還冢。玉與之飲燕，留三日三夜，盡夫婦之禮。臨出，取徑寸明

❷黃壚：黃泉。
❸尤愆：罪過，災禍。

珠以送重曰：「既毀其名，又絕其願，復何言哉！時節自愛。若至吾家，致敬大王。」重既出，遂詣王自說其事。王大怒曰：「吾女既死，而重造訛言，以玷穢亡靈，此不過發塚取物，托以鬼神。」趣收重。重走脫，至玉墓所，訴之。玉曰：「無憂。今歸白王。」王妝梳，忽見玉，驚愕悲喜，問曰：「爾緣何生？」玉跪而言曰：「昔諸生韓重來求玉，大王不許，玉名毀，義絕，自致身亡。重從遠還，聞玉已死，故齎牲幣，詣塚弔唁。感其篤終❹，輒與相見，因以珠遺之，不為發塚。願勿推治。」夫人聞之，出而抱之。玉如煙然。

❹篤終：古代送葬的禮制。

【譯文】

春秋時吳國吳王夫差有個小女兒，名叫紫玉，十八歲，才學容貌都很優秀。有個叫韓重的少年，十九歲，會道術。小女紫玉喜愛韓重，兩人暗中書信來往，並私定了終身。韓重要到齊魯一帶求學，臨走時，請父母聘人前去為他求婚。結果，吳王非常憤怒，不答應女兒嫁給韓重。紫玉氣急鬱悶而死，死後被埋在閶門之外。

三年後，韓重回來，向父母問求婚之事，父母告訴他：「吳王發怒，不准許婚事，紫玉鬱結而死，已經入土了。」韓重痛哭不已，十分悲傷，帶上祭品到墳前祭奠。紫玉的魂魄從墳中出來，與韓重相見，淚流滿面地說：「當年你走之後，您父母向父王為你求婚，心想一定能了卻我們的心願，不料分別之後，遭遇如此厄運，這又有什麼辦法呢？」接著紫玉轉過臉昂起頭，哀傷地唱道：「南山上有鵲鳥，北山上有羅網。鵲鳥早已南飛，羅網又奈何。本想一心隨你，無奈讒言太多。憂傷積結成疾，可憐黃泉命喪，命運如此不公，冤屈何時得昭？山林百鳥之王，有名叫作鳳凰。一旦失去雄鳳，雌凰三年感傷。雖說鵲鳥眾多，難以配對成雙。因此再現身姿，逢君重放容光。你我身遠心近，何時才能相忘？」紫玉唱完，已是淚流滿面。她請韓重一起回到墓穴，韓重說：「陰陽兩界，我怕這樣會有禍患，不敢接受妳的邀請。」紫玉說：「陰陽兩界，各不相同，這我也知道，可是今日一別，永無再回之朝。你怕我已成鬼，就會害你嗎？我是想把誠心奉獻給你，難道你不相信？」韓重被她的這番表白感動，就送她回墓穴去了。紫玉在裡面設宴招待韓重，並留他住宿三天三夜，與他完成了夫妻之禮。臨走時，紫玉取出一顆直徑大如一寸的明珠送給韓重，說：「我的名聲已毀壞，希望已斷絕，還有什麼可說的呢？望你時時保重自己。如能去我家，代我向父王表達敬意。」

韓重走出墓穴就去拜見吳王，向他講述了這件事。吳王十分憤怒地說：「我女兒早已死去，你卻編造謊言來玷污她。這不過是掘墓盜物，卻假託鬼神罷了。」當即命令抓捕韓重。韓重逃脫之後，就到紫玉墳前訴說了事情經過。紫玉說：「別擔心，今天我就回家告訴父王。」

吳王正在梳妝，忽然看見紫玉，又驚又喜，問她：「妳怎麼又活過來了？」紫玉連忙跪下稟告：「從前書生韓重來求娶女兒，父王不許。女兒已是名聲毀壞，情意斷絕，招致身亡。韓重從遠方歸來，知道我已死亡，特意帶著祭品到幕前弔唁。我被他始終如一的真情感動，就與他見了面，因此送給他明珠，絕不是掘墓偷盜。請父王不要追究問罪。」吳王夫人聽說後，趕緊出來抱住女兒，紫玉如一縷青煙般飄走了。

駙馬都尉

隴西辛道度者❶，遊學至雍州城四五里❷，比見一大宅，有青衣女子在門。度詣門下求飧❸。女子入告秦女，女命召入。度趨入閤中，秦女於西榻而坐。度稱姓名，敘起居，既畢，命東榻而坐。即治飲饌。食訖，女謂度曰：「我秦閔王女，出聘曹國，不幸無夫而亡。亡來已二十三年，獨居此宅，今日君來，願為夫婦，經三宿。」三日後，女即自言曰：「君縣生人，我鬼也。共君宿契，此會可三宵，不可久居，當有禍矣。然茲信宿，未悉綢繆❹，既已分飛，將何表信於郎？」即命取床後盒子開之，取金枕一枚，與度為信。乃分袂泣別，即遣青衣送出門外。未逾數步，不見舍宇，惟有一塚。度當時荒忙出走，視其金枕在懷，乃無異變。尋至秦國，以枕於市貨之，恰遇秦妃東遊，

❶ 隴西：地名，指隴山以西地區。
❷ 雍州：古代九州之一，指今陝西中北部地方。
❸ 飧（ㄙㄨㄣ）：簡單的飯食。
❹ 綢繆：形容情意殷切。

親見度賣金枕，疑而索看。詰度何處得來？度具以告。妃聞，悲泣不能自勝，然向疑耳，乃遣人發塚啟柩視之，原葬悉在，唯不見枕。解體看之，交情宛若。秦妃始信之。嘆曰：「我女大聖，死經二十三年，猶能與生人交往。此是我真女婿也。」遂封度為駙馬都尉，賜金帛車馬，令還本國。因此以來，後人名女婿為「駙馬」。今之國婿，亦為「駙馬」矣。

【譯文】

陝西郡人辛道度出外求學，來到雍州城外四、五里的地方，見到一個大宅院，有一個青衣女子在門口。辛道度到大門口去求人施捨食物，青衣女子進去稟告主人秦女，秦女讓辛道度進去。辛道度進入閣樓裡，見秦女坐在西榻上。辛道度自報姓名，問候秦女，行禮之後，秦女讓辛道度在東榻坐下，立即擺上飯菜。吃完飯後，秦女對辛道度說：「我是秦閔王的女兒，許婚配在曹國，不幸尚未出嫁就死了。已死二十三年了，一直獨居在這個宅院裡。今天你來到這裡，希望我們結為夫妻，共度三日。」過了三天三夜後，秦女自言自語道：「你是活人，我是死鬼。與你前世有緣分，但這種交往只有三夜，不可長住，不然就會有災禍。但是這兩、三夜還不能盡享相親相愛之情，馬上要分別了，送什麼東西給你作信物呢？」她立即叫人從床後取來一個盒子，打開拿出一枚金枕，送給辛道度作信物。然後依依不捨，含淚告別，秦女叫青衣女子將辛道度送出門外。沒走幾步，宅院就不見了，只有一座墳墓在那裡。辛道度慌忙跑出墓地，再看懷裡的金枕，並沒有什麼改變。過了不久，辛道度來到秦國。他拿著金枕到集市去賣，恰好遇到秦王王妃東游來這裡，親眼見到辛道度賣金枕，心生懷疑就拿過來看，詢問辛道度在哪裡得到這金枕。辛道度將事情經過全部告訴了她，秦妃聽了後，痛哭不已，但她還是半信半疑。於是，派人推開秦女的墳墓，打開棺材查看，果然當時的隨葬品都在，唯獨不見金枕。解開秦女衣服查看她的身體，卻有夫妻行禮的形跡，秦妃這才相信了。她感嘆道：「我女兒是神仙啊，死去二十三年，還能與活人交往，這個人是我的真女婿啊。」於是封辛道度為駙馬都尉，賞賜黃金絹帛、車馬等物，叫他回國都去。自此以後，人們把女婿稱為「駙馬」。如今帝王的女婿，也稱為駙馬了。

卷十七

鬼怪騙人

陳國張漢直到南陽，從京兆尹延叔堅學《左氏傳》。行後，數月，鬼物持其妹，為之揚言曰：「我病死。喪在陌上，常苦饑寒。操二三量『不借』，掛屋後楮上❶。傅子方送我五百錢，在北墉下，皆亡取之。又買李幼一頭牛，本券在書篋中。」往索取之，悉如其言。婦尚不知有此，妹新從婿家來，非其所及。家人哀傷，益以為審。父母諸弟衰經到來迎喪，去舍數里，遇漢直與諸生十餘人相追。漢直顧見家人，怪其如此。家見漢直，謂其鬼也。悵惘良久❷。漢直乃前為父拜說其本末。且悲且喜。凡所聞見，若此非一。得知妖物之為。

❶ 楮：楮樹。
❷ 悵惘：惆悵迷惘。

【譯文】

陳國的張漢直到南陽去，跟隨京兆尹延篤學習《左氏傳》。他走了幾個月以後，妖怪挾持他的妹妹，通過他妹妹的口揚言道：「我病死了，屍體還在路上，魂魄還常常受到饑餓與寒冷的困擾。我過去打好的兩、三雙草鞋，掛在屋後的楮樹上；傅子方送給我五百文錢，放在北牆下面。這些東西我都忘記拿了。還有我向李幼買了一頭牛，憑證放在書箱中。」大家去找這些東西，都像他妹妹說的那樣。連他的妻子都還不知道有這些東西，他妹妹剛從丈夫家裡來，也不是張漢直所能碰到的。所以家裡人十分悲傷，更加認為張漢直的死是確定無疑的。於是父母兄弟，都穿了喪服來接喪。離學府還有幾里地，他們卻碰上張漢直和十幾個同學一起走著。張漢直看見了家裡人，奇怪他們怎麼穿戴成這個樣子。家裡人看見張漢直，以為他是鬼，惆悵迷惘了很長時間。張漢直就上前向父親行了禮。他父親把事情的前後經過說了，父子倆真是悲喜交集。凡是我所聽到看到的，像這樣的事情並非只有一件，所以我才知道這是妖怪造成的。

貞節先生

漢，陳留外黃范丹，字史雲，少為尉，從佐使檄謁督郵，丹有志節，自恚為廝役小吏❶，乃於陳留大澤中，殺所乘馬，捐棄官幘❷，詐逢劫者。有神下其家曰：「我史雲也。為劫人所殺。疾取我衣於陳留大澤中。」家取得一幘。丹遂之南郡，轉入三輔，從英賢遊學十三年，乃歸。家人不復識焉。陳留人高其志行，及沒，號曰貞節先生。

❶ 恚（ㄏㄨㄟˋ）：怨恨。
❷ 捐棄：拋棄。

【譯文】

范丹，字史雲，漢代陳留郡外黃縣人。青年時范丹任尉從佐使，為奉送官府檄文曾晉見過督郵。范丹志向遠大，他怨恨自己只是一個幹粗雜活的小吏，於是，在陳留郡的一個大沼澤裡，殺死了自己所騎的馬，把官帽和頭巾丟在地上，造成一種遭強盜搶劫的假像。

一個神靈降臨到范丹的家裡對他的家人說：「我是史雲，路上遭遇搶劫被強盜殺死，趕快到陳留郡的一個大沼澤中去領取我的衣服。」家裡的人立即趕到那裡，找到了范丹的一塊頭巾。

范丹離開陳留郡後去了南郡，隨後又轉入三輔地區，他拜能人賢士為師，十三年後才返回家鄉，家裡的人已經不認識他了。對范丹的志向行為，陳留郡的人非常敬佩，范丹死後，人們把他稱為貞節先生。

朱誕身邊的給使

吳孫皓世，淮南內史朱誕，字永長，為建安太守。誕給使妻有鬼病，其夫疑之為奸；後出行，密穿壁隙窺之，正見妻在機中織，遙瞻桑樹上，向之言笑。給使仰視樹上，有一年少人，可十四五，衣青衿袖，青幧頭❶。給使以為信人也，張弩射之，化為鳴蟬，其大如箕，翔然飛去。妻亦應聲驚曰：「噫！人射汝。」給使怪其故。

❶ 幧頭：古代男子束髮的頭巾。

後久時，給使見二小兒在陌上共語曰：「何以不復見汝？」其一，即樹上小兒也。答曰：「前不幸為人所射，病瘡積時。」彼兒曰：「今何如？」曰：「賴朱府君梁上膏以傅之，得癒。」

給使白誕曰：「人盜君膏藥，頗知之否？」誕曰：「吾膏久致梁上，人安得盜之？」給使曰：「不然。府君視之。」誕殊不信，試為視之，封題如故。誕曰：「小人故妄言，膏自如故。」給使曰：「試開之。」則膏去半。為掊刮，見有趾跡。誕因大驚。乃詳問之。具道本末。

【譯文】

朱誕，字永長，三國東吳孫皓朝代淮南內史，後任建安太守。朱誕身邊有一個侍從，他的妻子被鬼纏上，侍從便懷疑她與人通姦。後來，侍從假裝外出，然後悄悄返家鑿穿木板牆的縫隙偷偷觀看。這時，妻子正在織布機上織布，只見她遠遠地望著桑樹，不停地向著桑樹上面說笑。侍從抬頭仰望，看見桑樹上面有一年約十四、五歲的少年，身穿青布衣衫，頭戴青布頭巾。侍從真以為是人，就張弓搭箭向他射去。少年人變成簸箕大的一隻鳴蟬，在空中盤旋而去。隨著弓箭聲響，侍從的妻子發出一聲驚叫：「呀！有人射你？」對妻子的舉動，侍從感到奇怪。

過了很久，侍從在路上聽見兩個小孩談話，一個小孩問道：「怎麼有好長一段時間都沒有看見你？」另一個小孩，也就是桑樹上那個少年回答說：「前段時間，我被人用箭射傷，生瘡病了一段時間。」那個小孩又問道：「你的病現在怎麼樣了？」桑樹上的少年回答：「全靠朱府君屋樑上的藥膏，我用它來敷瘡，現在已經痊癒了。」

侍從便向朱誕稟告說：「您是否知道，有人盜竊了您的藥膏？」朱誕說：「我的藥膏已在梁上放了很久了，誰人能夠偷到它？」侍從說：「不一定，您可以去看一看。」朱誕根本就不相信，但還是去看了看，藥膏的包封還是原來的老樣子。朱誕說：「這是小人故意散佈謠言，藥膏原封未動。」侍從說：「您把它打開看看。」朱誕試著把包封打開，裡面的藥膏已經少了一半，藥膏是被刮掉的，上面還留著腳趾的痕跡。朱誕非常吃驚，便詳細詢問，侍從就把事情的來龍去脈向朱誕做了解釋。

倪彥思家魅

吳時，嘉興倪彥思居縣西埏里，忽見鬼魅入其家，與人語，飲食如人，惟不見形。彥思奴婢有竊罵大家者。云：「今當以語。」彥思治之，無敢詈之者❶。

❶詈（ㄌㄧˋ）：罵。

彥思有小妻，魅從求之，彥思乃迎道士逐之。酒殽既設，魅乃取廁中草糞，布著其上。道士便盛擊鼓，召請諸神。魅乃取伏虎於神座上吹作角聲音。有頃。道士忽覺背上冷，驚起解衣，乃伏虎也。於是道士罷去。

彥思夜於被中竊與嫗語，共患此魅。魅即屋梁上謂彥思曰：「汝與婦道吾，吾今當截汝屋梁。」即隆隆有聲。彥思懼梁斷，取火照視，魅即滅火。截梁聲愈急。彥思懼屋壞，大小悉遣出，更取火視，梁如故。魅大笑，問彥思：「復道吾否？」

郡中典農聞之曰：「此神正當是狸物耳。」魅即往謂典農曰：「汝取官若干百斛穀，藏著某處，為吏污穢，而敢論吾！今當白於官，將人取汝所盜穀。」典農大怖而謝之。自後無敢道者。三年後，去，不知所在。

【譯文】

三國東吳人倪彥思，居住在嘉興縣西邊一個叫埏里的地方。有一天，倪彥思忽然發現鬼魅進入了他的家，鬼魅可以同人說話，飲食與常人沒有區別，只是不能看見它的身影。倪彥思家的奴婢中，有人私下罵主人，鬼魅對他說：「我現在就把你罵人的話告訴主人。」倪彥思知道後，對罵人的奴婢進行了懲罰，此後，再也沒人敢在背後罵主人了。

倪彥思家中有一個小妾，鬼魅去糾纏她，倪彥思就把道士請來驅鬼。道士擺上酒菜後，鬼魅去茅廁中取來草糞，澆灑在酒菜上。道士使勁敲鼓，召請各路神仙。鬼魅取出一個便壺，在神仙的座位上吹出號角的聲音來進行干擾。不一會兒，道士忽然感覺到自己的背上有點冷，他連忙起身，吃驚地解開自己的衣服，原來，自己的背上居然掛著一個便壺。於是，道士只能奈地離去。

晚上，倪彥思在被窩裡與妻子說悄悄話，他們都為這個鬼魅而感到煩憂。鬼魅在屋樑上對倪彥思說：「你與你的妻子在說我，我馬上就折斷你家的屋樑。」隨即，屋樑上發出轟隆隆的響聲。倪彥思害怕屋樑被折斷，就取火點燈來觀看，鬼魅立即把燈吹熄。此時，折屋樑的響聲越來越大，倪彥思擔心房屋垮塌，就把一家老小全都叫出屋外，然後再點燈來照看，發現屋樑並沒有變樣。鬼魅大聲笑著問倪彥思：「看你還敢不敢說我？」

郡裡的典農校尉聽到這件事後說：「這個鬼怪應該是狐狸精。」鬼魅馬上來到典農校尉處對他說：「你私自拿了官府幾百斛稻穀，現藏在某個地方。你本身是個貪官污吏，居然敢來議論我，我現在去向官府舉報，叫他們派人去取你盜竊的那些稻穀。」典農校尉聽了十分害怕，急忙向鬼魅道歉。自此之後，再也沒有人敢背後議論鬼魅。三年之後，鬼魅離開倪家，從此不知下落。

廟神度朔君

袁紹，字本初，在冀州。有神出河東，號度朔君，百姓共為立廟。廟有主簿大福。陳留蔡庯為清河太守，過謁廟，有子，名道，亡已三十年，度朔君為庯設酒曰：「貴子昔來，欲相見。」須臾子來。度朔君自云：「父祖昔作兗州。」

有一士，姓蘇，母病，往禱。主簿云：「君逢天士留待。」聞西北有鼓聲，而君至。須臾，一客來，著皂角單衣，頭上五色毛，長數寸。去後，復一人，著白布單衣，高冠，冠似魚頭，謂君曰：「昔臨廬山，共食白李，憶之未久，已三千歲。日月易得，使人悵然。」去後，君謂士曰：「先來，南海君也。」士是書生，君明通五經，善《禮記》，與士論禮，士不如也。士乞救母病。君曰：「卿所居東，有故橋，人壞之，此橋所行，卿母犯之，能復橋，便差。」

曹公討袁譚，使人從廟換千疋絹，君不與。曹公遣張郃毀廟。未至百里，君遣兵數萬，方道而來。郃未達二里，雲霧繞郃軍，不知廟處。君語主簿：「曹公氣盛，宜避之。」

後蘇井鄰家有神下，識君聲，云：「昔移入湖，闊絕三年。」乃遣人與曹公相聞，欲修故廟，地衰，不中居，欲寄住。公曰：「甚善。」治城北樓以居之。數日，曹公獵得物，大如麂❶，大足，色白如雪，毛軟滑可愛。公以摩面，莫能名也。夜聞樓上哭云：「小兒出行不還。」公拊掌曰：「此子言真衰也。」晨將數百犬，繞樓下，犬得氣，衝突內外。見有物，大如驢，自投樓下。犬殺之。廟神乃絕。

❶麂（ㄐㄧˇ）：哺乳動物的一種，像鹿，腿細而有力，善於跳躍，皮很軟可以製革。通稱「麂子」。

【譯文】

袁紹，字本初，擁有冀州。那時河東出現了一個神，名叫度朔君，河東的百姓共同給它建了一座神廟，廟裡設有主簿，前來祭祀的非常多。清河郡太守蔡庸是陳留人，他來朝拜神廟。蔡庸有一個兒子名叫蔡道，已於三十年前去世。度朔君在廟裡擺酒宴請蔡庸，並對蔡庸說：「你兒子早就來到了這裡，他想見你。」果然，沒過多久，蔡庸的兒子就來了。據度朔君說，他的父親和祖父以前住在兗州。

有一個姓蘇的秀才，因為母親生病而來到神廟祈禱。神廟的主簿對他說：「度朔君正在會見天神，請稍等片刻。」隨著西北方向傳來的一陣鼓聲，度朔君忽然來到面前。不久，來了一個身穿黑色單衣的客人，這個客人頭上的頭髮有五種顏色，長約三寸。黑衣客人走後，又來了一個身穿白布單衣的人，這個人頭戴一頂高帽子，帽子的形狀就像魚頭。他對度朔君說：「咱們以前到廬山吃白李，回想起來好像沒有過幾天，轉眼之間就是三千多年了。時光一去不復還，令人感慨惆悵。」這個客人走後，度朔君對蘇秀才說：「剛才那個人就是南海君。」度朔君熟讀五經，精通《禮記》，蘇秀才雖然是讀書人，但與度朔君討論禮儀時，蘇秀才自愧不如。蘇秀才請求度朔君給母親治病，度朔君對他說：「你家東邊有一座橋年久失修，鄉里的人每天都要在橋上行走，如果你能把這座橋修復，你母親的病也就好了。」

曹操征伐袁譚時，派人到神廟去換取一千匹絹，度朔君不願意。曹操就派張郃帶兵去拆神廟，到了距離神廟不到一百里的地方，度朔君也派了幾萬神兵迎面趕來。當張郃距離神廟只有兩里路遠的時候，一團雲霧將張郃的軍隊圍繞起來，使他們無法辨識神廟的位置。度朔君對主簿說：「曹操來勢兇猛，應該避其鋒芒。」

後來，蘇秀才的鄰居家中來了一個神，從聲音中可以聽出這個神就是度朔君。度朔君對蘇秀才說：「自遷入湖中後，與君分別已三年了。」隨後，他派人去向曹操協商說：「想修復原來的神廟，那個地方衰敗不堪已無法居住，因此想找一個寄居的地方。」曹操回答說：「可以。」於是就把城北的一座樓給他居住。過了幾天，曹操帶人去郊外打獵，捕獲了一個與幼鹿一般大的怪物，這個怪物的腳很大，全身雪白，毛油滑柔軟惹人憐愛，曹操用它來擦臉，沒有人能說出這個怪物的名字。晚上，聽到樓上有人哭著說：「小兒出去後一直沒有回來。」曹操拍著巴掌說：「看來這個怪物真是氣數已盡了。」第二天一早，曹操就帶著幾百隻狗圍繞在樓下，狗聞到氣味，就四處奔跑尋找。一頭像驢一般大的怪物從樓上狂奔而下，群狗一擁而上將它咬死，不久，神廟就滅絕了。

釜中白頭公

東萊有一家姓陳，家百餘口，朝炊釜，不沸。舉甑看之❶，忽有一白頭公，從釜中出。便詣師卜。卜云：「此大怪，應滅門。便歸，大作械，械成，使置門壁下，堅閉門，在內，有馬騎麾蓋來扣門者，愼勿應。」

乃歸，合手伐得百餘械，置門屋下。果有人至，呼。不應。主帥大怒，令緣門人，從人窺門內，見大小械百餘，出門還說如此。帥大惶惋❷，語左右云：「教速來，不速來，遂無一人當去，何以解罪也？從此北行可八十里，有一百三口，取以當之。」

後十日，此家死亡都盡。此家亦姓陳雲。

❶ 甑（ㄗㄥˋ）：古代蒸飯的一種瓦器。

❷ 惶惋：惶惑惋惜。

【譯文】

東萊郡有一戶姓陳的人家，全家上下共有一百多口人。有天早上做飯，鍋中的水怎麼也燒不開，把甑子抬開來看，一個白頭公一下子從鍋裡冒了出來。陳家便去找巫師卦卜，巫師說：「這個白頭公是一個大怪物，它要讓你們全家滅絕。你們立即回去多製造些防身的器械，器械製成後，放置在門內的牆壁下面，然後將大門緊閉，全家人都守在家裡，如果有車馬儀仗來敲門，千萬不要應答。」

陳家人回去之後，馬上召集眾人砍伐竹木製成了一百多件器械，並把這些器械全都放置在門內的屋子下面。不久，果然有大隊人馬來到門外，喊叫開門無人答應。帶隊主帥勃然大怒，下令叫手下的人攀門進去。有人透過門縫往裡看，只見屋內擺放著大大小小一百多件器械，便急忙向主帥報告，主帥聽了驚恐不已，對身邊的人訓斥說：「叫你們早點趕來，你們不聽，現在沒有一個人能夠去抵擋，用什麼方法來彌補過失呢？從這裡往北走，在大約八十里路遠的地方，有一戶一百零三口的人家，就拿那家來抵擋。」

十多天後，那一大家子人全都死了，據說，死人的這一家也姓陳。

服留鳥

晉惠帝永康元年，京師得異鳥，莫能名。趙王倫使人持出，周旋城邑市，以問人。即日，宮西有一小兒見之，遂自言曰：「服留鳥。」持者還白倫。倫使更求，又見之。乃將入宮。密籠鳥，並閉小兒於戶中。明日往視，悉不復見。

【譯文】

西晉永康元年，京城有人捕捉到一隻奇特的鳥，沒有人能說出這隻鳥的名字。趙王司馬倫派人提著鳥到城裡四處向人詢問。當天，在皇宮西邊，有一個小孩見到這隻鳥時，自言自語地說：「這是服留鳥。」提鳥的人回宮後把這件事向司馬倫作了匯報。司馬倫叫他再去找那個小孩。這人找到小孩後把他帶回了宮中。司馬倫叫人把鳥關進密籠子裡，並把小孩也關在房子裡。第二天早上，小孩和鳥都不見了。

蛇入人腦

秦瞻，居曲阿彭皇野，忽有物如蛇，突入其腦中。蛇來，先聞臭氣，便於鼻中入，盤其頭中。覺哄哄。僅聞其腦閑食聲咂咂❶。數日而出。去，尋復來。取手巾縛鼻口，亦被入。積年無他病，唯患頭重。

❶ 咂咂：狀聲詞。指嘴在吮吸時發出的響聲。

【譯文】

秦瞻居住在曲阿縣彭皇野外，忽然有像蛇一樣的東西，一下子鑽進了他的腦袋中。這條蛇剛來的時候，先聞聞氣味，接著便從秦瞻的鼻孔中鑽進去，最後盤繞在他的頭顱中，他便覺得轟轟作響，只聽見那蛇在腦子裡咂咂咂的進食聲，過了幾天，蛇就鑽出來爬走了。過了不久，蛇又來了，秦瞻馬上拿手巾縛住鼻子和嘴巴，但仍然被蛇鑽了進去。這樣過了好幾年他也沒有其他毛病，只是感到頭很重罷了。

卷十八

細腰

魏郡張奮者，家本巨富，忽衰老，財散，遂賣宅與程應。應入居，舉家病疾，轉賣鄰人何文。文先獨持大刀，暮入北堂中梁上，至三更竟，忽有一人長丈餘，高冠，黃衣，升堂，呼曰：「細腰！」細腰應諾。曰：「舍中何以有生人氣也？」答曰：「無之。」便去。須臾，有一高冠，青衣者。次之，又有高冠，白衣者。問答並如前。

及將曙，文乃下堂中，如向法呼之，問曰：「黃衣者為誰？」曰：「金也。在堂西壁下。」「青衣者為誰？」曰：「錢也。在堂前井邊五步。」「白衣者為誰？」曰：「銀也。在牆東北角柱下。」「汝復為誰？」曰：「我，杵也。今在灶下。」

及曉，文按次掘之：得金銀五百斤，錢千萬貫。仍取杵焚之。由此大富。宅遂清寧。

【譯文】

張奮是東漢魏郡人，家裡原先非常富裕，後來忽然家道衰敗，財產散失。於是，就把住宅賣給了程應。程應一搬進去居住，全家人都生了病，於是，程應又把住宅賣給鄰居何文。買下住宅後，何文先獨自一人手持大刀，在傍晚時分來到北面的堂屋，爬到屋樑上隱藏起來。夜裡三更將盡，忽然出現了一個身長一丈有餘，戴著高帽子，穿著黃色衣服的人，這人一進入堂屋就大聲喊叫：「細腰。」細腰應聲作答。黃衣人問：「怎麼屋裡有生人的氣味呢？」當細腰回答說沒有生人後，黃衣人隨即就離開了。不一會兒，又來了一個戴著高帽子，身穿青色衣服的人；接著，一個戴著高帽子，身穿白色衣服的人又來到了堂屋，他們同細腰的問話，和先來的黃衣人完全一樣。

天要亮的時候，何文從屋樑下到堂屋，他照搬先前那些人的方法來呼喚細腰。他問細腰：「剛才穿黃衣服的人是誰？」細腰回答：「那個人是黃金，就住在堂屋西邊的牆壁下。」「穿青衣服的人又是誰呢？」細腰回答：「那是銅錢，住在堂屋前面距離井邊五步遠的地方。」「穿白衣服的人又是誰呢？」「那是白銀，就住在牆壁東北角的柱子下面。」「你又是誰？」「我是木杵，現住在灶台下面。」

天一亮，何文依照次序去挖掘，得到了五百斤黃金，五百斤白銀，銅錢千萬貫。然後，將木杵用火燒掉。從此，何文變得非常富裕，住宅也終於變得清靜安寧了。

樹神黃祖

廬江龍舒縣陸亭流水邊，有一大樹，高數十丈，常有黃鳥數千枚巢其上，時久旱，長老共相謂曰：「彼樹常有黃氣，或有神靈，可以祈雨。」因以酒脯往亭中。有寡婦李憲者，夜起，室中忽見一婦人，著繡衣，自稱曰：「我，樹神黃祖也。能興雲雨，以汝性潔，佐汝為生。朝來父老皆欲祈雨，吾已求之於帝，明日日中，大雨。」至期，果雨。遂為立祠。憲曰：「諸卿在此，吾居近水，當致少鯉魚。」言訖，有鯉魚數十頭，飛集堂下，坐者莫不驚悚。如此歲餘，神曰：「將有大兵，今辭汝去。」留一玉環曰：「持此可以避難。」後劉表、袁術相攻，龍舒之民皆徙去，唯憲里不被兵。

【譯文】

廬江郡龍舒縣有個地方叫陸亭。有一棵大樹長在陸亭旁的流水邊，這棵大樹有數十丈高，幾千隻黃鳥常在樹上築巢。當時，廬江已大旱多日，當地長老聚在一起商量說：「這棵樹常年都流露著一種黃色的煙氣，也許它有神靈，我們何不向它祈禱求雨。」於是，這些人便帶著飯菜酒肉去向大樹祈禱。陸亭有一個寡婦名叫李憲，她晚上起床，忽然在房間裡看見一個身穿繡花衣的婦人，這個婦人對李憲說：「我是樹神黃祖，能夠興雲作浪、呼風喚雨，因為妳品行高潔，所以我來幫助妳。早上，那些長老們來祈禱求雨，我已經請示了天帝，明天中午就降大雨。」果然，第二天中午，大雨傾盆而下。當地人為樹神黃祖建了一個祠廟。李憲說：「各位父老鄉親都在這裡，我居住在水邊，應當送一些鯉魚來。」話剛完，就有幾十條鯉魚飛來落在堂屋裡，在座的人無不感到驚奇。一年之後，黃祖對李憲說：「這裡將發生一場大大戰亂，今天，我是來向妳告辭的。」黃祖還拿出一只玉環送給李憲，說：「拿著這只玉環可以消災避禍。」後來，劉表、袁術爭奪地盤，相互攻殺，龍舒縣的百姓全都遷走了，只有李憲所在的鄉里沒有遭受戰禍之害。

陸敬叔烹怪

吳先主時，陸敬叔為建安太守，使人伐大樟樹，下數斧，忽有血出，樹斷，有物，人面，狗身，從樹中出。敬叔曰：「此名『彭侯』。」乃烹食之。其味如狗。《白澤圖》曰：「木之精名『彭侯』，狀如黑狗，無尾，可烹食之。」

【譯文】

吳國先帝當政時期，建安太守陸敬叔派人去砍伐一棵大樟樹。剛砍了幾斧頭，就看見血從樹裡往外湧出。當把樹砍斷的時候，一個人面狗身的怪物從樹裡衝了出來。陸敬叔指著這頭怪物說：「這頭東西叫『彭侯』。」然後，陸敬叔就把這頭怪物烹來吃了，味道與狗肉差不多。古書《白澤圖》記載：「以樹成精的怪物叫『彭侯』，它的形狀就像一條黑狗，只是沒有尾巴，烹煮後可以食用。」

老狸詣董仲舒

董仲舒下帷講誦，有客來詣，舒知其非常客。又云：「欲雨。」舒戲之曰：「巢居知風，穴居知雨。卿非狐狸，則是鼷鼠。」客遂化為老狸。

【譯文】

董仲舒閉門讀書，有一個客人前來拜訪。董仲舒知道客人不是一個普通人。客人說：「天要下雨了。」董仲舒開玩笑地說：「久住巢中可以知風，久住洞穴可以知雨，你如果不是狐狸，就是鼷鼠。」話剛說完，客人就變成了一隻老狐狸。

張華智擒狐魅

張華，字茂先，晉惠帝時為司空。於時燕昭王墓前，有一斑狐，積年，能為變幻，乃變作一書生，欲詣張公。過問墓前華表曰：「以我才貌，可得見張司空否？」華表曰：「子之妙解，無為不可。但張公智度，恐難籠絡。出必遇辱，殆不得返。非但喪子千歲之質，亦當深誤老表。」狐不從，乃持刺謁華。

華見其總角風流，潔白如玉，舉動容止，顧盼生姿，雅重之。於是論及文章，辨校聲實，華未嘗聞。比復商略三史，探頤百家，談《老》、《莊》之奧區，披《風》、《雅》之絕旨，包十聖，貫三才，箴八儒，擿五禮，華無不應聲屈滯❶。乃嘆曰：「天下豈有此少年！若非鬼魅則是狐狸。」

乃掃榻延留，留人防護。此生乃曰：「明公當尊賢容眾，嘉善而矜不能，奈何憎人學問？墨子兼愛，其若是耶？」言卒，便求退。華已使人防門，不得出。既而又謂華曰：「公門置甲兵欄騎，當是致疑於僕也。將恐天下之人捲舌而不言，智謀之士望門而不進。深為明公惜之。」華不應，而使人防禦甚嚴。

❶屈滯：形容語言艱澀。

時豐城令雷煥，字孔章，博物士也，來訪華；華以書生白之。孔章曰：「若疑之，何不呼獵犬試之？」乃命犬以試，竟無憚色。狐曰：「我天生才智，反以為妖，以犬試我，遮莫千試，萬慮，其能為患乎？」華聞，益怒曰：「此必真妖也。聞魑魅忌狗，所別者數百年物耳，千年老精，不能復別；惟得千年枯木照之，則形立見。」孔章曰：「千年神木，何由可得？」華曰：「世傳燕昭王墓前華表木已經千年。」乃遣人伐華表。

使人欲至木所，忽空中有一青衣小兒來，問使曰：「君何來也？」使曰：「張司空有一少年來謁，多才，巧辭，疑是妖魅；使我取華表照之。」青衣曰：「老狐不智，不聽我言，今日禍已及我，其可逃乎！」乃發聲而泣，倏然不見❷。使乃伐其木，血深；便將

❷倏然：突然。

木歸，燃之以照書生，乃一斑狐。華曰：「此二物不值我，千年不可復得。」乃烹之。

【譯文】

晉朝人張華，字茂先，惠帝當政時任司空。當時，在燕昭王的墓地，住著一隻花色斑紋的狐狸，經過千年的修煉，這隻狐狸可以隨意變化。一天，花狐狸變成一個書生，準備去拜訪張華。它問燕昭王墓前的華表：「以我現在的相貌和才能，能不能去拜訪張司空？」華表回答說：「你能言善辯，沒有什麼做不到的，但是，張華博學睿智，不易受騙。你這一去，必定會自取其辱，你也不可能再回來了。這樣，你不但會喪失已經修煉了千年的本體，還會連累我遭受禍害。」但花狐狸不聽華表的勸告，還是拿著名帖拜訪張華去了。

張華見來訪的少年書生英俊瀟灑，膚色潔白如玉，神態大方，舉止優雅，對他非常看重。於是，張華同他一起探討文章，分析有關名與實的爭論，張華以前從未聽到過少年書生這樣的精闢見解。隨後，少年書生品評前朝史書，談論諸子百家，分析老莊學說，揭示《詩經》的精妙，歸納古代聖人的哲理，精通天文地理，熟悉儒家各個學派，瞭解各種禮儀，對此，張華竟無詞應對。於是，張華喟然長嘆，說：「世上不可能有這樣的少年，如果這不是鬼怪，就一定是狐狸。」

張華打掃臥榻，請少年書生留下來，同時派人對他嚴加看管。少年書生對張華說：「您應當尊重人才，廣納賢士，提攜優秀者，扶持弱者。怎麼能忌恨有學問的人呢？墨子所說的兼愛，難道是這樣的嗎？」說完，便向張華告辭，但門口有人把守，少年書生走不出去。於是，他又對張華說：「您讓士兵帶著武器守在門口，一定是對我有所懷疑。我擔心天下的人從此將閉口不言，有才能的儒士望著你的大門而不敢走進。我為你感到惋惜。」但張華不為所動，只是對他看管更加嚴密。

豐城縣令雷煥，字孔章，是一個知識淵博的人，此時來拜訪張華。張華給他講了少年書生的事，雷煥說：「如果對他有所懷疑，為什麼不用獵犬來測試呢？」張華就派人把獵犬牽來測試，狐狸化身的書生竟毫無懼色。

狐狸說：「我的聰明才智是天生的，你卻懷疑我是妖怪，居然用獵犬來對我進行測試，哪怕你測試千遍萬遍，也不能給我造成絲毫的傷害！」聽狐狸這樣說，張華更加憤怒，說：「這肯定是鬼怪，人們說鬼怪怕狗，但狗只能識別成精幾百年的怪物，而對那些成精上千年的老怪物，狗是無法識別的。但只要用千年以上的枯木燃火來照它，它就會原形畢露。」雷煥問：「在哪裡可以找到千年的神木呢？」張華說：「世上流傳，燕昭王墓前的華表木，就是千年的神木。」於是，張華立即派士兵到燕昭王的墓地去砍伐華表。

被派去的士兵即將達到墓地的時候，忽然，一個青衣小孩自空而降，他向士兵問道：「你來這裡幹什麼？」士兵說：「張司空那裡來了一個能言善辯的少年，懷疑他是妖怪，就派我砍伐華表木去照他。」青衣小孩說：「這個老狐狸太不明智了，他不聽我的勸告，災禍現在已經殃及到我，哪裡還能逃掉呢？」說完，青衣小孩放聲大哭，不一會兒，青衣小孩便消失了。士兵砍伐華表木時，木裡流出許多血來。華表木取回來後，張華把它燒燃後去照少年書生，書生立即現出原形，原來是一隻花斑狐狸。張華說：「這兩個畜生如果不遇上我，千年之內都不可能捕獲。」於是，張華烹殺了這隻千年狐狸。

句容狸婢

句容縣麋村民黃審，於田中耕，有一婦人過其田，自塍上度❶，從東適下而復還。審初謂是人。日日如此，意甚怪之。審因問曰：「婦數從何來也？」婦人少住，但笑而不言，便去。審愈疑之。預以長鐮伺其還，未敢斫

❶塍（ㄔㄥˊ）：田間的土埂子。

婦，但斫所隨婢。婦化為狸，走去。視婢，乃狸尾耳。審追之，不及。後人有見此狸出坑頭，掘之，無復尾焉。

【譯文】

句容縣麋村村民黃審在田裡犁耕，有一個婦人從他的田邊經過。這個婦人在田埂上行走，剛從東邊走下去，立即又從原路返回來。最初，黃審以為她是人，後來見她天天如此就感到奇怪了。於是，黃審問她：「夫人每次都從哪裡來？」婦人停下腳步，只是望著黃審笑了笑沒有說話，然後就走開了。黃審對她更加懷疑，就在身邊準備了一把長鐮刀，等到婦人走回來時，他不敢砍婦人，就砍跟隨在婦人身後的婢女。婦人一驚，變成狐狸逃跑了，再看那婢女，原來是一條狐狸尾巴。黃審想去追趕狐狸，但已追不上了。後來，有人看見這隻狐狸在一個坑洞出沒，就去挖掘這個坑洞，挖出的是一隻沒有尾巴的狐狸。

宋大賢殺鬼

南陽西郊有一亭，人不可止，止則有禍，邑人宋大賢以正道自處，嘗宿亭樓，夜坐鼓琴，不設兵仗，至夜半時，忽有鬼來登梯，與大賢語，矃目，磋齒，形貌可惡。大賢鼓琴如故。鬼乃去。於市中取死人頭來，還語大賢曰：「寧可少睡耶？」因以死人頭投大賢前。大賢曰：「甚佳！我暮臥無枕，正欲得此。」鬼復去。良久乃還，曰：「寧可共手搏耶？」大賢曰：「善！」語未竟，鬼在前，大賢便逆捉其腰。鬼但急言死。大賢遂殺之。明日視之，乃老狐也。自是亭舍更無妖怪。

【譯文】

南陽郡西郊有一個亭子，但沒有人敢在這個亭子裡住宿，因為，在這個亭子裡住宿會遭遇災禍。城中有個人叫宋大賢，處事以正道，不信鬼神。有一天，宋大賢來到這個亭子的樓上住宿，晚上，他坐在亭樓上彈琴，身邊也沒有準備什麼防身的武器。半夜時分，忽然有一個鬼登上樓來同宋大賢說話，鬼青面獠牙，瞪著銅鈴般的眼睛，樣子十分猙獰恐怖。宋大賢照樣彈琴，根本就不理睬它，鬼悻悻離去。到街市上去拿了一個死人的頭後，鬼又回來對宋大賢說：「你是不是也睡一會兒呢？」說完，就把死人的頭扔在宋大賢面前。宋大賢說：「很好，我晚上睡覺差一個枕頭，正想找這樣一個東西。」鬼又悻悻離去，過了很久，鬼又回來對宋大賢說：「我們兩個是不是進行一次徒手搏鬥呢？」宋大賢說：「可以。」話沒說完，鬼就衝上前來，宋大賢迎上去伸手抓住它的腰，鬼急忙叫喊：「死。」宋大賢三兩下就把鬼殺死了。第二天起來一看，死的竟是一隻老狐狸。從此以後，這個亭子就再也沒有鬧過鬼了。

到伯夷擊魅

北部督郵西平到伯夷，年三十許，大有才決，長沙太守到若章孫也，日晡時❶，到亭，敕前導人且止。錄事掾曰：「今尚早，可至前亭。」曰：「欲作文書。」便留，吏卒惶怖，言當解去。傳云：「督郵欲於樓上觀望，亟掃除。」須臾，便上。未瞑，樓鐙階下，複有火。敕云：「我思道，不可見火，滅去。」吏知必有變，當用赴照，但藏置壺中。日既瞑，整服坐，誦《六甲》、《孝經》、《易》本訖，臥。有頃，更轉東首，以孥巾結兩足幘冠之，密拔劍解帶。夜時，有正黑者四五尺，稍高，走至柱屋，因覆伯夷，伯夷持被掩之，足跣脫❷，幾失，再三以劍帶擊魅腳，呼下火照上。視之，老狐，正赤，略無衣毛。持下燒殺。

❶晡：申時，即午後三點至五點。
❷跣（ㄒㄧㄢˇ）：光著腳，不穿鞋襪。

明旦，發樓屋，得所髡人髻百餘。因此遂絕。

【譯文】

北部督郵到伯夷是西平郡人，年約三十歲。到伯夷是長沙太守到若章的孫子，能力出眾而處事果斷。一天黃昏，到伯夷一行來到一個亭子前，他下令前行的儀仗隊員在亭中駐紮下來。錄事掾向他匯報說：「現在天色尚早，可以繼續前進到前面一個亭子再住宿。」到伯夷說：「我現在要寫文書。」隊伍便駐紮下來。吏卒感到害怕，提議說應當去祭祀神靈。此時，到伯夷派人傳下話來，說：「督郵想上樓去觀看，趕快上去打掃一下。」一會兒，到伯夷獨自一人到樓上去了，這時候，天還未黑，樓上樓下都有燈火照明。到伯夷下令：「我要思考道學問題，不能看見火光，快把火光全部滅掉。」吏卒知道，這其中一定有原因，可能要用燈火來照明，而現在只是把燈火藏在壺中不露光而已。

天完全黑了，到伯夷將衣服整理後坐下來讀書，把《六甲》、《孝經》、《易》讀了一遍後，到伯夷開始睡覺。睡了一會兒，到伯夷改換到床東頭，他用長布巾把自己的兩隻腳包紮起來，戴上頭巾和帽子，然後，悄悄解開腰帶，拔出寶劍。深夜，屋中出現了一個四、五尺長的黑影，慢慢地，黑影越來越高，它走到正屋，就向到伯夷撲去，到伯夷用被子把它蒙上，然後與它搏鬥，搏鬥中，到伯夷腳上包紮的布巾脫落，到伯夷光著腳同鬼怪搏鬥，幾次險些讓鬼怪逃掉。到伯夷用寶劍、腰帶去擊打鬼怪的腳，並呼喊下面點上燈火上樓去照明。用燈火一照，原來是一隻紅色的老狐狸，全身上下沒有一點毛，到伯夷叫人把狐狸拿下去燒死了。

第二天一早，到伯夷下令打開樓上房間依次搜查，結果找到了被鬼怪剃掉的一百多個人的髮髻。自此之後，這裡的鬼怪就絕跡了。

胡博士

吳中有一書生，皓首❶，稱胡博士，教授諸生。忽復不見。九月初九日，士人相與登山游觀，聞講書聲，命僕尋之，見空塚中群狐羅列，見人即走，老狐獨不去，乃是皓首書生。

❶皓首：白頭，指老年。

【譯文】

吳國地區有一個白髮書生，自稱胡博士，他開館收徒，教授學生。忽然一天，學生再也找不到他了。九月初九重陽節這一天，一群讀書人約在一起登山遊覽，忽然聽到胡博士講學的聲音，讀書人忙叫僕人去尋找他。結果發現，在一座空墓中聚集著一群狐狸，見有人來，狐狸四下逃竄，只有一隻老狐狸站著不動，這正是那個白髮書生胡博士。

謝鯤擒鹿怪

陳郡謝鯤，謝病去職，避地於豫章，嘗行經空亭中，夜宿。此亭，舊每殺人，夜四更，有一黃衣人呼鯤字云：「幼輿！可開戶？」鯤澹然無懼色❶，令申臂於窗中。於是授腕。

❶澹然：神態安閒的樣子。

鯤即極力而牽之。其臂遂脫。乃還去。明日看，乃鹿臂也。尋血取獲。爾後此亭無復妖怪。

【譯文】

陳郡人謝鯤，為避禍稱病辭去職務，來到豫章郡隱居。一天，他路過一個空亭，夜裡便在亭裡住宿。以前，這座空亭晚上經常有人被殺。到半夜四更時分，有一個穿著黃衣服的人在窗外喊著謝鯤的字說：「幼輿，可以開一下門嗎？」謝鯤神色自然，一點也不害怕，叫那人把手臂從窗戶中伸進來。於是，黃衣人把手腕伸了進來，謝鯤立即用力拉住他的手，黃衣人竭力掙扎，直到手臂被拉脫後才得以逃走。第二天一看，拉脫的手臂竟是一隻鹿臂。謝鯤順著血跡尋找，最終把這頭鹿捕獲。此後，這座亭子再也沒有鬼怪出現了。

豬臂金鈴

晉有一士人姓王，家在吳郡，還至曲阿，日暮，引船上，當大埭❶，見埭上有一女子，年十七八，便呼之，留宿。至曉，解金鈴繫其臂，使人隨至家，都無女人。因逼豬欄中，見母豬臂有金鈴。

❶埭（ㄉㄞˋ）：堵水的土壩。

【譯文】

晉朝有一個姓王的讀書人，家住在吳郡，一天，他乘船回家途經曲阿縣，天黑時，船靠在大堤上。這時，他看見大堤上有一個十七、八歲的女子，便呼喚她到船上同宿。天亮的時候，他解下一只金鈴繫在女子的手臂上。然後派人跟在她後面隨她回家，回到她家一看，一個女人也沒有，於是，靠近豬欄邊仔細尋找，只見一隻母豬的臂上繫著金鈴。

王周南

魏齊王芳正始中，中山王周南，為襄邑長，忽有鼠從穴出，在廳事上語曰：「王周南！爾以某月某日當死。」周南急往，不應。鼠還穴。後至期，復出，更冠幘皂衣而語曰：「周南！爾日中當死。」亦不應。鼠復入穴。須臾，復出，出，復入，轉行，數語如前。日適中。鼠複曰：「周南！爾不應死，我復何道？」言訖，顛蹶而死❶。即失衣冠所在。就視之，與常鼠無異。

❶顛蹶：跌落。

【譯文】

三國時代，曹魏正始年間，中山郡人王周南任襄邑縣令。一天，一隻老鼠忽然從洞穴中鑽出，它跑到公堂上來對王周南說：「王周南！你將在某月某日死掉。」王周南不說話，急忙趕過去，老鼠一轉身又鑽進洞穴去了。到了那一天，老鼠又來了，這次，老鼠穿著一身黑色的衣服，頭上戴著頭巾，它對王周南說道：「周南！你今天中午就會死去。」王周南還是不說話，老鼠又鑽入洞穴中。一會兒，老鼠又鑽出來了，就這樣，老鼠鑽進鑽出來回轉了幾圈，每次都說著同樣的話。到了中午，老鼠又說：「周南！你既然不答應去死，我還能說什麼呢？」話剛說完，老鼠就跌在地上死去了，老鼠身上的衣帽也不翼而飛。王周南走近一看，這隻老鼠同普通的老鼠並沒有什麼差異。

安陽亭三怪

安陽城南有一亭，夜不可宿；宿，輒殺人。書生明術數，乃過宿之，亭民曰：「此不可宿。前後宿此，未有活者。」書生曰：「無苦也。吾自能諧。」遂住廨舍❶。乃端坐，誦書。良久乃休。夜半後，有一人，著皂單衣，來，往戶外，呼亭主。亭主應諾。「見亭中有人耶？」答曰：「向者有一書生在此讀書。適休，似未寢。」乃喑嗟而去。須臾，

❶廨（ㄒㄧㄝˋ）舍：廨署。

復有一人，冠赤幘者，呼亭主。問答如前。復唶嗟而去。既去，寂然。書生知無來者，即起，詣向者呼處，效呼亭主。亭主亦應諾。復云：「亭中有人耶？」亭主答如前。乃問曰：「向黑衣來者誰？」曰：「北舍母豬也。」又曰：「冠赤幘來者誰？」曰：「西舍老雄雞父也。」曰：「汝復誰耶？」曰：「我是老蠍也。」於是書生密便誦書。至明不敢寐。

天明，亭民來視，驚曰：「君何得獨活？」書生曰：「促索劍來，吾與卿取魅。」乃握劍至昨夜應處，果得老蠍，大如琵琶，毒長數尺。西舍，得老雄雞父；北舍，得老母豬，凡殺三物，亭毒遂靜，永無災橫。

【譯文】

安陽縣城南邊有一個亭子，晚上，人不能在亭子裡住宿；因為，在亭子裡住宿，總是有人要被殺死。有一個書生精通術數，路過亭子便要求在此住宿。亭邊的村民對他說：「這裡不能住宿，以前在此住宿的人沒有一個活下來。」書生回答說：「沒關係，我自己會小心應付。」於是，書生便住在亭中的客房裡，晚上一直端坐讀書，讀到很晚才休息。半夜之後，一個身穿黑色單衣的人在門外呼喊：「亭主！亭主！」亭主應聲回答。黑衣人問：「看見亭中有人嗎？」亭主回答說：「先前有一個書生在這裡讀書，剛剛才休息，可能還沒有睡著。」門外的人輕聲嘆了口氣便走了，一會兒，又有一個戴紅頭巾的人來呼喊亭主，問話也與先前那人相同，隨後，也是輕聲嘆息後便離開了。之後，亭中一片寂靜。書生知道，不會來人了，就立即起身來到剛才呼喊的地方，模仿著呼喊：「亭主。」亭主也應聲回答。書生問：「亭中有人嗎？」亭主的回答與先前一樣。書生又問：「剛才那個穿黑衣服的是誰？」亭主回答說：「是北屋的老母豬。」書生問：「那個戴紅頭巾的又是誰？」亭主回答：「是西屋的老公雞。」書生問：「你又是什麼呢？」亭主說：「我是老蠍子。」於是，書生不敢睡覺，暗中背書一直到天明。

天亮後，亭邊的村民到亭子來觀看，看見書生後非常吃驚，說：「你是怎麼活下來的？」書生說：「趕快去找把劍來，我與你們一起去捉鬼怪。」書生手裡提著劍，來到昨晚問話的地方尋找，果然，一隻與琵琶差不多大的老蠍子被書生找到。然後，又在西屋找到了老公雞，在北屋找到了老母豬。書生把三個鬼怪全部殺死。從此，這個亭子的毒害被根絕，再也沒有災禍發生了。

湯應誅殺二怪

吳時，廬陵郡都亭重屋中，常有鬼魅，宿者輒死。自後使官，莫敢入亭止宿。時丹陽人湯應者，大有膽武，使至廬陵，便止亭宿。吏啟不可。應不聽。進從者還外，惟持一大刀，獨處亭中。

至三更。竟忽聞有叩閣者。應遙問是誰？答云：「部郡相聞。」應使進。致詞而去。頃間，復有叩閣者如前，曰：「府君相聞。」應復使進。身著皂衣。去後，應謂是人，於無疑也。旋又有叩閣者，云：「部郡府君相詣。」應乃疑曰：「此夜非時，又部郡府君不應同行。」知是鬼魅。因持刀迎之。見二人皆盛衣服，俱進，坐畢，府君者便與應談。談未競，而部郡忽起至應背後，應乃回顧，以刀逆擊，中之。府君下坐走出。應急追至亭後牆下，及之，斫傷數下，應乃還臥。達曙，將人往尋，見有血跡，皆得之云。稱府君者，是一老狶也❶；部郡者，是一老狸也。自是遂絕。

❶狶（ㄒㄧ）：豬。

【譯文】

三國時期，東吳廬陵郡所的亭樓常鬧鬼，在此住宿的人，都會平白無故地死去。此後，凡到廬陵出使的官員，沒有哪一個敢在亭樓裡住宿。丹陽郡人湯應，武藝出眾，膽量驚人。一天，湯應出使來到廬陵，便留在亭樓裡住宿。亭吏告訴他亭樓不能住宿，但湯應不聽，他叫隨行人員退到亭外去住宿，而自己只拿了一把大刀，一個人留在亭樓裡。

夜過三更，忽然傳來敲門聲，湯應向遠處問道：「誰在敲門？」門外有人回答：「部郡前來問候。」湯應把他請進屋，部郡寒暄問候一番後就離開了。不一會兒，又聽見敲門聲，來人自己介紹說：「郡守前來問候。」湯應又讓他進屋，來人穿著一身黑衣服。郡守走後，湯應認為前兩個都是人，因此，一點都不懷疑。

不久，門外又傳來敲門聲，來人說道：「部郡、郡守前來拜訪。」此時，湯應開始懷疑，心想：「現在是深更半夜，並不是拜訪的時候，況且，部郡和郡守也不應該一起來。」湯應知道，來的一定是鬼怪，就帶著刀出去迎接他們。開門之後，只見兩個穿著華麗的人一同走了進來。坐下之後，一個自稱是郡守的人就同湯應談話，正在談話時，部郡忽然起身轉到湯應的身後，湯應回頭一看，提著刀就迎上前去搏殺，一刀砍中了部郡。郡守一看，起身就往外逃，湯應提刀急追，追到亭樓的後牆下面將他砍傷數下，湯應便回屋睡覺去了。

天亮後，湯應帶著人去尋找，順著血跡，找到了兩個被殺的怪物。原來，那個自稱郡守的，是一頭老豬，而那個所謂的部郡，則是一隻老狐狸。從此之後，亭樓的鬼怪也就絕跡了。

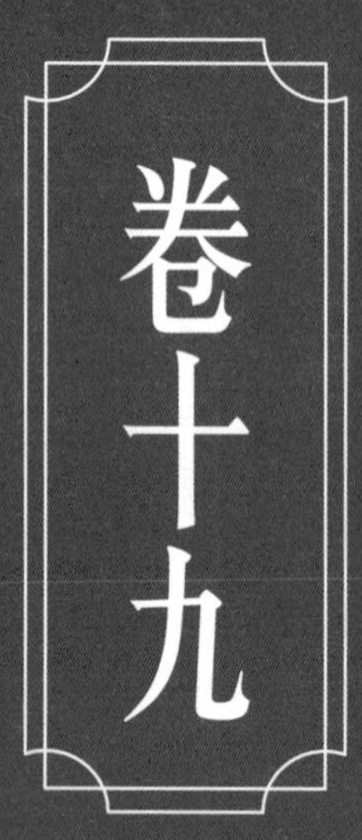

卷十九

李寄斬蛇

東越閩中，有庸嶺，高數十里，其西北隰中❶，有大蛇，長七八丈大十餘圍，土俗常懼。東冶都尉及屬城長吏，多有死者。祭以牛羊，故不得禍，或與人夢，或下諭巫祝，欲得啖童女年十二三者。都尉令長並共患之，然氣厲不息，共請求人家生婢子，兼有罪家女養之，至八月朝，祭送蛇穴口，蛇出吞齧之。累年如此，已用九女。

爾時預復募索，未得其女。將樂縣李誕家有六女。無男，其小女名寄，應募欲行。父母不聽。寄曰：「父母無相，惟生六女，無有一男。雖有如無。女無緹縈濟父母之功，既不能供養，徒費衣食，生無所益，不如早死；賣寄之身，可得少錢，以供父母，豈不善耶？」父母慈憐，終不聽去。寄自潛行，不可禁止。

❶隰：（ㄒㄧˊ）：低濕之地。

寄乃告請好劍及咋蛇犬，至八月朝，便詣廟中坐，懷劍，將犬，先將數石米餈❷，用蜜麨灌之，以置穴口，蛇便出。頭大如囷，目如二尺鏡，聞餈香氣，先啖食之。寄便放犬，犬就齧咋，寄從後斫得數創，瘡痛急，蛇因踴出，至庭而死。寄入視穴，得其九女髑髏，悉舉出，咤言曰：「汝曹怯弱，為蛇所食，甚可哀愍❸。」於是寄女緩步而歸。

越王聞之，聘寄女為后，指其父為將樂令，母及姊皆有賞賜。自是東冶無復妖邪之物。其歌謠至今存焉。

❷ 餈：一種用江米（糯米）做成的食品。
❸ 哀愍（ㄇㄧㄣˇ）：憐惜，同情。

【譯文】

東越國閩中郡有一座庸嶺，高幾十里。在它西北部的山縫中有一條大蛇，長七、八丈，粗十多圍，當地人都很怕它。東治都尉和東冶所管轄下的縣城裡的長官，也有許多是被蛇咬死的。人們一直用牛羊去祭它，所以才沒有大的災禍。後來，大蛇或者托夢給人，或者吩咐巫祝，說它要吃十二、三歲的女孩。都尉和縣令都為此事發愁。但是大蛇的妖氣所造成的災害卻沒完。他們只得一起徵求大戶人家奴婢生的女兒和犯罪人家的女兒，把她們收養起來。到八月初一祭祀的時候，把女孩子送到大蛇的洞口。大蛇出來，便把女孩吞食了。連年這樣，已經用了九個女孩。

這時，他們又預先招募，因為還沒有找到這樣的女孩。將樂縣李誕的家中，有六個女兒，沒有男孩，最小的女兒叫李寄，想應募而去，父母不同意。李寄說：「父母沒有福相，只生了六個女兒，沒有一個兒子，即使有了子女也好像沒有一樣，女兒我沒有緹縈救父母那樣的功德，既然不能供養父母，白白耗費衣服食物，活著也沒有什麼益處，還不如早點去死。賣掉我的身體，可以得些錢，用來供養父母，難道不好嗎？」父母疼愛她，始終不同意她去。李寄就自己悄悄地走了，父母終究沒法阻止她。

李寄於是稟告官府請求得到好劍和會咬蛇的狗。到八月初一，她就到廟中坐好，揣著劍，帶著狗。她先把幾石米餅用蜜拌的米麥糊灌在裡面，然後把它放在蛇的洞口。蛇便出來了，頭大得像圓形的穀倉，眼睛像直徑兩尺大的鏡子。它聞到米餅的香味，先去吞食米餅。李寄便放出狗，讓狗去撕咬，李寄從後面砍了蛇好幾下。蛇的瘡口痛得厲害，便翻滾著竄出來，爬到廟中的院子裡便死了。李寄進入蛇洞察看，發現了那九個女孩的頭骨，便都拿了出來，悲痛地說：「妳們這些人膽小軟弱，被蛇吃了，太可憐了。」於是李寄便慢慢地走回家去。

越王聽說了這件事，把李寄姑娘聘為王后，任命她的父親為將樂縣縣令，母親和姐姐們都得到了賞賜。從此東冶縣不再有怪異邪惡的東西了。那讚頌李寄的歌謠到現在還在那裡流傳著。

司徒府大蛇

晉武帝咸寧中，魏舒為司徒，府中有二大蛇，長十許丈，居廳事平橑上，止之數年，而人不知，但怪府中數失小兒，及雞犬之屬。後有一蛇夜出，經柱側傷於刃，病不能登，於是覺之。發徒數百，攻擊移時，然然殺之。視所居，骨骼盈宇之間。於是毀府舍更立之。

【譯文】

晉武帝咸寧年間，魏舒任司徒時，在他的官府裡藏著兩條十餘丈長的大蛇。平日，這兩條大蛇就躲藏在公堂的屋椽上。蛇躲藏在官府已有幾年了，人們一直都不知道，只是對官府中經常發生丟失小孩和雞狗之類的事感到奇怪。後來，有一條蛇晚上出來覓食，在經過堂屋柱子時被刀刃劃傷，由於傷勢較重不能爬回屋椽上去，人們這才發現官府中有蛇。於是，魏舒調集了幾百個囚犯來打蛇，打鬥了很長一段時間才把蛇殺死。到蛇藏匿的地方去看，只見屋椽上堆滿了死人的白骨。後來，魏舒將官府全部拆毀，易地重建。

野水鼉婦

滎陽人張福船行，還野水邊，夜有一女子，容色甚美，自乘小船來投福，云：「日暮，畏虎，不敢夜行。」福曰：「汝何姓？作此輕行。無笠❶，雨駛，可入船就避雨。」因共相調，遂入就福船寢。以所乘小舟，繫福船邊。

❶笠：用竹篾或棕皮編製的遮陽擋雨的帽子。

三更許，雨晴，月照，福視婦人，乃是一大鼉枕臂而臥。福驚起，欲執之，遽走入水。向小舟是一枯槎段，長丈餘。

【譯文】

滎陽郡人張福，沿著野水河划船回家。晚上，一個美麗的婦人，乘著一艘小木船來投靠張福，她對張福說：「天太晚了，我害怕老虎，不敢一個人在黑夜行走。」張福說：「妳叫什麼名字？怎麼做事這樣草率，不戴斗笠冒雨行船，妳上來吧，和我一起避避雨。」上船後，婦人同張福打情罵俏。當晚，婦人就睡在張福船上，她把自己乘坐的小船繫在張福船邊。

半夜三更時分，雨停月出，借著月光，張福仔細端詳那個婦人，此時發現，婦人原來是一隻大水鱉，正枕著自己的手臂睡覺。張福大驚，立即起身來捉水鱉，水鱉一下竄進水裡逃走了。再看婦人先前乘坐的小船，原來是一根一丈多長的枯樹段。

小人

豫章有一家，婢在灶下，忽有人長數寸，來灶間壁，婢誤以履踐之，殺一人。須臾，遂有數百人，著衰麻服❶，持棺迎喪，凶儀皆備，出東門，入園中覆船下。就視之，皆是鼠婦。婢作湯灌殺，遂絕。

❶衰麻：喪服。

【譯文】

在豫章郡，有一戶人家的婢女正在灶房裡做事，忽然，有幾個幾寸長的小人來到了灶壁下面。婢女一不當心抬腳踩到他們，其中一人被踩死。一會兒，就有幾百個小人抬著棺材，穿著衰麻喪服來迎喪，連辦理喪事的禮儀也全部具備。這一行人走出東門後，徑直來到園中一艘倒扣著的船下面。婢女走進船邊去看，原來全是一些潮蟲。婢女到灶房去燒了一桶開水，然後將開水灌進去，潮蟲全都被燙死了，從此，妖怪也絕跡了。

卷二十

孫登醫治病龍

晉魏郡亢陽，農夫禱於龍洞，得雨，將祭謝之。孫登見曰：「此病龍，雨，安能甦禾稼乎？如弗信，請嗅之。」水果腥穢。龍時背生大疽，聞登言，變為一翁，求治，曰：「疾痊，當有報。」不數日，果大雨。見大石中裂開一井，其水湛然❶，龍蓋穿此井以報也。

❶湛（ㄓㄢˋ）然：清澈貌。

【譯文】

晉朝時魏郡大旱，農民在龍洞中祈禱，求到了雨，將要去祭祀感謝那條龍。孫登看見了說：「這是有病之龍降下的雨，哪能使莊稼復甦呢？如果你們不相信，請聞聞這雨水。」大家一聞，雨水果然非常腥氣骯髒。

這條龍當時背上生了大毒瘡，聽見孫登的話後，就變成一個老頭，求他為其治療，說：「如果我的病痊癒了，一定報答。」沒過幾天，果然下了大雨。人們還看見大石頭中間裂開成一口井，井裡的水十分清澈。那條龍大概是打了這口井來作為對孫登的報答吧。

蘇易為虎接生

蘇易者，廬陵婦人，善看產，夜忽為虎所取，行六七里，至大壙，厝易置地❶，蹲而守，見有牝虎當產，不得解，匍匐欲死，輒仰視。易怪之，乃為探出之，有三子。生畢，牝虎負易還，再三送野肉於門內。

❶厝（ㄘㄨㄛˋ）：安置。

【譯文】

蘇易是廬陵郡的一個村婦，擅長為產婦接生孩子，一天夜晚，她忽然被老虎咬住，老虎拖著她走了六、七里路後，來到了一個大墓中。老虎把蘇易丟在地上後，就蹲在一邊看守著。這時，蘇易看見一隻母虎正在生產，但一直不能生下來，母虎趴在地上痛得死去活來，但牠的眼睛卻總是向上看著。蘇易明白，這是母虎在向人求助，於是，蘇易走到母虎身邊為牠助產，蘇易從母虎的肚腹裡一共掏出三隻虎崽。生完虎崽後，母虎就把蘇易馱著送回了家。後來，這隻母虎還幾次送野味到蘇易的家門口。

玄鶴報恩

噲參，養母至孝，曾有玄雀，為弋人所射，窮而歸參，參收養，療治其瘡，瘉而放之。

後雀夜到門外，參執燭視之，見雀雌雄雙至，各銜明珠，以報參焉。

【譯文】

噲參是個孝子，對母親非常孝順。曾有一隻玄鶴，被射鳥的人射傷後不能飛行，就來向噲參求救。噲參把牠收留下來，並精心為牠治療創傷，當玄鶴傷勢痊癒後就把牠放走了。後來，在一個夜晚，玄鶴又飛回到噲參的家門外，噲參拿著燭火去看玄鶴，只見雌雄玄鶴雙雙站在門邊，口中各含銜著一個明珠，原來，玄鶴是用明珠來報答噲參的救命之恩來了。

黃衣少年

漢時，弘農楊寶，年九歲時，至華陰山北，見一黃雀，為鴟梟所搏，墜於樹下，為螻蟻所困。寶見，愍之，取歸置巾箱中，食以黃花，百餘日，毛羽成，朝去，暮還。

一夕，三更，寶讀書未臥，有黃衣童子，向寶再拜曰：「我西王母使者，使蓬萊，不慎，為鴟梟所搏。君仁愛，見拯，實感盛德。」乃以白環四枚與寶曰：「令君子孫潔白，位登三事，當如此環。」

【譯文】

楊寶是漢代弘農郡人，九歲時，楊寶在華陰山北邊，看見一隻黃雀被鴟梟擊傷後墜落在樹下，一群螞蟻將受傷的黃雀團困起來。楊寶憐憫黃雀，就把牠帶回家，放置在一個小木箱裡，每天用菊花來餵養牠。過了一百多天，黃雀的傷養好了，羽毛也長全了，牠每天早上飛出去，晚上又飛回來。

有一天晚上，夜過三更，楊寶還在讀書尚未睡覺。忽然，一個穿著黃衣服的少年來向楊寶再三拜禮，他對楊寶說：「我是西天王母娘娘的使者，奉命到蓬萊仙山出使，不小心被鴟梟擊傷。承蒙您憐愛救助，非常感謝您的大恩大德。」說完，黃衣少年送給楊寶四枚白玉環，並說：「讓您的子孫像這白玉一樣品行高潔，位居三公。」

隋侯珠

隋縣溠水側，有斷蛇丘。隋侯出行，見大蛇被傷，中斷，疑其靈異，使人以藥封之，蛇乃能走，因號其處「斷蛇丘」。歲餘，蛇銜明珠以報之。珠盈徑寸，純白，而夜有光，明如月之照，可以燭室。故謂之「隋侯珠」，亦曰「靈蛇珠」，又曰「明月珠」。

邱南有隋季梁大夫池。

【譯文】

隋縣溠水河畔，有個地方名叫斷蛇丘。先前，隋國國君隋侯出宮巡遊，看見一條大蛇被砍傷斷成兩截。隋侯疑心這條蛇有神靈附體，就叫人用藥給牠醫治，經過醫治後，蛇又能行走了。於是，人們就把這個地方叫做「斷蛇丘」。

一年之後，大蛇銜著一顆巨大的明珠來報答隋侯。這顆明珠的直徑有一寸多，通體純白，夜晚可以發光，發出的光像月亮一樣的明亮，可以照亮屋子。這顆明珠就叫「隋侯珠」，也叫「靈蛇珠」或「明月珠」。

在斷蛇丘的南邊，還有一個隋國大夫季梁的水池。

孔愉放龜

孔愉，字敬康，會稽山陰人，元帝時以討華軼功，封侯。

愉少時嘗經行餘不亭，見籠龜於路者，愉買之，放於餘不溪中。龜中流左顧者數過。及後，以功封餘不亭侯，鑄印，而龜鈕左顧，三鑄，如初，印工以聞，愉乃悟其為龜之報，遂取佩焉。

累遷尚書左僕射，贈車騎將軍。

【譯文】

孔愉，字敬康，會稽郡山陰縣人。晉元帝時期，孔愉在討伐華軼的戰爭中立下戰功被封為侯。孔愉年少時，有事路過餘不亭，看見有人把烏龜裝在籠子裡在路上叫賣，孔愉買下烏龜，然後將烏龜放生到餘不溪水中，烏龜游到溪水中心後，從左邊回頭向孔愉站著的岸邊看了好幾次。後來，孔愉因戰功顯赫被封為餘不亭侯，鑄官印時，龜形的印鈕總是出現從左邊回頭看的姿勢，經過三次改鑄，龜形印鈕還是保持著最初的樣子。鑄印的工匠將這事向孔愉作了匯報，此時，孔愉才明白，這是烏龜對他的報恩，於是，孔愉就將龜形印鈕帶在身上。

後來，孔愉的官職不斷升遷，一直升到尚書左僕射。孔愉死後，被追封為車騎將軍。

古巢老傴

古巢，一日江水暴漲，尋複故道，港有巨魚，重萬斤，三日乃死，合郡皆食之。一老姥獨不食。忽有老叟曰❶：「此吾子也。不幸罹此禍，汝獨不食，吾厚報汝。若東門石龜目赤，城當陷。」姥日往視。有稚子訝之，姥以實告。稚子欺之，以朱傅龜目；姥見，急出城。

❶老叟：老頭。

有青衣童子曰：「吾龍之子。」乃引姥登山，而城陷為湖。

【譯文】

有一天，古巢縣中長江水猛漲，上漲的江水漫過了河床，隨後又退回到原來的河道。江水退去後，與長江相通的一條小河灣裡留下了一條大魚，這條大魚有一萬多斤重，在河灣裡掙扎了三天後才死去。後來，這條死去的大魚被全郡的人分來吃了，只有一個老婆婆沒有去分吃魚肉。忽然有一天，出現了一個老頭，這個老頭對老婆婆說：「那條大魚是我的兒子，在這次災禍中遭遇不幸。全郡只有妳一個人沒有吃他，為此，我將要重重地報答妳。妳記住，縣城東門石龜的眼睛如果變紅了，縣城就會塌陷。」

以後，老婆婆每天都到東門去觀察石龜，有一個小孩看見後感到奇怪，老婆婆就給他講了實情。小孩子為了作弄老婆婆，就將石龜的眼睛塗抹成紅色。老婆婆看見石龜眼睛紅了，就急忙跑出城去，這時，一個身穿青衣的童子對老婆婆說：「我是龍的兒子。」說完，青衣童子帶著老婆婆登上了高山，很快，縣城就塌陷下去變成了湖泊。

蟻王報恩

吳富陽縣董昭之，嘗乘船過錢塘江，中央，見有一蟻，著一短蘆，走一頭，回復向一頭，甚惶遽。昭之曰：「此畏死也。」欲取著船。船中人罵：「此是毒螫物，不可長，我當蹹殺之。」昭意甚憐此蟻，因以繩繫蘆，著船，船至岸，蟻得出。其夜夢一人，烏衣，從百許人來，謝云：「僕是蟻中之王。不慎，墮江，慚君濟活。若有急難，當見告語。」

曆十餘年，時所在劫盜，昭之被橫錄為劫主，繫獄余杭。昭之忽思蟻王夢，緩急當告，今何處告之。結念之際，同被禁者問之。昭之具以實告。其人曰：「但取兩三蟻。著掌中，語之。」昭之如其言。夜，果夢烏衣人云：「可急投余杭山中，天下既亂，赦令不久也。」於是便覺。蟻齧械已盡。因得出獄，過江，投余杭山。旋遇赦，得免。

【譯文】

董昭之是吳國地區富陽縣人，有一次，董昭之乘船過錢塘江，船行到江心，董昭之看見江中有一截短短的蘆葦，上面爬著一隻螞蟻，螞蟻從蘆葦的這端爬到那端，又從那端爬回來，不斷爬來爬去，樣子十分恐慌。董昭之說：「螞蟻害怕被淹死。」於是，董昭之就想把螞蟻救上船來，但船上有人罵道：「螞蟻有毒害，不能救牠，你把牠弄上來，我就要踩死牠。」但董昭之憐憫這隻螞蟻，就用繩子將蘆葦繫在船邊，船靠岸後，螞蟻也得以從江中爬上岸去。當天晚上，董昭之夢見一個穿著黑衣服的人，帶領一百多人前來致謝。黑衣人說：「我是蟻王，由於不小心墮入江中，感謝你把我從江中救出。以後，你如果遇到什麼危難之事，可以告訴我。」

十多年以後，董昭之所住的地區鬧盜賊，董昭之遭人誣陷被定為盜賊首領，關押在余杭縣牢房中。此時，董昭之忽然想起蟻王在夢中所說的話，今後遇到什麼危難之事，可以告訴它，但現在到哪裡去找蟻王呢？見董昭之久久地愁思不語，關押在同一牢房的人就上前詢問，董昭之就把實情全都給他說了。這個人對董昭之說：「你只需找到兩、三隻螞蟻，放在手掌上對牠們說一說。」董昭之照他說的方法做了，果然，晚上董昭之又在夢中見到了黑衣人，黑衣人對他說：「你趕快逃到余杭山裡去，現在，天下已經非常混亂，過不了多久，朝廷就會發佈赦令。」董昭之醒後，螞蟻已將枷鎖咬斷，董昭之便從牢房逃了出去，渡過錢塘江一直逃進余杭山中，不久，朝廷大赦天下，董昭之也得以免罪。

義犬墓

孫權時李信純，襄陽紀南人也，家養一狗，字曰黑龍，愛之尤甚，行坐相隨，飲饌之間，皆分與食。

忽一日，於城外飲酒，大醉。歸家不及，臥於草中。遇太守鄭瑕出獵，見田草深，遣人縱火爇之。信純臥處，恰當順風，犬見火來，乃以口拽純衣，純亦不動。臥處比有一溪，相去三五十步，犬即奔往入水，濕身走來臥處，周回以身灑之，獲免主人大難。犬運水困乏，致斃於側。俄爾信純醒來，見犬已死，遍身毛濕，甚訝其事。睹火蹤跡，因爾慟哭。聞於太守。太守憫之曰：「犬之報恩，甚於人，人不知恩，豈如犬乎！」即命具棺槨衣衾葬之，今紀南有義犬墓，高十餘丈。

【譯文】

三國東吳孫權當政時，襄陽紀南城中有個人叫李信純，他家養了一條狗，名叫「黑龍」。李信純特別喜歡這條狗，走哪裡都把牠帶在身邊，吃飯、喝酒都要分食給牠。

有一天，李信純在城外喝酒喝得大醉，不能趕回家，就睡在郊外的草叢中。這天，剛好遇到太守鄭瑕出城打獵，鄭瑕見郊外的荒草太深了，就叫人放火焚燒荒草。李信純睡的地方正是順風方向，狗看見火燒過來了，就用嘴巴去扯李信純的衣服，但李信純動都不動一下。距李信純睡覺三、五十步遠的地方，有一條小溪，見李信純不動，狗立即跑到小溪，跳進水裡將自己的身體打濕，然後又跑到李信純睡覺的地方，將自己身上的水灑在主人的周圍，使主人免遭於難。狗就這樣來回疲於奔命，最後累死在主人身邊。

當李信純醒來時，狗已經死了，李信純看見狗全身都是濕的，感到非常奇怪。當他仔細觀察大火燃燒的蹤跡後，明白了是怎麼回事，於是，李信純不停地大聲痛哭。後來，這件事傳到太守耳中，太守對這條狗非常憐憫，說：「狗的報恩超過了人，人如果不知報恩，怎麼能與狗相比？」隨後，太守叫人給狗準備棺材衣服，並把狗埋葬了。如今，在紀南城外，有一座高達十餘丈的義犬墓。

華隆家犬

太興中，吳民華隆，養一快犬，號「的尾」，常將自隨。隆後至江邊伐荻，為大蛇盤繞，犬奮咋蛇，蛇死。隆僵僕無知，犬彷徨涕泣，走還舟，復反草中。徒伴怪之，隨往，見隆悶絕。將歸家。犬為不食。比靈斯復甦，始食。隆愈愛惜，同於親戚。

【譯文】

晉朝太興年間，吳地有個叫華隆的人養了一條狗，這條狗跑得非常快，名叫「的尾」，華隆常常將牠帶在自己身邊。一天，華隆到江邊砍伐荻秸時被一條大蛇纏住，狗為護主奮力與蛇搏鬥，最後終將蛇咬死，但此時華隆已失去知覺，手腳僵硬地睡在地上。狗圍繞著華隆哭泣，然後，狗不停地從江邊跑上船，又從船上跑到江邊草叢中。華隆的同伴感到奇怪，就隨著狗來到江邊，發覺華隆已經昏死過去，大家就將他抬回家。華隆昏睡期間，狗一直不吃東西，直到華隆清醒過來，狗才開始進食。自此之後，華隆對這條狗更加鍾愛，把牠看成親戚一樣地對待。

螻蛄神

廬陵太守太原龐企，字子及，自言其遠祖，不知幾何世也，坐事繫獄，而非其罪，不堪拷掠，自誣服之，及獄將上，有螻蛄蟲行其左右，乃謂之曰：「使爾有神，能活我死，不當善乎。」因投飯與之。螻蛄食飯盡，去，頃復來，形體稍大。意每異之，乃復與食。如此去來，至數十日間，其大如豚。及竟報，當行刑，螻蛄夜掘壁根為大孔，乃破械，從之出。去久，時遇赦，得活。於是龐氏世世常以四節祠祀之於都衢處。後世稍怠，不能復特為饌，乃投祭祀之餘以祀之，至今猶然。

【譯文】

廬陵太守太原龐企，字叫子及，他說自己很久以前的祖先，不知道多少世了，因為牽扯到一樁案件裡面而被抓進監獄，並非是他的罪過，但是經不住嚴刑拷打，屈打成招，關在監獄中準備上報，有隻螻蛄蟲在他身邊爬行，對他說：「你能把我從死亡的邊緣救回來，這不是一件善事嗎？」於是他就拿飯給螻蛄蟲吃，螻蛄蟲吃完飯就走了，過了一會又回來了，牠的體形稍微大了一些。他的祖先就很驚奇，就又拿飯給他吃。就這樣來來去去，反反覆覆，經過了幾十天，螻蛄蟲已經跟豬一樣大了。

等到上面案件的批文下來，要行刑的時候。螻蛄蟲趁晚上把監獄的牆根挖了個大孔，於是祖先打破刑具，跟著螻蛄蟲出去了。逃出去很久過後，得到赦免，於是得以存活。於是龐家祖先世世代代於都衢處以四節祠祭祀螻蛄蟲。

後來子孫有些怠慢了，不再專門祭祀螻蛄蟲，只是把祭祀剩下的東西來祭祀螻蛄蟲，到現在都是這樣。

猿猴母子

臨川東興有人入山，得猿子，便將歸，猿母自後逐至家。此人縛猿子於庭中樹上以示之。其母便摶頰向人欲乞哀，狀直謂口不能言耳。此人既不能放，竟擊殺之。猿母悲喚，自擲而死。此人破腸視之，寸寸斷裂。未半年，其家疫病，滅門。

【譯文】

臨川郡東山縣有一個人進山打獵，捕獲了一隻小猿崽，這人就把小猿崽帶回了家，母猿也隨著追到了這人的家。於是，這個人就當著母猿的面，把小猿仔綁在院中的樹上。母猿對著人自己打自己的耳光，好像是在向人哀求，只是口裡不能說出話來。但是，這個人不但沒有釋放小猿崽，反而當著母猿的面把小猿崽打死了。母猿悲痛地大聲呼叫，自己撞地而死。這個人就把母猿的肚腹剖開，只見腸子一寸一寸地斷裂成數節。不到半年，這人家中突然遭遇瘟疫，一家人全都死光了。

虞蕩射麈

馮乘虞蕩夜獵，見一大麈❶，射之。麈便云：「虞蕩！汝射殺我耶！」明晨，得一麈而入，即時蕩死。

❶麈（ㄓㄨˇ）：古書上指鹿一類的動物。

【譯文】

虞蕩是馮乘縣人，一天夜裡，虞蕩去打獵，發現了一隻大麈，虞蕩就用箭去射牠。這隻大麈就向虞蕩喊道：「虞蕩，你把我射死了！」第二天早晨，虞蕩把獵獲的這隻大麈帶回家，隨即，虞蕩就死了。

華亭大蛇

吳郡海鹽縣北鄉亭裡，有士人陳甲，本下邳人，晉元帝時寓居華亭，獵於東野大藪❶，欻見大蛇，長六七丈，形如百斛船，玄黃五色，臥岡下。陳即射殺之，不敢說。三年，與鄉人共獵，至故見蛇處，語同行曰：「昔在此殺大蛇。」其夜夢見一人，烏衣，黑幘，來至其家，問曰：「我昔昏醉，汝無狀殺我。我昔醉，不識汝面，故三年不相知；今日來就死。」其人即驚覺。明日，腹痛而卒。

❶藪（ㄙㄡˇ）：生長著很多草的湖澤。

【譯文】

吳郡海鹽縣北鄉亭中，有一個士人叫陳甲。陳甲本來是下邳人，在晉武帝時期，他在華亭客居。一天，他到華亭東邊的荒野去打獵，忽然，他發現大沼澤中有一條六、七丈長的大蛇，形狀就像一艘能裝百斛糧食的大船，這條蛇身上有著黑黃五色花紋，牠安靜地臥伏在土岡下面。陳甲立即拔箭將牠射死，由於害怕，陳甲一直不敢對人說。

過了三年，陳甲和同鄉一起去打獵，又來到原先發現蛇的地方。陳甲對同伴說：「以前，我在這裡殺死了一條大蛇。」當天晚上，陳甲在夢中見到了一個戴著黑頭巾，穿著黑衣服的人，這人來到陳甲家，向他問道：「我那天昏醉不醒，你毫無道理地將我殺死。那時我醉了，沒有看清你的面目，因此，三年來，一直不知道是你，今天，你是來找死。」陳甲一驚，立即從夢中醒來。第二天，陳甲腹痛難忍，很快就死了。

邛都陷落

邛都縣下有一姥姥，家貧，孤獨，每食，輒有小蛇，頭上戴角，在床間，姥憐而飴之。食後稍長大，遂長丈餘。令有駿馬，蛇遂吸殺之，令因大忿恨，責姥出蛇。姥云：「在床下。」令即掘地，愈深愈大，而無所見。令又遷怒，殺姥。

蛇乃感人以靈言，嗔令[1]：「何殺我母？當為母報仇。」此後每夜輒聞若雷若風，四十許日，百姓相見，咸驚語：「汝頭那忽戴魚？」是夜，方四十里，與城一時俱陷為湖，土人謂之為陷湖，唯姥宅無恙，訖今猶存。漁人

❶嗔：責怪。

採捕，必依止宿，每有風浪，輒居宅側，恬靜無他❷。風靜水清，猶見城郭樓櫓畟然❸。今水淺時，彼土人沒水，取得舊木，堅貞光黑如漆。今好事人以為枕，相贈。

❷恬靜：平靜。
❸畟（ㄘㄜˋ）然：清晰的樣子。

【譯文】

臨邛縣中有一個孤老婆婆，家中非常貧窮。每當吃飯時，老婆婆的床邊總會出現一條頭上長著角的小蛇，老婆婆可憐牠，就把自己的食物分一些給牠吃。就這樣，蛇慢慢地長大了，足足有一丈多長。臨邛縣的縣令有一匹駿馬，後來被這條蛇吞吃了。縣令非常憤怒，責令老婆婆必須把蛇交出來，老婆婆說蛇住在床下，縣令就立即派人去挖掘。洞越挖越深，也越挖越大，但始終不見蛇的蹤影。於是，縣令遷怒老婆婆，就把老婆婆殺了。

這條蛇便附身在人身上，十分憤怒地對縣令說：「你為什麼要殺死我的母親，我一定要為我的母親報仇！」自此之後，每天晚上總是不停地打雷颳風，一連四十多天都是這樣。老百姓見面，都驚奇地相互問道：「你怎麼頭上頂著魚？」當天晚上，方圓四十多里的地方和縣城一下子陷落變成了湖泊。當地人稱這個湖泊為「陷湖」。奇怪的是，只有老婆婆原來的住宅完好無損，至今仍然還留存在水面上。漁夫捕魚撈菜，也一定會到那裡去住宿。每當湖上發生風浪，只要把船停靠在老婆婆的住宅旁邊，便會風平浪靜。而在風靜水清的時候，還可以清楚地看見水中的城牆和樓臺。在水淺的時候，那些當地人還可以潛入水中，從水下取出一些舊房的木材，這些木材質地堅硬，黑得像漆一樣，閃閃發光。現在，一些好事的人把這些木材做成枕頭互相贈送。

建業城婦人

建業有婦人背生一瘤，大如數斗囊，中有物，如繭栗，甚眾，行即有聲。恒乞於市。自言：「村婦也，常與姊姒輩分養蠶，己獨頻年損耗，因竊其姒一囊繭焚之，頃之，背患此瘡，漸成此瘤。以衣覆之，即氣閉悶；常露之，乃可，而重如負囊。」

【譯文】

建業有一個婦女，背上生了一個瘤，大得像放了幾斗米的袋子，瘤中長有很多像蠶繭、栗子般的東西，走路時就發出聲音。她常常在街市上討飯，自稱是個農村婦女，曾經和姊妹嫂子們分開來養蠶，因為只有她一個人連年虧損，就偷了她嫂子一袋蠶繭把它燒了。頃刻之間，背上就生了這毒瘡，漸漸長成了這個瘤，用衣服蓋住它，就覺得呼吸不暢憋得慌，一直讓它露在外面，才可湊合，但重得就像揹了個大袋子。

評析

《搜神記》是中國古典名著之一，作者為晉朝人干寶，原本已散，後人從《法苑珠林》、《太平御覽》等書輯錄增益成今本，共二十卷。其文體與一般小說不同，它沒有一般小說的情節和主角，也沒有章回小說的伏筆和高潮，有的只是一條一條各不相干的記載，是一部用筆記體裁編寫的志怪小說集。

《搜神記》體現了志怪小說的最高成就，內容十分豐富，有神仙術士的變幻，有精靈物怪的神異，有妖祥卜夢的感應，有佛道信仰的因果報應，還有人神、人鬼的戀愛等等。大多篇幅短小，情節簡單，設想奇幻，極富浪漫主義色彩。其中保留了相當一部分西漢傳下來的歷史神話傳說和魏晉時期的民間故事，優美動人。

《搜神記》不僅內容豐富，而且語言也雅致清峻、曲盡幽情。其藝術成就在兩晉志怪中獨佔鰲頭，對後世影響極大。它不但成為了後世志怪小說的模範，又是後人取材之淵藪，傳奇、話本、戲曲、通俗小說每每從中選材；至於其中故事被用為典故者，更是不勝枚舉，歷代長傳而不衰。

當然，《搜神記》並不全是有價值的故事，也有宣傳神鬼迷信和陳朽思想的糟粕，但大部分還是有價值的，值得讀者一閱。